対話する漱石

Uchida Michio
内田道雄

翰林書房

対話する漱石◎目次

III

I

倫敦漱石猟色考

島田荘司の小説に『漱石と倫敦ミイラ殺人事件』[*1]というのがあり、留学時代の漱石が、何とシャーロック・ホームズと力を協せて、一つの事件を解決するという顚末を、漱石、ワトソンの二種類の手記を交錯させつつ語りすすめる。それぞれの筆者の文体模写も堂に入ったもので、興味津々たる出来栄えである。これより新しく、古山寛原作・ほんまりう画による『漱石事件簿』[*2]も又、ロンドンの街に伏在する謎を、先行者たる南方熊楠からの奇しきリレーによって、漱石が「探偵」して解くいきさつを描いた作品。ここでも漱石はコナン・ドイルその人と交渉し合うという設定が置かれてあるのが面白い。

いずれもの試みから味わわされるのは、明治時代の先駆的留学者における、異国の都市及び人との対立と交流、そこから匂い出てくる人間臭であり、それが今日のわれわれの心に覚えある感覚を喚びおこすのである。これらに、島田雅彦が「平成版『こゝろ』」との触れこみで物した傑作『彼岸先生』[*3]を並べてみる。その「先生」が作中で「ぼく」に送り届ける「彼岸日記」は（倫敦ならぬ）ニューヨーク留学中の華麗極まる性体験をスリリングに記録したものとなっているのだが、これもまたあり得たかも知れぬ漱石的人間の行動を幻視させるのだ。

　漱石の二年そこそこのロンドン生活が、事程左様に推理的興味をそそる、或種の隠微なものを内蔵してあることは確かなのである。文部省派遣第一回留学生としてえらばれた彼は第五高等学校英語教授の職にはあったが、異国の地にあっては東洋僻遠の小国から到来した一名の男子であるにすぎず、その実質において「狼群に伍する一匹のむく犬」（『文学論』序）と名乗るにふさわしい状況であった。ただしこのむく犬たるや体は柔毛におゝわれて肌感じやすい神経の持主であったが、心は激しい対抗意識によって燃え上っていた。環境との違和は人並以上に彼を傷つけたが、その傷を並外れた手段に拠っても補償しようとする心的運動が彼に幸していたのである。

むかし荒正人が『座談会　明治文学史』[*4]において、勝本清一郎の精神病理学的視点からする作家分析への挑発に乗る形で次のような発言をしたことがある。

> 　漱石の性生活という点については、私は漱石をくまなく読んだとは言えないので、断定できない。が、そういうことに漱石が触れたおそらく唯一の例は、ロンドンに留学していたとき、お風呂に入って体が温まったので、夜セックス・ドリームを見たという記述が一、二行あるきりです。明治の人としては、セックスに対してああいう具合に慎しみ深く言うのがよ

かったのでしょうか。

ここで荒正人が指示している「記述」とは、倫敦滞在中の日記の中、初期にあたる明治三十四年の初春、

三月一日　金

Brockwell Park ニ至ル帰途 shower ニ出逢ヒビシヨ濡トナル帰リテ「シヤツ」及ビ其他ヲ着換ユ、夜入浴、此夜妄想ヲ夢ム浴後寝ニ就キタル故カ、

の個条であるのだが、「性夢」の原因としてブラックウェル・パーク逍遥も又考慮に入れる余地があるという点をつけ加えた上で[*5]、荒氏の意見に同ずるものである。一種禁忌からの解放からであろうか、留学中の漱石の言説に性的なニュアンスをまつわらせてあるものは荒氏の言うほど少くはない。右日記と同時期明治三十四年二月二十日に書かれた鏡子夫人あての書簡、

段々日が立つと国の事を色々思ふおれの様な不人情なものでも頻りに御前が恋しい是丈は奇特と云つて褒めて貰はなければならぬ

の中、「御前が恋しい是丈は奇特」（傍点は引用者、以下同前）の背景としては、同じ手紙の後段に、

おれの下宿には○○と云ふサミユエル商会へ出る人が居る此人はノンキな男で地獄の話より外は何にも知らない人だ此人と時々芝居を見に行く是は一は修業の為だから敢て贅沢ではない日本の人は地獄に金を使ふ人が中々ある惜い事だおれは謹直方正だ安心するが善い

という個条があって、ロンドンの娼婦との交渉を禁欲している当時の漱石の覚悟が読みとれる

が、これは又これで漱石の性意識をうかがわせる一資料ではあるだろう。「地獄」問題についてはこれ以前の書簡に、

……逗留のものは官吏商人にて皆小生抔よりは金廻りのよき連中のみ羨ましき事は、なけれど入らぬ地獄抔に金を使ひ或は無益の遊興贅沢品に浮身をやつし居候事惜しき心地致候（明33・12・26、夏目鏡あて）

……先達文部省へ申報書を出した時最後の要件と云ふ箇条の下に学費軽少にして修学に便ならずと書てやつた僕はまだ一回も地獄抔は買はない考ると勿体なくて買た義理ではない（明34・2・5、在獨乙藤代禎輔あて）

と頻出気味だがいずれも経済的理由とからめての言及、それさえ許せば彼も又〇〇氏同様の「贅沢」に耽ることもあり得たかの気味合いすら漂わせている。漱石が古本漁りに屢〻出向いたチャリング・クロス通りやその周辺、ウエスト・エンドの繁華街は、娼婦が多く出没した地域でもあって[*6]、性的な刺戟を蒙ることなしに彼が日常をすごしていたとは考えられないのである。漱石を眩惑する所のあった地獄買いに代ってか、そこへ転落することへの安全装置としてか、留学初期の彼が専ら耽溺することとなったのが、先の鏡子夫人あて書簡にもある芝居見物である。その点で一つ象徴的なのは、明治三十四年二月二十三日付の、高浜虚子あてはがきに記された七句の俳句の中、五句めと六句めが、詞書つきで次のように並んでいることである。

もう英国も厭になり候。

吾妹子を夢みる春の夜となりぬ

当地の芝居は中々立派に候。

満堂の閻浮檀金や宵の春

「満堂の閻浮檀金」[*7] とのイメージに譬えられた芝居が、この日ハー・マジェスティズ・シアターで演じられた、シェイクスピアの『十二夜』であり、当日の日記で「席皆売切不得已 Gallery ニテ見ル」とあるように、天井桟敷《ガレリィ》からの眺望がかかるイメージの成因であったこと、後に漱石が綴った「暖かい夢」（『永日小品』明42）[*8] においてその経験が散文化されてあること、等々については芳賀徹氏のすぐれた指摘がすでに行われている。私はこの『十二夜』の日からさらに二週間ほどの後の日記、

三月七日　木

此日シャツ襟ヲ替ユ

夜田中氏と Drury Lane Theatre ニ至ル Sleeping Beauty ヲ見ン為ナリ是ハ Pantomime ニテ去年ノクリスマス頃ヨリ興行シ頗ル有名ナ者ナリ其仕掛ノ大、装飾ノ美、舞台道具立ノ変幻窮リナクシテ往来ニ遑ナキ役者ノ数多クシテ服装ノ美ナル実ニ筆紙ニ尽シ難シ真ニ天上ノ有様極楽ノ模様若クハ画ケル龍宮ヲ十倍許リ立派ニシタルガ如シ観音様ノ天井ノ仙女ノ画抔ヲ思ヒ出スナリ又佛経ニアル大法螺ヲ目前ニ睹ル心地ス又 Keats ヤ Shelley ノ詩ノ description ヲ其儘現ハセル様ナ心地ス実ニ消魂ノ至ナリ生レテ始メテカヽル華美ナル者ヲ見タリ

に記されてあるような感銘[*9]の中に、ロンドンの街々やそこに住む人々が彼漱石の内側から喚び起した興奮の収束点を見る思いがするのである。後の漱石一流の言を以てするならば、舞台上での出来事について人は、「非人情」に徹し得るのである。それにしても、日記や書簡に記された限り、留学初期においての観劇ぶりはその密度において甚だ濃いと言える。以下列挙してみると、まず明治三十三年十月三十一日、この日は倫敦到着の四日目にあたり、ロンドン塔見物を果したその日でもあるが、夜になってヘイマーケット・シアターでの、「ザ・スクール・フォア・スキャンダル」(シェリダン作)、次いで年が明けて一月十一日は、ケニントンのパントマイム(「滑稽ハ日本ノ円遊ニ似タル所アリ面白シ奇麗ナルコ West End theatres ニ譲ラズ」云々)、二月八日にはメトロポール・シアター(「Wrong Mr. Wright ト云フ滑稽芝居ナリ」)、同じころ「パントマイム」Robinson Crusoe(二月九日付、狩野、大塚、菅、山川四氏あて書簡)、二月十六日ケニントン・シアター(「Christian ト云フ外題ナリ余リ感服仕ラズ」)、二月二十三日の「十二夜」をはさんで、二月二十六日には、ケニントン・シアター(「大入ナリ外題ハ The Sign of the Cross ト云フ Rome ノ Nero ガ耶蘇征伏ノ事ヲ仕組ミタル者ナリ服装抔頗ル参考ニナリテ面白カリシ」)、三月七日に、ドルーリー・レーン劇場(前掲の「眠れる美女」)のあとは三月十六日のメトロポール・シアター(「In the Soup ト云フ滑稽演劇ナリ Ralph Lumley ト云フ人ノ作ナリ滑稽ヲ無理ニ引キ上ゲテ膝栗毛的ナリ」)、三月二十三日はメトロポール・シアター(「The Royal Family ヲ見ル頗ル面白カリシ」)、といった具合である。これらの観劇体験を基にして漱石は帰国後「英国現今の劇況」について講演したり『文学評論』の元になった講義「十八世紀英文学」の中でも「芝居」につき一項設けたりしているのであるが、芝居が英国人の習俗の集中的表現であったことが、そこでも強調されてある漱石の注目点であった。次の、三月十二日（明34）の日記は、同趣旨のものと言えるだろう。

西洋人ハ執濃イヿガスキダ華麗ナヿガスキダ芝居ヲ観テモ分ル食物ヲ見テモ分ル建築及飾粧ヲ見ニ《原》モ分ル夫婦間ノ接吻ヤ抱キ合フノヲ見テモ分ル、是ガ皆文学ニ返照シテ居ル故ニ洒落超脱ノ趣ニ乏シイ出頭天外シ観ヨト云フ様ナ様ニ乏シイ又笑而不答心自閑ト云フ趣ニ乏シイ

一面において『草枕』の語り手たる画工の言説に通ずるところの、漱石得意の東西文明論の対比軸を劃然と提出してみせた記載ではあるが「執濃イヿ」「華麗ナヿ」じたいについての当時の漱石の拘泥そのものに重要な中味があることも見ておかねばなるまい。「芝居は修業の為に時々行く」（明34・3・8、夏目鏡あて書簡）と彼は言っているのだが、それを裏打ちしているのは、西洋文明への対抗心である一方、漱石その人の体質に由来する、人間関係の濃密さへの執拗な関心でもあったとするのが私見である。

漱石のロンドン生活の中で、最も切実な部分といえば、寝食を日常的に継続する場としての、下宿体験ということになるだろう。日記や書簡の上でも記載が多いのは都合五ヶ所にわたる下宿とそれぞれの周辺の記事である。この五ヶ所の中当初期に居住した、ガワー・ストリート七十六

番地の宿所は今日言うB&B[*10]のホテルであったので、ロンドン人家族との共同生活を要件とする本来の下宿の最初のものは、プライオリイ・ロード八十五番地のそれで、爾後、フロッドン・ロード六番地、トゥーティング（ステラ・ロード）、そしてザ・チェイス八十一番地のミス・リール方へと移って行く。

『永日小品』「下宿」の章で言う「はじめて下宿をしたのは北の高台である。」というその下宿とは、プライオリー・ロード八十五番地のそれである。引きつづく「過去の匂ひ」の章と一対になって、この二章はもっぱらそこに集う、変形的なロンドン人の家族の「暗い秘密」に対して暗示的かつ刺戟的な叙述をすすめている。「主婦といふのは、目の凹んだ、鼻のしやくれた、顎と頬の尖つた、鋭い顔の女」、「北の国に似合はしからぬ黒い髪と黒い眸」の持主だという。引越し当日の晩餐の時に「頭の禿げた髭の白い老人」を「これが私の親父ですと主婦から紹介された」が「妙な言葉遣ひ」をする「爺さんは骨張つた娘と較べてどこも似たところがない」のである。「翌日朝食を食ひに下りると、昨夕の親子のほかにまた一人家族が殖えてゐる。」「血色の好い、愛嬌のある、四十恰好の男」——「my brother と主婦がその男を自分に紹介した。やつぱり亭主ではなかつたのである。しかし兄弟とはどうしても受け取れないくらゐ顔立が違つてゐた。」

　この日の三時すぎ外出から帰った「自分」が茶に招かれて「こころもちお白粉を塗けてゐる」主婦から「一家の事情を聞」くこととなる。小感想を挟めば、二日に満たぬ下宿人への応接として異様に急激な親密さと言うべきだが、そこはそれ異国人故の自由さへのうちとけ方だということなのであろう。主婦の母がフランス人に嫁いで娘を挙げたのが二十五年前、夫と死別してドイツ人に再嫁した時彼には先妻の子が居り、今は父子ともにウエストエンドの仕立屋で働いているのだが、この老人と息子は非常に仲が悪いのだという。死んだ母の残した財産はすべて義父の手に渡り一銭も自由にできない。仕方がないから下宿をして小遣いを拵えるのである。……「アグニスは――主婦はそれより先を語らなかつた。アグニスといふのはここのうちに使はれてゐる十三、四の女の子の名である。自分はその時今朝見た息子の顔と、アグニスとの間にどこか似たところがあるやうな気がした。」右の引用部分のうち傍点をつけた二ヶ所のような微妙な言いまわしによって謎をかけつゝ、この一家の関係に興味を引きこんで行く筆致は漱石に似合わずあざとい印象を残すが、それは多分に体験の次元で漱石自身で否応なしに働かせざるを得なかった探偵趣味に由来するものだろう。

　同宿の日本人K君が、旅行先から戻ってきて交りを訂する中、期せずして陥るのが、アグニスへの惻隠の心であった。旅行がちのK君のすすめもあって「自分」はやがて「南の方」（漱石の伝記的事実としては、テムズ南側のフロッドン・ロードに当る）に移ってしまう。そしてロンドンに戻った知らせでK君を、この下宿に訪れるのは、引越しから二、三ヶ月の後であった。戸が開かれて「自分」が最初に出合すのが、やはりアグニスだった。「その時この三ヶ月程忘れてゐた、過去の下宿の匂ひが、狭い廊下の真中で、自分の嗅覚を、稲妻の閃くごとく、刺戟した。その匂ひのうちには、黒い髪と黒い目とクルーゲルのやうな顔と、アグニスに似た息子と、息子の影のやうなアグニスと、彼らの間に蟠る秘密を、一度にいっせいに含んでゐた。自分はこの匂ひを嗅いだ時、彼らの情念、動作、言語、顔色を、あざやかに暗い地獄の裏に認めた。」と綴り収める時、先ず印象深いのは「自分」なる語り手の強い思い入れである。ドストエフスキイの作中の悲運の少女、或はレ・ミゼラブルのコゼット像などが連想に浮かぶその名もアグニスが、一体何物なのか、それをこの語り手は明かすことをしないが、明かすことをしないことによってロンドン市井の人々のかわし合い隠蔽し合っている異常な性的交渉を暗示しているのであろう。事実関係はともあれ、漱石の嗅ぎあてている秘密の匂いが肝心なのである。

私塾を下宿屋に作り替えて、教師職から下宿経営者に代った姉妹を主人とするフロッドン・ロードの下宿での生活からは、正岡子規あての長文の手紙として書かれた「倫敦消息」が生まれた。「僕の下宿は東京でいへばまず深川だね。橋向かうの場末さ。」「かやうな陋巷に居つたつて引つ張りと近づきになつたこともなし夜鷹と話をしたこともない。心の底までは受け合はないがまず挙動だけは君子のやるべき事をやつてゐるんだ。」——かかる口調で綴られるこの文章の山場は、この下宿屋挙げての引越し話である。

残るは我輩一人だ。こうなると家を畳むより仕方がない。そこでこれから南の方にあたるロンドンの町外れ——町外れといってもロンドンは広い、どこまで広がるか分らない——その町外れだからよほど辺鄙な処だ。そこに恰好な小奇麗な新宅があるので、そこへ引つ越さうという相談だ。ある日亭主と神さんが出て行つて我輩と妹が差向ひで食事をしてゐると陰気な声で「あなたもいつしよに引越してくださいますか」といつた。
江戸っ児らしい義侠心をもって「あなたの移る処ならばどこでも移ります」と答えるべきところを、そうはならなかった次第を叙して「消息」文は進行してゆくのだが、この信心深い「妹」なる人物とのいきさつは、日記に照してみると少なからず意味深ではある。

夜ロバート嬢トピンポン遊戯ヲナス　（三月二十八日）

下宿ノ夫婦 East Holiday ニテ里ニ行ク妹一人残レリ此人娯楽ヲ好マズ貧ニテ勉強日々働ク「アナタ」ハコンナ生活ヲシテ愉快デスカト聞ケバ真ニ幸福ナリト答フ何故ト尋ヌレバ宗教ヲ信ズレバナリ〔ト〕答フ、難有キ人ナリ　（四月四日）

四月六日には「昼ハ「スパロー」嬢ト二人デアル」とあるが「スパロー」は良く囀る意味の比喩なのでもあろうか。この方は「倫敦消息」でも登場する「内の下女」「姓はペン、渾名は bedge pardon なる聖人」の戯称である。このあたり、専ら下宿の女性への過剰な関係意識が目立っており、女主人その人についても、トゥーティングに移ってから、「小便所ニ入ル宿の神さん曰く男ハ何ゾト云フト女ダモノト云フが女ハ頗ル useful ナ者デアルコンナヿを云フノハ失敬ダト」（五月十六日）という記載がある。尤もトゥーティング時代は、五月五日から六月二十六日に至る、同宿の池田菊苗との、緊密かつ充実した交流の記録が、日記の多くの部分を占めており小宮豊隆氏がかつて指摘したごとく、漱石の留学生活の一転機を卜するものであったことは否定できない。下宿の独身女性たちとの交渉が影薄れて行った所以でもあるけれども、漱石の、その独特の性意識・性感覚までが消失したわけではない。それは次の如き記述の裏側に活々と動いているのである。

五月二十日　月

夜池田氏ト話ス理想美人ノ description アリ両人共頗ル精シキ説明ヲナシテ両人現在ノ妻ト此理想美人ヲ比較スルニ殆ンド比較スベカラザル程遠カレリ大笑ナリ

五月二十二日　水

晩ニ池田氏ト Common ニ至ル男女ノ対此所彼所ニ bench ニ腰ヲカケタリ草原ニ坐シタリ中ニハ抱合ツテ kiss シタリ妙ナ国柄ナリ

「妙ナ国柄」という認識のタガをはめる、あるいは「現在ノ妻」との比較という埒を敷く、それを心理的安全弁として観察は放恣になり勝って行く、あるいは説明《ディスクリプション》も又精細さを増進して行くのであろう。「独特」というのはこの心理的機制を呼ぶのである。

明治三十四年七月二十日に漱石はクラパム・コモン駅のザ・チェイス八十一番地、ミス・リール方の三階の一室に居を移した。翌三十五年十一月の、留学終了に至るまで約一年半にわたって、ロンドン滞在中最も長く住まうこととなった下宿である。この下宿も又、ミス・リール姉妹が家主として宰配を振っている居住空間であって、例によってこの時期の体験に取材して成った戯文「自転車日記」では、この二人に相応の役割を配して描かれているのを見ることができる。

西暦一千九百二年秋忘月忘日　白旗を寝室の窓に翻へして下宿の婆さんに降を乞ふや否や、婆さんは二十貫目の体軀を三階の天辺迄運び上げにかゝる、運び上げるといふべきを上げにかゝると申すは手間のかゝるを形容せん為なり、

「降を乞ふ」という点についての漱石側の理由はここでは不明だが、その修辞との関連から「講和条件の第一款として」下宿の主人が申し渡すのが、「自転車に御乗んなさい」という命令であったのに照して推せば、専ら自転車練習という彼女の好意あるすすめをめぐって、出不精を極めこんでいた当時の漱石との間に対立状態が続いていた、というふうな前提が想定できるだろう。

ザ・チェイス付近の「ラヴェンダー、ヒル」や「クラパム、コンモン」そして「バタシー公園」などを舞台として、自転車乗りの練習の苦心や、それが失敗裡に収束するいきさつが、劇画的に描かれて行くのであるが、下宿の主人と漱石その人との力関係が冒頭の事情を負って、トレーニングの件については全く一方的決定的であることが、この文章での「余」の自虐的筆致を自在に発揮させる起因となっている。「ミルトン」や「シェクスピヤー」を読んでいておまけに「佛蘭西語をペラ〳〵弁ずる」という姉妹についても、ここでは一方は「貫目」とその圧倒的な重量感の一面でのみ写し、もう片方については「元来此二十貫目の婆さんは無暗に人を馬鹿にする婆さんにして、此婆さんが皮肉に人を馬鹿にする時、其妹の十一貫目の婆さんは瞬きもせず余が黄色な面を打守りて如何なる変化が余の眉目の間に現はるゝかを検査する役目を務める」といったふ

うにコントラストを鮮明にして描き出す。いずれにせよ、二人が双方で持つ役割に応じて「余」とまともに関わり（おそらくはその健康回復を一念として）努力していることを行間に浮かび上らせている。このような筆致が醸し出す融和感覚にはすてがたい味わいがあり、一般に英国女性への畏怖感や敵意から生じたこわばりを漱石内部で溶解させてゆく力を持っただろうことが推測できるのである。先にあげた「倫敦消息」文でのフラーティングな個条と類比できるものとして、ここにはロンドン市内の知人一家とのある一日のやりとりが点描されてある。自転車の遠乗りの楽しさを強調した一家の「細君」に対して曖昧な口調で応じた彼に対して、

今まで沈黙を守つて居つた令嬢は此奴少しは乗きるなと疳違いをしたものと見えて「いつか夏目さんと一所に皆でヰンブルドンへでも行つたらどうでせう」と父君と母君に向かつて動議を提出する、（中略）妙齢なる美人より申し込まれたる此果し状を真平御免蒙ると握りつぶす訳には行かない、……

以下逡巡する主人公の心意を知ってか知らずにか、「令嬢」は「余」とのサイクリングに固執して迫りくる風情。「審判官たる主人」の仲裁によって漸く鉾が収められた所で曰く。

此うつくしき令嬢と「ヰンブルドン」に行かなかつたのは余の幸であるか将不幸であるか、考ふること四十八時間遂に判然しなかつた、日本派の俳諧師之を称して朦朧体といふ

諧謔化され歪められした筆致の背後に伏在するのは、ここでも女性なるものとの正常なる関係性への、まともな欲求、であったと言って良いだろう。正常とかまともとかいう修辞に限定を加

えるとすれば、性以外の契機によっては左右されない関係へのエロス的願望。問題はそれを遮断する歴史的、民族的、肉体的な違和、それを意識することによって生ずる自己疎外である。この時、漱石の手元には二つの選択肢が与えられていた筈である。ロンドンの都市空間に自己意識を馴化させ、いわば無国籍人としてふるまってみること、又は、何らかの理念にすがって自己救出を試みること（何からの救出？　惑溺する感性からの、である）。

たとえば「文学論ノート」の中、次の如き面妖な記述は、漱石の危機《クライシス》をそれなりに胚胎したものだが、どういう時点で記されたであろうか。

○余ハ裸体ナル女ノ美シト云フヲ拒マズ時アリテカ其前ニ跪クヲサヘ辞セズ。去レド吾ガ身命ヲ裸体美人ノ前ニ捧グルヿヲ拒ム吾ガ家ト国トヲ挙ゲテ之ニ供スルヲ拒ム吾等ハ生ンガ為ニ生レタリ裸体美人ト共ニ生ント思フ者ハ生キヨ。吾ハ我ハ《原》日本ト共ニ生ンヿヲ願フ。二千五百年ノ国家ト共ニワガナカラン後迄モ影トナリ形トナツテ生ンヿヲ願フ。吾同胞四千万ト共ニ生ンヿヲ願フ此誓ヲ空シクセザランガ為ニハ美シト思フ女ヲモ殺サン祖ヲモ殺スベシ仏ヲモ殺スベシ。　(Genius)

このような咒文染みたことばに論理の装いをまとわせれば、『文学論』での「両性的本能」をめぐる次の行文となり行くのは見易い道理であろう。

吾人は恋愛を重大視すると同時に之を常に踏みつけんとす、踏みつけ得ざれば己の受けたる教育に対し面目なしと云ふ感あり。意馬心猿の欲するまゝに従へば、必ず罪悪の感随伴し来るべし。これ誠に東西両洋思想の一大相違と云うて可なり。

ここでの用例は多岐にわたっていて漱石の好尚をうかがわせるものが多いし、男女両性間に働らく「意識F」とその消長を説く考察にもひろやかな展望がある。しかしながらそれらの表現をめぐってはほとんど理論化が行われないまま、右に見るような、国民性、歴史性の枠組によって裁かれてしまう。その背後に留学時代に生じた傷痕があるとも言えるだろうし、又フロイトに倣って、右のこと自体が彼の心的外傷《トラウマ》であると呼ぶこともできるだろう。

しかしやがて小説形式による表現者となった漱石は、その心的外傷をも、対象化すべく幾つかの試みを行うことになる。聖愛という偽善に躓く「先生」や性愛を所有欲と錯覚する「長野一郎」の悲劇を描くことによってである。しかしそのことの前に、私は、街々を歩くことによって性的な意識を開発され洗練度を身につけて行く青年「田川敬太郎」に、ロンドンの都市空間に投げこまれた留学期当初の漱石の、前向きかつ健康な感覚が投影されてあることを強調しておきたい。すでに論じたことがあるのだが、*11『彼岸過迄』前半の三章は、敬太郎の女性冒険譚として構成されている。森本（「風呂の後」）という先達は、それへの契機となるような不思議な体験の幾つかを語って聞かせた後に敬太郎の道先案内をつとめる筈の「洋杖」を托して大陸に渡る。小川町停留所近くの裏通りにある、親友須永市蔵（「停留所」）の家のあたりで消えた「後姿の女」の影に、強い刺戟を受けたあと、須永自身や彼の母親から、街々の片隅で演ぜられている「艶めかしい葛藤」の夢想に駆り立てられてゆく。そして占者を探しての下町散歩。文銭占いの婆さんと出会い、行末を占って貰う。これは森本のかたみの「洋杖」に魂が吹きこまれる儀式的意味があった。敬太郎が「婆さんは年寄に似合はない白い纖麗《きやしや》な指で、九枚の文銭を三枚宛三列に並べたが……」と観察する時、彼はほとんど憑依状態にあると看取される。その指で繰られてゆく紺と赤の絹糸のイメージの鮮やかさ……。これら都市という生活空間の各層に息づいている女性的なものの働らきに魅惑されて行くことによって敬太郎は潜在する女性感応力を開発されて行くのである。

そして小川町停留所を舞台とする一種の黙劇《パントマイム》。これは漱石がロンドンの芝居小屋で体験したのと同様に（その一局面は先に触れた『永日小品』中「暖かい夢」として文章化されているのだが）、敬太郎における代償的な性行為である。「女の頸の邊」に向けられた視線に対して女は右の手を上げて「髪から洩れた毛を搔き遣る風をしたが」それは「實のない科《しな》」として映る。上げられた女の手は革製の手袋で包まれており「肉と革とがしつくり喰付いたなり」皺も弛みも余していなかったが、彼は「此手袋が女の白い手頸を三寸も深く隠してゐるのに氣が付いた。」「右の手が彼の心を惹いた。」すらりと垂れた手、「彼は素直に調子の揃つた五本の指と、しなやかな革で堅く括られた手頸と、手頸と袖口の間から微かに現はれる肉の色を夜の光で認めた。」――「此女は處女だらうか細君だらうか」と疑い出す敬太郎に、女の、「既に男を知つた」落付が見えてくる。しかも「此女の落付の中には、落付かない筋肉の作用が、身體全體の運動となつたり、眉や口の運動となつて、ちよいちよい出て來る。」と。このトリビアルに官能的な視線の動きはどうだろう！　旧論で私は「視覚的姦淫」とこれを呼んだのだが、これを「想像の國で寧ろ自由過ぎる結論を弄あそんだ」のは勿論敬太郎だし、ここで客体化された女性が須永の婚約者格の田口千代子であったという種明かしが次章の「報告」で行われる。すべては作品のプロットなのだが、視覚の猟色家田川敬太郎を作り出す基となったのが漱石の倫敦体験であったのは疑いない。

敬太郎の作品前半における都市冒険譚が、「雨の降る日」以後後半部で描出されてゆく須永市蔵の内面的苦悩の前提となり、それに特別な色合を与えてゆくという展開が注目に価するだろう。私はこの前半と後半の対応関係についてややアレゴリカルに、敬太郎の女性冒険対「女性的力によつて翻弄される男の悲劇」という具合にとらえてみたのであるが、その出生にまつわる因縁や、血のつながらぬ母親の執念にまつわられ、千代子という従妹の魅惑に囚われて齷齪する市蔵の苦悩をつぶさに見てきた叔父松本恒三が、そこからの救済のための処方として「浮気になること」を指示し、市蔵がわずかながらもその実践に踏み出す経緯が「松本の話」に綴られてあることを、重要な意味あることと考えている。松本の言う「浮気」とは何であるか、女性の持つ力への男性の側からする融和ということに他ならない。

問題は「内へとぐろを捲き込む性質」の須永市蔵における感性の解放であり、それを前提とするところの、人間関係のときほぐしであった。松本の指示に従って彼はそれを日常から離れた旅先での自己放下からはじめた。目的なしの漂浪、そして「外にある物を頭へ運び込むために眼を使ふ代りに、頭で外にある物を眺める心持で眼を使ふ」ことである。そのような姿勢によって得られた、遭逢の数々が松本への手紙として報告されて行く。「上方地方の人の使ふ言葉」のもたらす市蔵への「優しい影響」を語りつつ松本は推測する。「なに若い女の？　それは知らない。無論若い女の口から出れば効目は多いだらう。市蔵も若い男の事だから、求めてさう云ふ所へ近付いたかも知れない。然し此所に書いてあるのは、不思議に御婆さんの例である。――」老若それぞれの女性たちが醸すあでやかで際どくエロチックな空気を観察しつつ、市蔵は「僕も叔父さんから注意された様に、段々浮気になつて行きます。賞めて下さい。」と記す。

松本が示唆する処方箋、それによって「浮気」を実践して「自由な空気」と往来することをはじめた市蔵、それらの背後にはやはり漱石の倫敦体験がはりついている。

〔注〕

＊1　昭59年9月、集英社。集英社文庫版（昭62・10）による。

＊2　平元年12月、新潮社。

＊3　平4年3月、福武書店。翌5年3月、如月小春は『子規への手紙』（岩波書店）を出したが、これも留学時代の漱石に題材を得た異色作である。

＊4　昭36年6月、岩波書店。なおその中「漱石」の項の出席者は、勝本、荒両氏の他は柳田泉・猪野謙二の二氏であった。

＊5　ロンドンの公園は当時も性的に解放された場所であった。後に引く日記、明34・5・22などを参照。

＊6　小池滋『ロンドン　ほんの百年前の物語』（中公新書、昭53・2）その他にウエストエンドの中心「コヴェント・ガーデン」Covent Garden はもと「コンヴェント・ガーデン」Convent Garden でつまり尼僧院の庭なのだが、シェイクスピアの『ハムレット』の有名なセリフでも用いられるように、「尼僧院」は

「淫売宿」の陰語なのだという。

*7　「閻浮檀金」は「閻浮堤」（仏教語でインド地方や人間界一般をさす）にある樹間の河底で産する砂金。
天井桟敷から見はるかす舞台の隠喩である。

*8　「漱石の『十二夜』――「暖かい夢」のなかのロンドン」（『講座夏目漱石第五巻』昭57・4、有斐閣）

*9　この日付の日の観劇体験は、夏目鏡あて書簡（明34・3・8付）でも熱をこめて記されている。

*10　ベッドと朝食の略で、今日のビジネス・ホテル又は民宿の類。

*11　「『彼岸過迄』再考」（『古典と現代』55、昭62・9）「夏目漱石『明暗』まで」（平10・2、おうふう）に再録。

『文学論』とそのノート

1

私の著はした文学論はその記念といふよりも寧ろ失敗の亡骸《なきがら》です。（中略）或は立派に建設されないうちに地震で倒された未成市街の廢墟のやうなものです。

『私の個人主義』において、その留学中に得られた（自己本位の）信念とそれを「著書其他の手段によって、それを成就するのを私の生涯の事業としやうと考へた」経過をふまえ、『文学論』（明40・5）の存在に説き及んだ、漱石の有名な嘆辞ではある。

「文学とは何んなものであるか、その概念を根本的に自力で作り上げる」（『私の個人主義』）ことを目ざした、若年の夏目漱石の野心と妄念とを味わってみたい、その野望の版図を、『文学論』

の本文と、そのノート[*1]の中から紡ぎ出してみたい、と長年思ってきた。しかし生来の怠惰、今とり組んでみれば前途遼遠、その道は険しく難儀である。これから試みるのはまずはその本文の解読であり、そして記号学的立場からする飜読の当否を検討してみること、現代のナラトロジーとの対応性（岡三郎氏[*2]）を探ってみることについて、手がかりをつかみたいのである。

拙稿「英国留学から『文学論』まで――夏目漱石の青春と文学(二)――」[*3]（『古典と現代』第十九号）は、標題通り漱石の留学生活との関係で『文学論』の形成過程を追ってみたものであった。この中でそのねらいどころとその変化を追った次の一節がある。基本的な資料の引用を含んでいるので、あえて長い引用に付する次第である。

『文学論』著述のことが最も早く文献に現われたのは、（明治）三十四年九月二十二日付夏目鏡宛書簡である。

近頃は文学書は嫌になり候科学上の書物を読み居候当地にて材料を集め帰朝後一巻の著書を致す積りなれどおれの事だからあてにはならない

この「科学上の書物」というのは、リボー、ロイド・モルガン、スクリプチュアー、カール・グロース、W・ジェームズ、スペンサー、ル・ボン、テオドール・リップス、ゴットロープ・フリードリッヒ・リップス、ボールドウィン、マーシャル、ハッドンなど、「第十九世紀の欧米哲学界の、特に又心理学、社会学的心理学の、そして又審美学の代表的学者の名著」（金子健二『人間漱石』）であったことがわかる。翌三十五年三月の、前記中根重一宛書簡では、その勉学の途次に漸く問題が明瞭になりつつあることが示されている。[*4]

先づ小生の考にては「世界を如何に観るべきやと云ふ論より始め夫より人生を如何に解釈すべきやの問題に移り夫より人生の意義目的及び其活力の変化を論じつぎに開化の如何なる者なるやを論じ開化を構造する諸原素を解剖し其連合して発展する方向よりして文芸の開化に及す影響及其何物なるかを論ず」る積りに候

こゝでは歴史哲学風の問題意識が示されているといえようが、かゝる問題意識はそのまゝ『文学論』に実現されることはなかった。「『文学論』序」の追憶部分における次のことばと右とを引きくらべてみると、この間に漱石自身の選択によると思われるある変化が起こっている。即ちそこでは、

余は心理的に文学は如何なる必要あつて、此世に生れ、発達し、頽廢するかを極めんと誓へり。余は社会的に文学は如何なる必要あつて、存在し、隆興し、衰滅するかを究めんと誓へり。

と書かれてあって、心理学・社会学の方に漱石が関心を移して行ったことが示されている。これは、漱石が、資性的に心理家であったこと、文学を人間の心理を中心に考えることに早くから慣れていたことの当然の結果であると僕には考えられる。『文学論』第五編あたりで実際に試みられているように、文学に関する社会学的見地は、漱石にとっては心理学的研究の敷衍乃至応用と

して生じるものなのである。歴史哲学的観点から、心理学的立脚地に凝縮して行く過程は、漱石が結局自己の資性に立ち戻って行く道筋でもあった。

右の一文を草する際にはまだ発行されていなかった書物が、村岡勇編『漱石資料――文学論ノート』（昭51・5）である。漱石が「『文学論』序」において、「留学中に余が蒐めたるノートは蠅頭の細字にて五六寸の高さに達したり。余は此のノートを唯一の財産として帰朝したり。」と記したそのノートの相当部分を東北大学図書館漱石文庫から整理翻刻したのがそれである。このノートの中、研究プログラムと目される「大要」の項目の全文は次の如くである。[*5]

(1) 世界ヲ如何ニ観ルベキ

(2) 人生ト世界トノ関係如何。人生ハ世界ト関係ナキカ。関係アルカ。関係アラバ其関係如何

(3) 世界ト人生トノ見解ヨリ人生ノ目的ヲ論ズ

(4) 吾人人類ノ目的ハ皆同一ナルカ。人類ト他ノ動物トノ目的ハ皆同一ナルカ

(5) 同一ナラバ衝突ヲ免カレザルカ。衝突ヲ免カレズンバ如何ナル状況ニ於テ又如何ナル時期ニ於テ如何ナル方法ヲ以テ此調和ヲハカルカ

(6) 現在ノ世ハ此調和ヲ得ツ、アルカ

(7) 調和ヲ得ズトスレバ吾人ノ目的ハ此調和ニ近ヅク為ニ其方向ニ進歩セザル可ラズ

(8) 日本人民ハ人類ノ一国代表者トシテ此調和ニ近ヅク為ニ其方向ニ進歩セザル可ラズ

(9) 其調和ノ方法如何。其進歩ノ方向如何。未来ノ調和ヲ得ン為ニ一時ノ不調和ヲ来ス事アルベキカ。之ヲ犠牲ニ供スベキカ

(10) 此方法ヲ称シテ開化ト云ヒ其方向ヲ名ヅケテ進化ト云フ

(11) 文芸トハ如何ナル者ゾ

文芸ノ基《原》源

〃〃ノ発達及其法則

文芸ト時代トノ関係 etc

(12) 文芸ハ開化ニ如何ナル関係アルカ進化ニ如何ナル関係アルカ

若シ此方法ト方向ニ牴触セバ全ク文芸ヲ廃スベシ

(13) 若文芸ノ一部分ガ此ニ無関係ニテ一部分ガ有益ニ一部分ガ有害ナラバ第三ヲ除芟スベシ

(14) 文芸ノ開化ヲ裨益スベキ程度範囲

(15) 日本目下ノ状況ニ於テ日本ノ進路ヲ助クベキ文芸ハ如何ナル者ナラザル可ラザルカ。

V.西洋

(16) 文芸家ノ資格及其決心

これらの中、(1)~(4)と(11)(14)は、明治三十五年三月十五日付中根重一宛書簡の趣意と修辞も同一であって、世界の認識から、人生なるものの解釈、そして開化の意味づけと文芸活動の囲いこみ

といった風に、思考の枠組みが明瞭に辿られており、いわゆる『文学論』原構想をあらわしているものだが、右書簡をはじめとする留学時の文章、その変型としての「『文学論』序」の行文には現われていないものとして、⑿⒀に記されたような、文芸活動の限定、その機能の中の有害性への認識の試みがあったことを見落すことはできない。

村岡勇氏の言（同書「まえがき」）に従うならば、漱石のノートは、それぞれ「見出しもしくは標題」をかかげて、そこに次々と書きこんでゆく方式で作られて行った。一枚のノートがいっぱいになると、それぞれ用紙を追加して重ねてゆくのである。同書は漱石自身のかかげた「学者」「大要」「The View of the World」第五十二項目と「標題」が失なわれたか、つけられていないか、するものに編者がかりに見出し語をつけた「[意識]」「[人生論覚エ書キ]」等九項目の他「付録」[*6]二項目から成り立っている。これらの中、文芸に関する項目（前引「大要」の中⑾に属するもの）は「文芸の Psychology」「Enjoyment ヲ受ケル理由 Various Interpretations」「Taste, Custom etc.」等比較的量の多い数項目に限られてくる。そして、「英文学形式論」を不可欠の一部とする[*7]『文学論』の講義の展開では、この数項目の記載が中心に活用され、他の、「原構想」としてはより基礎的な項目は、いわばその行文の奥深くに織りこまれたものの他は、『文芸の哲学的基礎』や『創作家の態度』など、『文学論』の補訂の意図を以て行われた講演の方で活かされて行ったと、考えることができるであろう。しかしこのノートに盛りこまれたアイディアの重要な一部分はついに理論的な述作の中には活かし切れず、後の創作活動での活用に委ねられることにもなった。漱石において文学理論は、その世界認識のための一部門であったし、人生の後半十年間の創作活動と相補翼しつつ、展開されていたものであった。ノートの研究は、『文学論』原構想の確認にとどまらず、漱石の世界認識・創作の原エネルギーの理解のためにも重要と考えるものである。

明治三十六年四月、文学のことばの問題に焦点をしぼって、夏目漱石が次のように講じはじめた時にも、その理論を特色づける思考方式はあらわれていたというべきである。

　吾々の日常使用する言語の中には、其内容の曖昧朦朧《ヴエーグ・アンド・オブスキユーア》なものが多い。吾々は此を使用するに当り、その内包、外延の意味《インテンスイーヴ・アンド・エキステンスイーヴ・ミーニング》を知らずに唯曖昧の意味を朧げに伝へる。此を伝へられた人も、亦曖昧に聴いて曖昧に解するのみである。更に或場合には符号《シンボル》の表はす内容に付き、何等の概念《コンセプシヨン》なくして用ゐることさへある。それで、必要があつて或言葉の意義を確めようとする時、若くはその意義を他人に問はれた場合に当つては、遂に要領を得ないことが多い。これ、吾々が内容其物を思考の材料としないで、記号《シンボル》その者を以て考へるからである。文学《リテラチユーア》と云ふ言語も此種の言葉の一である。

文脈としては「文学」の定義をめぐる論議の前提であるが、ここで「文学《リテラチユーア》と云ふ言語」ということばを、「文学の言語」とおきかえてみても、ここでの考え方は十分に通用する。言語の意味内包とその通用範囲、言いかえれば意味の厚みと広がり、それは使い方によって如何ようにも伸縮してゆくというのである。それを固定させようとしても不可能だし、具体的な場での記号として通用することばを、そのあいまいさのまゝ活用してゆくことによってこそ言語作品としての文学は形成されてゆくのである。固定された記号内容としてではなく、記号表現として自在に意味を生み出してゆくが故にことばは文学としてのふくらみを持ち得る。それは日常的に人がことばを用いて情緒を伝えたり表わしたりしていることと本質的に同一のことだとも漱石は言っているのである。

この道理を図式化して「凡そ文学的内容の形式は（F＋f）なることを要す。」と規定されるところから「英文学形式論」に対応する内容論としての『文学論』の本論がはじまるのである。

この、漱石のあみ出した公式のあらわす現代的意味について、篠田浩一郎氏は、「今世紀の中頃イエムスレウに始まってバルトへと開拓された言語の含意性（伴意とも訳す）についての理論と原理的にまったく同一である。[*8]」と指摘している。また篠田説を踏まえて三宅雅明氏も「漱石がfで示した文学言語の情動的性質は、前述のように、記号学でいう含意性にかなり近いものでありますす。まったく同一というわけではありませんが、きわめて類似いたしております。」と言い、「漱石は、（F＋f）を設定し、それらを形成するさまざまな要素を分析的に考究したことによって、文学の言語構造考察の先駆者になった[*9]」と評価している。肯くべき見解である。この公式が活用される第四編に至って具体的な文学的言説を分類して説明する個条でこの二氏の見解は裏付けられる。

『文学論』を特色づけるものは、(F＋f)という図式に込められた記号学的認識であるとともに、「幻惑(illusion)」というタームによって拓かれてゆく読者論的立脚地である。「文学的内容の相互関係」と名付けられた第四編は、二つ以上の材料(F)を重ね合わせることによって作家がどのような表現効果をもたらし得るかということを、読み手の側が持ち得る「幻惑」という観点から説き来り説き去ることを試みた一編であるが、やや異色の二つの章、「第七章　写実法」と「第八章　間隔論」を加えることによって、文学がその技法によって作り出す「幻惑(illusion)」の諸相が立体的に描き出される結果となっている。投出語法・投入語法・自己と隔離せる連想・滑稽的連想のそれぞれが定義され例示される第四章までがまずは基本的部分である。これの四者の中前三者を括り、それを更に一般化した技法として「第五章　調和法」が説かれ、それとは組み合せ方が異質なものとして、「第四章　滑稽的連想」との関連で「第六章　対置法」が定義される。対置法には下位分類として「第一節　緩勢法」「第二節　強勢法　[附]仮対法」「第三節　不対法」の都合四種のものが含まれている。狭義の隠喩《メタファー》から、プロットに至るまでを、要する所二つ以上の文学的材料の組み合せの問題としてとらえて分類を試みたものなのである。

ところが第七の章は、この、対比とか連想とか、組み合せとかに一切意を用いない、いわゆる写実的手法が意味づけられる個所であって、その論法は従前と大きく変わり次の如くである。

――「もし一人あつて現実社会の表現を眼前に活動せしめんとせば、勢是等の語法(引用者注――

第六章までの技法）より得る便宜を犠牲に供して、自然に吾人の耳に入る表現法（平凡なるにも関せず）を用ゐざる可からず。之を写実法と云ふ。」幻惑ならざる幻惑、それが写実的幻惑なのである。

この章では漱石のひいきの作家、ジェーン・オースチンの作品がまとまった形で論評され、その具体例の分析として白眉の章とも評価されてきたのだが、自然主義とも通流する写実的描写法の分析としては尚一面的で、ここに一層異色の「第八章　間隔論」が導入されたのは、それを補強してゆく意図に出たのであったかも知れない。

「間隔論」とは「篇中の人物の読者に対する位置の遠近を論ずるものとす。」云々、つまり「視点論」だとするのは長島要一[10]氏の卓見だが、「態《ヴォア》」や「物語行為《ナラシオン》」の問題にも鋭く切りこんでいるとするのが私見である。

漱石自身は、第七章までの展開を概括し、それらと違和する問題とのとり組みについて次のように言っている。

内容の幻惑法は不充分ながら前数章に渉つて之を述べたり。（余はとくに不充分と云ふ。敢て謙遜の意にあらず。余の説ける幻惑法は一時の幻惑法にして、ある一定時をつらぬいて起る幻惑法にあらざればなり。例へば篇中の人物が終始を通じて読者に幻惑を生ぜしむる場合の如きは、其方法と必要と条件とに論なく毫も論及するを得ず、前章を布衍して、わが論旨を此項に貫徹せしめんには、わが有する以上の閑時日を要す。）形式の幻惑法は結構に至りて直接の影響を失ふを発見せり。是に於てか不完全ながら余の論じ得べき幻惑の諸法は略ぼ悉くせるに近し。只だ一事の之に附加して云ふべきあり。間隔論是なり。

この一節の中、漱石が一種痛恨の念をこめて吐露していることは、「一定時をつらぬいて起る幻惑法」＝「結構」に関する論に至り得なかった点に関してである。統辞法のレベルまではすでに及んでいたが、物語の構造分析には至っていないとするのが、ここでの痛恨の由来なのであるが、右引用の一節のすぐあとに（一部繰り返しになるが、）「間隔論は其器械的なるの点に於て寧ろ形式の方面に属すると雖ども純然たる結構上の議論にあらず。章と章、節と節の関係より起る効果を考量するにあらずして、寧ろ篇中の人物の読者に対する位置の遠近を論ずるものとす。」とあり、右傍線の一条に記される如く、「結構論」＝構造分析への目論見は自覚されていたし、それと拮抗し相補うべき課題として、漱石のいわゆる「間隔的幻惑」が選択されたということを重要視しておきたいのである。

漱石はまず「時間に於て距離を短縮するの一法」として「歴史的現在の叙述」を定義しこれとの対応として「空間短縮法」なる叙法上の工夫を押し出してくる。要するに「中間に介在する著者の影を隠して、読者と篇中の人物とをして当面に対坐せしむる」法である。「読者を著者の傍に引きつけて、両者を同立脚地に置くは其一法」（批評的作物）「著者自ら動いて篇中の人物と融化し、毫も其介在して独存するの痕迹を留めざるが如き手段」（同情的作物）の二法をまず分類的に示してみせている。

その上で「交渉する所は読者、作家、篇中人物の三織素」だが「形式にあらはるゝは、此三織素のうち、篇中の人物のみ」と問題をしぼって、「篇中人物の位置を変更する」具体的なやり方として「此称呼を更ふる」こと、つまり人称の問題を提起している。「彼と呼び彼女と称して冥々に疎外視するものを変じて、汝《なんじ》となし、更に進んで余と改むるに過ぎず。従って頗る器械的なり。」という次第であるが、漱石はここで、Richardson その他の「書翰文体（Epistolary form）」や「脚本」の形式など、第二人称体の十八世紀英国小説の意義に強く反応するとともに、十数年後に英国にあらわれる有数の小説理論[*11]の論点を優に先取りして躍如たる論を展開して見せているのである。

若し夫れ作家にして終始一貫して篇中人物を呼ぶに汝を以てする事を得るとせば、作家が変じ余となつて篇中にあらはるゝの場合ならざるべからず。余の先きに挙げたる作家と作裏の一人とが同化せる場合即ち是なり。作家もし此法を用ゐるときは吾人と作家（即ち余と称するもの）とは直接に相対するが故に事々切実にして窓紗を隔てゝ庭砌を望むの遺憾なきを得るに近し。

ここで言われている「作家（即ち余と称するもの）」は、次のパラグラフでは「説話者（即ち余）」と言いかえられており、さらにそのはたらきについて「読者は只此余（作家として見たるにあらず、篇中の主人公として見たる）に従つて、之をたよりに迷路を行くに過ぎず。此大切なる余は読者に親しからざるべからず。故に余ならざるべからず。彼なるべからず。」と記される。

物語（説話）を語る行為によって構成して行く存在としての語り手が、書き手としての作家の中から生成し独立して行くプロセスを、これらの行文は確実に描き出しており感銘を残すのであるが、さらにこのあと実例の分析によって漱石の理論は一段の展開を示すこととなる。

同一の題材（悲運の少女の窮状を歌う）によって成った Goldsmith の詩と Burns の詩の比較から、間隔法を持つ後者が、「少女と作家とは詩中に相会して合して一となるが故に」その痛切さに於て優れていることを述べた後、有名な Scott の Ivanhoe その二十九章「Rebecca の盾を翳して壁間より戦状を Ivanhoe に報ずるの章」の分析に傾注する。城中の一室、蓐中に呻吟する勇士 Ivanhoe を看病する Rebecca が、城下において展開する乱戦を逐一報知する場面、「眼下の光景は佳人の口を通じて、問答の間に、発展し来る」状況である。その意味は、Rebecca が著者を代行すると同時に篇中の一人物であるが故に、「記事、読者共に一圜中に生息して、尺寸の間隔なき場合」となる。三織素の間隔の変化を示す図解も加わって説明は一層の熱中度を示しているが、私の関心では、このあと、Milton の Samson Agonistes における主人公の壮烈な死を歌う場面を、失敗例としてひき、これとの対比によって Ivanhoe の間隔法の卓越さを次のように述べていることが殊に印象に深いのである。

抑も吾人が記事の当体たる Samson の死に接近して彼我の間隔をちぢめんが為めには、篇中の人にして之を語るものなかるべからず、篇中の人にして又之を聴くものなかるべからざるは Ivanhoe の場合に徴して明かなり。然れども此二人は単に形式の為めに存在すべからず。相当の責任を帯びて一定の義務を尽くす為めに存在せざる可からず。一定の義務と云ひ責任と云ふは他なし。此二人が篇中に活動すとの証明を絶えず読者に与へて、読者をして、Samsonの死を聞くは、作家より聞くにあらずして、篇中の一人より聞くなりとの記憶を繰り返さしむるにあり。之を繰り返さしむる為めには、語るものと、聴くものとをして相互に問答を重ねしめざる可からず。

語りの有効な継続、そして読者への幻惑が、聞き手の活動を不可欠とすること、つまり有効な語りのことばは、「問答」＝対話の上にこそ成り立つこと、読者の物語行為への参加は、作品内聞き手の存在と、対話の継続の二条件があってはじめて成しとげられるとの物語論的認識を、漱石は示していたのである。

ノートにおいてはこの個条、別様な意味で慎重な考察を刻んでおり、本論に現われていない「話法」問題への注目すべき言及もある。

○ illusionヲ起ス術小説戯曲ニアツテ普《原》（読者若クハ観客）ト（小説中の出来事及舞台ノ所作）トノ関係ヲA：Bニテ示ストキハAノillusionハBノ如何ニdependス。然ルニ此Bヲ直接ニ読者ニ示サズシテ間接ニA′（役者又は小説中ノ人物）ヲ通ジテ示ストキハBニ対スルillusionモA′ニ対スルillusionモ一層強クナル。何故ト云ヘバA：BガA′：Bニ変化スル故ナリ[*12]

以下、読者の立場が、小説中で語っている（A′という）人物と同一の地位に立つ、その心理的切迫感を説明すべく試みている。用例としては「延陵《原》ノ戦、Scott Ivanhoe 中ノ一節」の他 Hamlet や Mid-Summer Night Dream の中の芝居があげられているのが興味をひく。

　この一段の考察の末に来て、「然 indirect narration ハ illusion ヲソグ者ナリ He said that ……此 indirect narration ト上ノ indirect description トヲ混同スベカラズ。Indirect narration ハ auther ニ対スル illusion ヲ起スモノナリ」と記されてある個所がある。話法についての考察の、ほんの端緒を示すものにすぎないが、自在な展開を想像させるものではある。

2

　一九九二年の十一月二十八日に、日本近代文学会の月例会があり、そこで漱石の『文学論』がとり上げられた。私の学会への出席は久方ぶりだが、この会への意欲は満々たるものがあり、前日はゼミの学生たちとカラオケで景気づけしたり、そのあとも眠るに眠れず朝まで興奮状態という、年に似合わぬ為体《ていたらく》だった。というのも、「『文学論』再考」と総題されたこの月例会に、中山昭彦氏や富山太佳夫氏と並んで発表を求められていたのがこの私。十数年ぶりの晴舞台という思いがあったのもさることながら、『文学論』という対象への熱き想いが私を動かしていたからに他ならない。

　前以て断っておくならば、この私の熱中に関してはいつもの通り空回りの気味、睡眠不足に折からの雪まじりの空もように歯痛まで加わっての意気阻喪、内容的には、前述（1）の範囲にとどまり、見るべき進展はなかった。しかし中山、富山両氏の発表や、石原千秋氏の司会による質疑応答の中からは、私を裨益する幾つかの成果を得ることができた。そのことについて記すことから本稿を再発させたい。

中山昭彦氏は主に「第二編　文学的内容の数量的変化」の中「第三章　fに伴なふ幻惑」をとり上げて、漱石の論理を追尋し、そこに生ずる論理的亀裂を明らかにする。その作業を重ねて行くことによって『文学論』の負った課題の困難さと、独自の可能性を示唆してみせたのであった。感心したのは与えられた短い発表時間の中、用意された丹念な資料を活用しつつ、悠揚迫らず漱石の行文を辿り、そのキータームの連なりや相互関係に思考を注いで（おそらくは漱石自身にも不明確の領域に属していたであろう部分に生じた所の）矛盾を剔出して見せたその手並みである。

氏が指摘する矛盾というのは次の如きである。「直接経験」と「間接経験」の間において、それぞれの「意識F」は「復起」（反復）するのみであって、変化しないが、「情緒f」は二つの経験の差を前提＝原因として変化して行く。「とすれば、この『文学論』の二大機軸ともいえるFとfは、一方は経験を否定し、他方は経験を容認するという点で、まったく異質なものと言うことになり、その二つがF＋fという形で結び付いて「文学的内容」を形成するというのは、きわめて奇妙な事態だと言うことになる。[*13]」これは一例である。そのほか、氏は漱石の行文が、論理的帰結として「二つの経験」から「実際の経験」を排除していることの矛盾を指摘し、さらに個々の局面で発生する微細な意識Fこそが、継起する事件を概括する意識Fを左右するという発見に辿りつく。――

漱石が「第一編」において「凡そ文学的内容の形式は（F＋f）なることを要す。」と説き起したとき、問題は胚胎していた。すぐに続けて「Fは焦点的印象又は観念を意味し、fはこれに附着する情緒を意味す。されば上述の公式は印象又は観念の二方面即ち認識的要素（F）と情緒的要素（f）との結合を示したるものと云ひ得べし。」と規定するが、この短い行文で「印象又は観念」の内包が前半と後半でははっきり異っているのでわかるように、漱石は必ずしも緻密な規定に従って論を起してはいない。またFは、「意識の波」の焦点として図形化されるのに対して、fはそれに付着する情緒との定義があるのみにとどまり、情緒じたいの運動が図示されるものではないのである。つまり中山氏が丹念に跡づけられるように、Fとfは、同次元に並ぶ概念と言うべきものではなく、＋《プラス》記号によって結びつけるのは適切とはいえないのかも知れない。「直接経験」と「間接経験」の対応についても漱石の扱いは厳密さを欠くと言えば言えるかも知らない。この対立概念については『文学論』のノート（以下「ノート」と略称）の方で、

(1) sensuous emotion
direct experience ⎤
　　　　　　　　 ⎬ 反スルヿアリ
indirect（expressed in literature）⎦

の如くあるのでわかるように、表現されたことによっていわゆる再体験されるものが、日常的な経験の際にもたらされる感情とは異質の感情をもたらし得るということを説明するのを目ざして設定された気味合いが強く、「直接経験」も又、それと対応して「F＋f」の二要素によって成り立つと措定されざるを得ないが故に、甚だ紛雑してくるのである。「間接経験」は、作品内における経験だが、「直接経験」はそれとの対比のために措定された、日常レベルの感覚や倫理にまつわられた「経験」と理解しておくのが便宜だろう。

一方の富山太佳夫氏は、『文学論』（周知の如く、東京大学における講義「英文学概説」の聴講者によるノートが、その礎稿となっている）成立の背景として、留学時代の夏目金之助が、この二十世紀初頭のロンドンに於いて何を学び、何を学ばなかったかを、広汎な資料を用いて発表された。氏はこの時期において英文学（＝英文学研究）がまだ存在しなかったことを指摘し、英文学の学徒としてロンドンに渡った金之助の迷いの根源をそこに見出すことからはじめた。実証哲学や心理学の原著よりはその入門書が彼にとっては文学を裁く枠組となったし、社会学ことにマルクス系の社会主義の著書については適切な概説書によってその知識を賄うことが出来たが、英文学原論や英文学史が信頼すべき体系としては存在しなかった故に、英国人にとってはすべてが常識か、といったふうな根拠のない劣等感を漱石は植えつけられるし、必要以上に「自己本位」流の力みを彼が示すことになった。という趣旨として理解できた。

連想されたのは一時代前の英文学者たち、たとえば吉田健一・中野好夫・松村達雄・矢本貞幹と言った方々の漱石論だったが、富山氏の論はこれらの人々からは得られなかった今世紀初頭のロンドンの思想文化風俗の情報、それも出版物のリストや絵画の数々によって具体的に描き出される文化絵図を自在に活用して展開される結果、如上の四人の文人風の臭味に損われることなくその知を学び得たということができる。この衝撃的な発表（事実質疑を慫慂する司会者の声に対して一瞬寂として声が上らなかった空気を印象深く思い出す）の前や後、氏の口吻から洩れたのはここ十数年来英文学研究は切れ味よりも世界からの情報の新しさと量だということ。氏が今回用意された二つの叢書のリスト等も漱石研究においては新資料だが、コンピューターの数秒の操作によって同種のものが各年代別に抽き出し得る云々。氏の視野の広さは、この例会でも討論の一方の担い手だった小森陽一氏との「《対談》ロンドンに立つ漱石」（『文学』一九九三　夏）で活字化されている。中山昭彦氏の「沈黙の力学圏」（『批評空間』9、一九九三・四）も学会例会の発表を発展させたものであり、いずれもが『文学論』研究の新段階をトする文献となっている。くり返すようだが二氏の発表は共通していわゆる文科的人間の範疇をつき抜けた発想において輝きを示していた。言いうべくんば科学的ということである。漱石の『文学論』における科学的思考については肯否の両面から問題とされてきた点であるが、何より肝心なのは漱石そのひとの思考方式が理科系文科系が分化する以前の、逞しい運動性を持っていたことであって、たとえば小山慶太氏の『漱石が見た物理学、首縊りの力学から相対性理論まで』や東秀紀氏の『漱石の倫敦、ハワードのロンドン』*14などの著作は我々が見落しがちな漱石の思考の巾と自在さを示唆してくれる。

またテクストの奥行に目を凝らして漱石蔵書を継続的に精査してきた小倉脩三氏の仕事もある。[*15] 新段階というのは『文学論』がはじめてその質量を開示する時期、ということになる可能性がある。

学会発表においてやや暗示的に発言した南方熊楠の思考方式との対比、それとフロアからの質問にもあった「話法」問題への補足、そして今後の戦略的見取図、の順で以下可能な限りで論述をすすめたい。

「大英博物館での対話――夏目漱石と南方熊楠――」と題する平山令二氏の百枚近い未発表ドラマの手稿が手元にある。友人塚本康彦が職を奉ずる中央大学のご同僚であるというご縁で、数年前にそのコピーを頂戴したものである。内容に立ち入ることは遠慮する次第だが、物理上は不可能であった、右標題に示されるような場面を想像するのは、この二者について知る人々の共有する志向であるようだ。

この二人は明治十七年東京大学予備門に籍を置き、二年間は教場において机を並べる。この同年に正岡子規（常規）、山田美妙（武太郎）、中村是公（柴野）らが居たことは「明治十八年　成績表　大学予備門」はじめ、子規・熊楠両人の回想文によっても明らかであるのだが、南方熊楠は明治十九年に予備門を退学、同年のうちにアメリカに遊学することとなり、官学のコースを歩みつづける漱石とは爾後、全く出会うことはなかった。両者にとってロンドン生活はそれぞれに大きな意味を持つことになるが、夏目金之助が文部省派遣による第一次留学生としてロンドンに渡る一九〇〇年秋には、熊楠は一八九二年以来のロンドン生活を了えて帰国の途に就いている。漱石の乗るプロイセン号と熊楠の乗る丹波丸とが、同年十月初旬、印度洋上ですれちがうことになる、その文化史的意味に思いを遣った人々に渋沢龍彦*16その他が居るが、古山寛原作・ほんまりう画による『漱石事件簿』*17なるフィクションは、この場面を鮮明に画像化し、南方熊楠がロンドンに於いてとり組んでいた課題を漱石が受け継ぐというプロットを設けている。この作者たちが発揮した想像力は、東西文化のせめぎあいの中で全身をさらして世界認識の方法を模索していた二人の留学者の先駆的精神への関心に由来し、共感も喚ぶものだが、私は、両者の本文《テキスト》の中から連接点を探り出して行きたい。

「第二編第二章」は「fの変化」が三つの法則(1)感情転置法、(2)感情の拡大、(3)感情の固執の提示によって説明される個条である。ボッカチォの『デカメロン』に原拠を持つIsabellaの悲劇を、Keatsが"The Pot of Basil"と題して詠じた譚詩を漱石はとり上げている。彼女と相思相愛の仲となった青年Lorenzoを憎んだ彼女の兄弟たちが彼を謀殺して林中に埋める。変心して外国に渡ったと告げられて悲しむIsabellaの夢枕に彼があらわれ"I am a shadow now, alas! alas!"と告げたと云う。

ここに於いてIsabellaは已が兄に欺かれたるをさとり、翌朝年たけし乳母と共に夢にうつりし林に分け入り恋人の埋められしところを探りあてて掘り返し、其死骸の首をきって吾家に携へ帰り、偖其髪を黄金の櫛にて梳り、そを香高き布に包みて植木鉢に埋めて、上に羅勒（メバウキ）の樹をうゑたりと。[*18]

"And she forgot the stars, the moon, and sun
And she forgot the blue above the trees,
And she forgot the dells where water run,
And she forgot the chilly autumn breeze;
She had no knowledge when the day was done,
And the new morn she saw not: but in peace
Hung over her sweet Basil evermore,
And moisten'd it with tears unto the core."

（中略）

此場合に於ける情緒転置の経路を示せば、

(1) Lorenzo f ——(2) 生首 f ——(3) 植木鉢 f

となるべし。

この一節において漱石が定義を試みているのは、一つの対象を認識する意識Fについて起こった情緒f（この例の場合、イザベラのロレンツォへの愛着）が、対象の消失に対応して他の対象への転置が行なわれる（同じく死んだ彼の生首へ、そしてそれを埋めた植木鉢へ）という現象なのであるが、これを漱石は「Fとfとの間に起る一種の連想」と説明する。この際キーツの譚詩の中心イメージは“Sweet Basil”であるわけだが、これを漱石は「羅勒（メバウキ）の樹」と訳しているのが注目される点である。

一方この植物（現代ではバジル、又はバジリコで通用している）は次のような文脈において熊楠によってとりあげられているのを見る。

また[*19]ド・ロシュフォールも述べている。「それら（「眼石《アイ・ストーン》」）をまぶたの下側に入れておくと、瞳のまわりを回転し、瞳を強くし、澄ませ、目に入った藁をすぐに外へ出す効力がある、と言われている。」この理由から、中国人は真珠や磨いた赤珊瑚を、そのままあるいは粉末にして、眼病を間違いなくなおす薬材として非常に尊重している。そして日本人は、*Ocimum basilicum* の種子に同じような効能のあることから、この草を「目箒《めぼうき》」と名づけている。[(65)]子安貝《カウリー》は、そのなめらかで円い表面のゆえに、いくつかのヨーロッパの国々で、紙につやを出す技術に用いられている。また中国でも、粉末にして、同じ作業に応用されている。（傍線は引用者。そして傍線部分末尾にのみ残した注記号（65）に対する巻末の注は、（65）『大和本草』〔九巻・羅勒《メバハキ》〕である。）

熊楠の未発表原稿たる、“The Origin of the Swallow-stone Myth”は、彼自身によっても「燕石考」と俗称され、和訳定本もそう呼ばれてはいるが誤解を招くきらいがないとはいえない。彼が実際に扱っているのは、ロングフェロウの詩の中の〝燕の巣の中にある不思議な石〟をきっかけとして考察された或種の石や貝にまつわる伝説（言い伝えや俗信）の起因。単一化し得ない多様多種の人間的関心にあるとみとめて古今東西の文献を渉猟しつつ説き及ぶという手法はまぎれもなく熊楠一流の博物誌的文体を示現したものである。夙に鶴見和子氏が高い評価を与え、最近は中沢新一氏によって数限りない可能性を持つものとして解読されつつある[*20]この論の全貌に関しては今は措くとして「目籗」言及部分にもすでに露頭しているような、人間の生活実感に根ざした連想、連想によって作り出される隠喩、への注視と評価の姿勢が、漱石の『文学論』におけるそれと相通うことは差当り留意すべきであろう。鶴見氏はそれを「さまざまの誤認の過程の系列が、相互に作用しあって、誤解の相乗効果を生じてゆく過程」と呼ぶ。勿論氏は誤認とか誤解とかいう語をネガティヴに用いているわけではない。むしろ「人間の文化の創造という観点」から、それを熊楠とともに豊かに受容しようとしているのである。

感情の転置・拡大・固執というようなタームによって「fの変化」を定義し、それを踏まえた上で「fに伴なふ幻惑」を論じすすめて行く漱石を動かしているものも同種類の関心であったといえるだろう。

普通美しと思はぬもの、若しくは肉体的、精神的に斥くべきものも一旦文学中のfとなりて現はるる時は、吾人はこれを毫も怪しまざるのみならず、時としては之を歓迎するの傾向あり。病的なる人、若しくは病的なる社会に限らず、何れの世、何れの国にも、かくの如きfを文学にありては病的と見做さざることあり。

文学においてかかる意味で不快を快に代える手段を「表出の方法」と名づけて考察の対象とするし、一方それが可能となる由来を求めて「読者の幻惑」を追求する。ここでやや生硬ながら定義される「自己観念の除去」「道徳の除去」「知的分子の除去」等々の心理操作がもたらす効果が、幻惑（Illusion）と名付けられ、爾後『文学論』のキータームとして活用されるのである。

「燕石考」の末尾に近く、熊楠は次の如くに伝説（Myth）の扱いの困難さを指摘する。

全くのところ、伝説はその原因があまりにも多様で複雑な点で、またそのために、先行するものを後になって追加されたものから解きほぐしにくいという点で、まさに夢に匹敵する（the myth only vies the dream）ものである。

時は恰もフロイトの『夢判断』初版発行（一九〇〇年）の前年である。夢の持つ意味の重要さを認識する立場から、フロイト派がやがて展開する夢分析の応用を先取りするような立言でもある。これは仏教者土宜法竜との往復書簡[*21]の中で真言密教のマンダラ思想を「事の学」[*22]として換骨奪胎しつつあった彼としては当然の着想であったに他ならないが、ここでもわれわれは『文学論』の著者も又逸早く、十九世紀的文学観の批判的観点に立って「人生」の不可知への挑戦意欲を「人生は半ば夢中にあって隠約たるものなり」（一八九六年）と表現したその人であったことを思い合さずにはいられない。

『文学論』の行文にはまだ、夢（dream）への言及はあらわれてはいないが幻惑（Illusion）が作り出す構造を、漱石が自ら親しんでいる夢の世界と相重ねつつ描き出していたであろうことは推測しやすいし、それは又彼が実作者となって作り出した作品が証拠立てているといえるであろう。[*23]

「話法」につき直接言及されている部分は「ノート」の中では、先に引用の、「Enjoyment ヲ受ケル理由 Various Interpretations」の中の「Indirect narration ハ author ニ対スル illusion ヲ起スモノナリ」以外には見当らない。しかし Indirect narration と区別して漱石が名づけた Indirect description の例としてあげられてあるのが、例の『アイバンホー』の中、「Rebecca の盾を翳して壁間より戦状を Ivanhoe に報ずるの章」や「鄢陵の戦」(『春秋左氏伝』巻十三)であって、読者を作中の聴き手の立場に引きこむという効果(漱石の「ノート」によれば「我等ト(小説中ノ人物)トハ同ジキ心持チヲ生ズ即チ彼等ハ作ラレタル人間ニアラズシテ吾人ト共ニ生キタル人間タラントノ illusion ヲ起ス」)を狙った description が direct narration の臨場的機能を生じていることは見るも易い事実である。漱石が意図的に「話法」を活用した作品の一つが『こゝろ』であるが、青年の手記(「上」と「中」)が直接話法的、先生の遺書(「下」)が間接話法的なそれぞれ叙述形態を持つことは明らかだろう。端的に、Kの遺書の引用の際に用いられてある所の「Indirect Narration」が「author(ここでは遺書の筆者である「先生」)ニ対スル illusion ヲ起ス」例となるであろう。

以下、作品との付き合せによる続稿は次の機会に回すこととしたい。

〔注〕

＊1　留学中に記されたノート。後出『漱石資料――文学論ノート』（昭51・5）に当る。

＊2　「『文学論』とその前後」（『解釈と鑑賞』昭63・8）「その（ナラトロジーの）演繹的な思考は、漱石のそれに極めて類縁的である」と指摘されてある。

＊3　昭和38年4月刊。『日本文学研究大成　夏目漱石II』（平3・3）に収録。

＊4　昭和23年11月刊。漱石の講義を実際に聞いた人の立場で、当時の日記を資料として書かれており極めて貴重な文献である。

＊5　ノートは全部横書であるが、ここでの引用は、アルファベットを除き縦書とした。

＊6　「『文学論』の序の腹案と草稿」「Life of Literary & Artistic Works」いずれも帰朝以後に漱石が作成した二点。

＊7　明治三十六年四月〜六月の講義（当時は九月始業なので、旧年の第三学期に当っていた）の分は、『文学論』に収められなかったが、内容論に対して形式論を手短かに論じた意味があり、不可欠である。

＊8　『小説はいかに書かれたか――『破戒』から『死霊』まで――』（昭57・5）

＊9　「漱石『文学論』の現代的意義」（『大阪府立大学紀要』34　昭61・3）『日本文学研究資料　新集第14夏目漱石・反転するテクスト』（平2・4）に収録。

＊10　「「一元描写論」と「間隔論」　泡鳴と漱石の視点論について」（『解釈と鑑賞』昭59・10）

＊11　P・ラボックの『小説の技術』（一九二一）が視点の問題につき本格的に論じた古典的名著と呼ばれる。

＊12　「Enjoyment ヲ受ケル理由 Various Interpretations」

＊13　中山氏の当日の発表資料「意識の粒子の力学的磁場――『文学論』の可能性」より。

＊14　いずれも中公新書版。小山氏は物理学者の立場から漱石の二十世紀物理学への持続的関心の所在を辿り、作品で展開されるその知識の豊富さを強調する。東氏はロンドンの都市計画案の挫折の歴史を辿りつ

つ、漱石の都市感覚の卓抜さを建築工学の観点から称揚している。

＊15 小倉氏の学会での『文学論ノート』の読みについての発言は目をみはるような厳格さと強さがあった。最近の報告として「Monoconscious Theory と『文学論』――ルロイド・モーガン『比較心理学』の影響（一）――」（『国文学ノート』第三十号、平5・3）があり、示教を承けた。

＊16 渋沢龍彦「悦ばしき知恵あるいは南方熊楠について」（『朝日新聞』昭51・2・13）。「二人のロンドン体験の内容たるや、まさに昼と夜のように正反対だったということが、私には、いかにも奇妙なシンメトリーのように見えて仕方がない」と氏は記す。

＊17 平元・12、新潮社、「倫敦漱石猟色考」注2に前出。

＊18 『漱石全集』第九巻にある角野喜六氏の訳を挙げると――。そして彼女は忘れた、星も、月も、太陽も、そして彼女は木々の青空をも忘れた、そして彼女は小川のながれる谷をも忘れた、そして彼女は冷たい秋風をも忘れた、彼女は知らなかった、いつ日が暮れたかを、また新しい朝をも見なかった。だがだまっていつまでもいつまでも彼女の香しいめぼうきを覗き込みその木を心まで涙で湿らせた。

＊19 一八九九年、ロンドン在住中に書かれた英文草稿 "The Origin of the Swallow-Stone Myth"『ネーチャー』に掲載予定で書かれたが、挿絵や一部文献につき漢字を入れる条件で折り合わず発表されなかった。岩村忍の整理を経て平凡社版『南方熊楠全集』第十巻にはじめて上梓、同社版『同選集』第六巻に岩村忍の日本語訳が収録された。なおこの引用の中、傍線部の熊楠の本文は、

……and the Japanese, from the similar merit of the seeds of *Ocimum basilicum*, entitle the herb "eye-broom" (mebōki) (65).

＊20 鶴見和子『南方熊楠――地球志向の比較学――』（昭53・9、講談社）の中、第一章三――2――iii「燕石考」――発見のみちすじ（"The Origin of the Swallow-Stone Myth"）。講談社学術文庫版による。中沢新一『森のバロック』（平4・10、せりか書房）の中、ことに「第三章　燕石の神話論理」。氏の編集

による《南方熊楠コレクション》II南方民俗学（河出文庫）の「解題　南方民俗学」の前半にほぼ対応している。

＊21　《南方熊楠コレクション》I南方マンダラ（河出文庫）による。

＊22　土宜法竜宛、明治二十六年十二月二十一日付で、「小生の事の学というは、心界と物界とが相接して、日常あらわる事という事も右の夢のごとく、非常に古いことなど起こり来たりて昨今の事と接して混雑はあるが、大綱領だけは分かり得べきものと思うなり。（中略）この心界が物界とまじわりて生ずる事（すなわち、手をもって紙をとり鼻をかむより、教えを立て人に利するに至るまで）という事にはそれぞれ因果のあることと知らる。その事の条理を知りたきことなり。」とあり、下記の如き有名な図解が記される。この南方図式と漱石の（F＋f）との間にもある種の類縁が感じられる所である。

＊23　松居竜五他編による『南方熊楠を知る事典』（平5・4、講談社現代新書）に「同時代の群像」の項あり、その「夏目漱石」の項目を執筆した松居竜五氏の指摘として「夢のような現象においては、しばしば物質的刺激が精神的反応に結びつくというように、物質の因果関係と精神の因果関係が交錯することがあるが、そうした因果をたどることによって精神活動をも包括する知的体系を編み出すことができるのではないか。神話・伝承の世界に論理の網の目を見ようとした「燕石考」での熊楠と、文学の生成体系の論理を探ろうとしていた『文学論』での漱石は、そうしたきわめて似通った意図を持っていたように、私には思われる。」とある。

ヤフーの系譜――猫・河童・家畜人

1

『吾輩は猫である』によって小説家への転進をはかる人にふさわしく、東大英文科講師としての夏目漱石の講義「十八世紀英文学」（所謂『文学評論』）は、諷刺文学の分析部分が最も充実しており、筆づかいも流暢である。

該当個所は「スヰフトと厭世文学」と名付けられた「第四編」だが、すでに「十八世紀の状況一般」を論じた「第二編」、「アヂソン及びスチールと常識文学」を論じた「第三編」の各所にジョナサン・スウィフトへの言及があり、それをめぐり当代の文家の諷刺的性格への展望があって、「第四編」の展開が十分に予定されてあったものであることをうかがわせる。ちなみに漱石が英国の十八世紀の時代的状況としてとらえていたのは、「理性の世」「前途有望の開化」という開明的状況で、ジャーナリストとしてのアジソンやスチールを「常識文学」としてまず取り上げたところにその状況観が端的に示されてあるのだが、それに対比すると、スウィフトに代表される諷刺的・厭世的精神は、本質的に反状況的な性格を帯びざるを得なくなる。それをクローズアップすることで恐らく漱石は、彼のいう「趣味《テースト》の表現《エキスプレッション》」としての文学の自律性を主張しようと試みているのであろう。

　漱石の諷刺的文学への展望の骨組は凡そ次の如くである。

一、文学者の取り扱う材料を、真偽・善悪・美醜・壮劣に四大別した時、真偽への好悪（＝趣味）が他の三つを圧するとき、諷刺的趣向があらわれる。

二、世相を面白く感じて起る文学に対して「世相を悪んで起る文学」の中から諷刺的趣向は発生する。

三、世相への不満足をあらわす文学的表現としては、①正面憎悪、②側面憎悪、③同情のある保護を加える様な筆意、といった「楷段」が考えられるが、この三つのいずれもが不満足感の一方に満足すべき一定のイデエを措定してあるのに対して、④「満足」という対立項をいっさい持たないで「不満足を不満足として表現する丈」の表現がある。

四、諷刺的文学の方法としての諷喩（allegory）には、①類似性を情的に訴えるもの、②感情よりも智力に訴える比較、③単なる約束による「専擅的な比較」がある。

五、諷喩的表現への読者の興味は二様で、一は地の文自身が文学的で面白いこと、一は地の文の裏面に潜む本意と表面にあらわれた意味との間に並行を見出すことの面白味、であるが、後者だけの興味にすがる諷喩は文学として成功したものとはいえない。

今ここに五個条にまとめたのは、漱石の行文では、スウィフトの文学、殊に『ガリヴァー旅行記』の諷刺的卓越をしぼり上げて行く論拠として働いているものであるが、後に付説する一二の観点を補うことによって、諷刺文学一般を批評して行く基準として活用することが十分に可能である。ことに修辞学から得られた諷喩の語を、方法的に錬り上げてゆく、三、四、五の項目をめぐる思考は今日に於いても尚十分の新鮮さを持っている。

ここでは、『文学評論』の漱石の諷刺文学論を一応の根拠地として据えて、二三の具体的事例に展望を試み、漱石の視野の透徹性を確かめ、そこに幾分かの補訂を加えてゆく手がかりを発見すべく努めたい。標題とした「ヤフーの系譜」とは、スウィフトにおいてはじめて造型された「ヤフー（Yahoo）」なる異形の人間存在の波及をそれらの事例の中に追跡してみたいとする私の関心をあらわす。

2

漱石のスウィフト論は『ガリヴァー旅行記』第四編に至って俄かに熱気を帯びてくる。

——……この第四編こそスヰフトが彼の最猛烈の嘲罵を擅にした所である。今迄漂泊した地方はみんな人間の国である。今度ガリヴーの行く先きは大人国でも、小人国でも、又は変物の寄り集まったラピュータの様な土地でも無い。フーインムス（Houyhnhnms）と云ふて、発音さへ出来ない馬の国である。馬の国と云ふと馬が万物の霊として威張ってゐる国である。ガリヴーも馬の国に漂着した以上は、馬に服従しなければならない。実際ガリヴーは自分を養って呉れる馬のことを「わが君」（my　master）と呼んで居る。それで此国にはヤフー（Yahoo）と云ふ動物が居る。どんな動物かと思って行って見ると、豈計らんやヤフーは即ち吾々の所謂人間である。ガリヴーも上陸した時はヤフーと間違へられた位のものである。

ついでにガリヴァーとヤフーたちとの出合いの場面を『ガリヴァー旅行記』（中野好夫訳、新潮文庫版）から引用しておくと、

……そのうちに彼らの二三がたまたま我輩の臥せている方へやって来たので、はっきり形状を見ることができたのだが、頭と胸はいちめんに濃い毛——縮れたのも、真直なのもあるが——が密生している。山羊のような髯をはやしているうえに、背中から脚及び足首の前部へかけては、長い毛並が深々と生えているが、その他の部分は全部無毛で、黄褐色の皮膚が、裸で見えている。尻尾もなければ、臀部にも全く毛はない。あるのはただ肛門の周囲だけだったが、おそらくそれは彼らが地面に坐ったり（これは彼らのいちばん普通の姿勢だが）、臥せったり、あるいはしばしば後足で立ち上ったりする時に、彼らは臀部を守るように、自

然がそこに生やしたのだろう。彼らは、高い樹にもまるで栗鼠のように身軽に攀じ上った。というのは前足にも後足にも、長い丈夫な爪が生えていて、しかもその先は鋭く尖って、鈎なりになっているからである。（中略）我輩ずいぶん旅行もしたが、実際これほど不快な、またこれほど見るからに激しい反感を感じた動物というものはなかった。

ガリヴァーはこの醜悪至極な動物が、「人間」のなれの果てであることを発見し、それとの対比において、理想的存在としての「フーインムス国」の馬の高貴さを発見することになるわけだが、漱石が「奇抜の極」と賛辞を呈した「フーインムス国」の馬の世界の設定がヤフーとしての「人間の醜と陋と劣と愚を陳列する」ねらいによってなされてあることは言うまでもない。ヤフー化した形態において人間なる存在を極度に下劣な本質において描き出し、「苟しくも人間たる以上は、悉く嫌悪すべき動物であると云ふ不満足」を表現しているというわけである。ヤフーは、その対比物としてのフーインムスの馬とともに、スウィフトの厭世的人間把握の「諷喩」であることになるのだが、この文学的仕組みについては尚、観点を変えて検討してみなければならない。

ガリヴァーは「小人国（Lilliput）」においても「大人国（Brobdingnag）」においても「ラピュータ（Laputa）及びバルニバービ（Balnibarbi）」においても、つきつめた所、くり返し「人間」なるものに出合うのである。しかも異形と化した人間に出合うのである。そのことでガリヴァーは、人間のかつて知らなかった側面を体験することになるのであるが、第四編を特色づけているのは、「万物の霊（長）」の地位を馬に譲ることによって、逆に動物化し家畜化したヤフーとして人間が現出するという一点にある。いわば第三編までが、人間同士の価値の相対化という観点で、「諷喩」が成立していたのに対して、第四編に至って人間を動物との相対化、さらに、一般的価値意識の顚倒が計られ、その上に、「諷喩」が成立したものということになるだろう。

「諷喩」としてのヤフーのイメージを彩るものとして、徹底的なスカトロギア、それと裏腹の牝ヤフー嫌悪のすさまじさ、が良く指摘される。私はそれらの要素が、漱石が『桶物語』と、ロレンス・スターンの同質性として言及している、「digression」（脱線）という構成的形態的特性となって示現していると考えるものだが、又一方においては、中野好夫（『スウィフト考』岩波新書）がReductio ad absurdum（帰謬法、背理法）と定式化したスイフト生来の論理学によって裏付けされていることも見ておく要があろう。

3

猫、を語り手とし視点人物とする『吾輩は猫である』を着想するについて、漱石がスウィフトの「馬の国（フーインムス）」をどの範囲でどの程度参照したかについては賛否両様の各説があって定まらない。しかし、人間の真相を剔抉し、殊に人間同士では明確にしがたい醜悪な本質を描出するために、人間とは異なる動物（猫）の視点を活用するという作品の基本的な仕組が、馬とヤフーの対比の仕組と深い関連があること、仮想的な設定（諷喩としての作品枠）によって、人間の現実を描出することを目ざしたという同質性があること、この二点を否定することはできない。漱石の時間の中では、『吾輩は猫である』の執筆開始は『文学評論』（十八世紀英文学）の開講に半年間程先行しているから、むしろ後者は、前者の方法的意義付け、又は傍注、といった関係にあると言うべきだろうが、それにしても、「吾輩」という猫がとらえた当代日本の人間たちは、ヤフー的本性を露呈させていて、ここでは読者は、漱石における人間嫌悪に向き合わされることになることは確かである。

吾輩は人間と同居して彼等を観察すればする程、彼等は我儘なものだと断言せざるを得ない様になった。殊に吾輩が時に同衾する子供の如きに至っては言語道断である。自分の勝手な時は人を逆さにしたり、頭へ袋をかぶせたり、抛り出したり、へつつひの中へ押し込んだりする。而も吾輩の方で少しでも手出しを仕様ものなら家内總がゝりで追ひ廻して迫害を加へる。（中略）台所の板の間で他《ひと》が顫へて居ても一向平気なものである。吾輩の尊敬する筋向の白君抔は逢ふ度毎に人間程不人情なものはないと言つて居らるゝ。白君は先日玉の様な子猫を四疋産まれたのである。所がそこの家の書生が三日目にそいつを裏の池へ持つて行つて四疋ながら棄てゝ来たさうだ。白君は涙を流して其一部始終を話した上、どうしても我等猫族が親子の愛を完くして美しい家族的生活をするには人間と戦つて之を剿滅せねばならぬといはれた。一々尤の議論と思ふ。（中略）いくら人間だつて、さういつ迄も栄える事もあるま

い。まあ気を永く猫の時節を待つがよからう。（二）

何が奇観だ？　何が奇観だつて吾輩は之を口にするを憚かる程の奇観だ。此硝子窓の中にうぢやうぢや、があ〳〵騒いで居る人間は、悉く裸体である。台湾の生蕃である。二十世紀のアダムである。抑も衣装の歴史を繙けば――長い事だから是はトイフェルスドレック君に譲つて、繙く丈はやめてやるが、――人間は全く服装で持つてるのだ。十八世紀頃大英国バスの温泉場に於てボー、ナッシが厳重な規則を制定した時抔は浴場内で男女共肩から足迄着物でかくした位である。今を去る事六十年前是も英国の去る都で図案学校を設立した事がある。図案学校の事であるから、裸体画、裸体像の模写、模型を買ひ込んで、こゝ、かしこに陳列したのはよかつたが、いざ開校式を挙行する一段になつて当局者を初め学校の職員が大困却した事がある。開校式をやるとすれば、市の淑女を招待しなければならん。（中略）と云ふ所から仕方がない、呉服屋へ行つて黒布を三十五反八分七買つて来て例の獣類の人間に悉く着物をきせた。失礼があつてはならんと念には念を入れて顔迄着物をきせた。斯様にして漸くの事滞りなく式を済ましたと云ふ話がある。其位衣服は人間にとつて大切なものである。（中略）一たび服装の動物となつた後に、突然裸体動物に出逢へば人間とは認めない、獣と思ふ。夫だから欧州人ことに北方の欧州人は裸体画、裸体像を以て獣として取り扱つてい、のである。猫に劣る獣と認定してい、のである。美しい？　美しくても構はんから、美しい獣と見做せばい、のである。（七）

飼猫として扱われる猫（吾輩）の側から人間の振舞が論評される時、人間が発揮している利己心・残酷・不人情が強い力点を打って現われてくるのは、一からの引用に見る如くだし、「人間の方へ接近して来た様な心持」（三）を自覚した「吾輩」が、人間の論理を逆手にとってその奇異な結果を「背理法」的に説明して見せる時、七からの引用に見るような言説が生み出される。いずれにせよ、猫なる存在による人間価値の相対化の機能が示された例である。そして引用の二例それぞれの末尾に示される如き、価値の逆転が最終的には目指されている点も、スウィフトとの類比を思わせるのである。しかし、「家族的生活」という人間的価値意識を「吾輩」が保持していること、それと見合った「猫に劣る獣」というような価値観をひけらかしていることも確かである。恐らくその分だけ『吾輩は猫である』の人間諷刺は柔らかで煮え切らない。ガリヴァーが漂着した海の果てという異空間が設定された「馬の国」の諷刺力に及び得ない具体的な一因であると言えば言えるであろう。猫なるものは、一般に飼主の家に居住し、人の日常に介在しつゝ、その近傍に居て相対的に独立した生活空間を持った存在である。一方、その体質的特性は柔軟にして融通無碍というか、人の玩弄愛撫に身をあずけながら、動物的原質を喪ってはいない。漱石はかゝる猫の存在的体質的特性を生かして作品を運び、作品として固有な表現を作り出す「吾輩」を設定した。『吾輩は猫である』における作品の基本的質は、そのことにおいて定まったのである。

梅原猛の「『吾輩は猫である』の笑いについて」（『文学』昭34・1）はこの辺の機微について多

くの明快かつ示唆的な展望を与えてくれたものである。梅原はこの古典的研究論文の中で、古今東西の笑いに関する研究理論を、コントラストという対象的側面からするものと、優越感という主体的側面からするものとに二大別し、その間の対立相克を揚棄すべきものとして、「意味または価値の理論」という立脚点を提示する。

(1)滑稽なもの即ち笑うべきものに存在するコントラストは、正確には全く意味領域を異にする二つのもののコントラストであり、この意味領域が単なる意味の質的な差のみを含む場合と、意味のみでなく、同時に価値の量的な差をもつ場合がある。

(2)しかも、このようなコントラストの結果、必らず何らかの形で価値の低下という現象が起る。全く価値を異にした意味領域に属する二つのものがコントラストされる場合、明らかに、価値の高いものが価値の低いものの段階に価値低下するという、価値低下の現象が起るが、単なる意味領域のみを異にする二つのものがコントラストされる場合も、こうした意味のコントラストを引き起こした主観的原因である人間や、意味領域そのものの価値低下が起る。

猫の眼によってとらえられた人間、ガリヴァーという中間者(「ヤフーならざるヤフー」)によって描き出された「馬の国」の人間(ヤフー)、という、二作品の仕組はそれぞれに異なっているにせよ、「動物の世界」と「人間の世界」という、「価値と意味領域を異にする二つのもののコントラスト」によって二作品が共通するものであることは間違いがない。そのコントラストによって「人間」の「価値低下」が齎らされてあることも同様にして言えることである。梅原の言う「笑い」の質のちがいは、「価値低下の強度」によって生ずるのである。梅原は「笑い」の性質を定める要因として次の四点を主要なものとして挙げている。

(1)コントラストされるものが、意味の差のみを有するか、価値の差をも有するか。

(2)その価値は個人、階級、人類一般のいずれのレベルに属するか。

(3)価値低下の強度如何。(「低下される高い価値は、それを笑う主体と同じ程度にまで価値低下されるのか、或いは、主体をこえてはるか以下にまで価値低下されるのか。」)

(4)価値低下される対象の中に自己が入っているかどうか。

(1)(2)の要因は二作においてすでに自明であって、問題は、(3)(4)にかかわって出てくるのであるが、梅原論文で若干不分明なのは「主体」と「自己」の使い分けである。検討の委細は省いて、ここでは「主体」とは作品の語り手、「自己」とは作者と読み直して置くのが便宜であろう。(つまり二作の場合(3)の「主体」とは、「吾輩」と「ガリヴァー」であり、(4)で問われているのは『吾輩は猫である』の「珍野苦沙彌」への漱石の感情移入の度合であり、一方「馬の国」のヤフーとスウィフトとの心理的距離感である。)

「馬の国」において語り手ガリヴァーはフーインムスの理解者となって獣化した人間(ヤフー)の醜悪さを審さに見、やがて帰国した後も「馬」とともに、家族から離れて生活をするという徹底さである。梅原は、一般的価値意識における人間と馬との「価値の距離」と等量の距離が、ガリヴァーの見た「フーインムス」と「ヤフー」の間に確保されたため、人間の価値低下は、二倍の強度を示しているとする。これに対して「吾輩」は、人間以上の価値を主張して登場し相対的に人間に対して優位に立つから、一般的価値意識における人間と猫との価値の距離を逆転するけれども、「吾輩」が見る人間たちは、「吾輩」が「フーインムス」の如き「理想的動物」ではあり得ない分だけ、その美質においても愚さにおいても「吾輩」に近いものとして描かれてあるのである。つまり人間の価値低下の強度は、「馬の国」のそれに比して弱いのである。*1

　さらに「自己」移入の強弱。これは先の括弧内に記したことですでに明らかであろうがスウィフトには、ヤフーへの感情移入は全くなく、『吾輩は猫である』における漱石のこだわり*2とは顕著な対比が示されてある。「それ故、笑いは「ガリヴァー」の冷たい明るさも、荘子の自由自在な曇りない清朗さもなかった。漂渺とはしていたが、どこかで一点の苦々しさがあった。」（梅原）

　梅原論文でいう「笑い」が諷刺的笑いという実質をもって説かれていることは明らかだから、ここで用いられている論理を諷刺文学の仕組みを解く手立てとして活用してゆくことは許されるだろう。右の結論を私の文脈に据えなおして言うなら次のようになる。

　夏目漱石の試みが批評的モチーフに支えられた人間諷刺の物語の構築にあったことは確かだとしても、その実作が写生文の枠組の上でなされ、写生文的筆法に強く惹かれてあったことも間違いない。このために、卓抜な諷刺の仕組みが完全に活用されず一面において三十年代の二つの社会階層を対比的に描き出した風俗絵巻、乃至猫の眼を通してとらえられた太平逸民としての自己世界の日常的展望という味わいを醸す作品という強い印象を喚起する。もし猫の眼の設定による人間の価値の相対化、転換という面で本作が示しているアドバンテイジを指摘するならば、苦沙彌家の空間と、金田・鈴木両家の空間との対比によって、知識人と実業家との世間的な価値観を顚覆して、実業家の生活意識の中に、利害心という人間の弱点を拡大化して描き出したという点に帰着することだろう。そのことはそれなりに意義のあることではあったが、一面で漱石の諷刺枠の限界を示すものでもあった。

夏目漱石は先にとりあげた「スヰフトと厭世文学」の後半で、種々な角度からスウィフトの諷刺の卓越性を評し、暗に自らがそれに及ばざる由来を語っているかに思われる。「スヰフトは天性諷刺家に生れ付いたのだからして、諷刺以外に何等の目的を有して居らんのでも、決して諷刺をやめる訳に行かない人である。（中略）かゝる諷刺家は少くとも諷刺を与ふる目的者の利害に関しては無頓着（indifferent）であると丈云つて置く。」さてこの行文中で漱石はスウィフトが読者に提供する「愉快」として「飛んだ所に人間の正体が見付かった愉快」ということをあげ、「不幸にしてスヰフトの書いた是等の愉快は、悉く他の部門から出る愉快と衝突してゐる。真偽の部門から出る愉快で、善悪・美醜・壮劣の部門から出る愉快と重なり得る者、並行して得るものは、一つ残らず切り棄てゝ、唯不愉快を与えるものゝみを余して、それを根気に書き連ねたのが『ガリヴー旅行記』である。」と論じすすめている。ここでの漱石の見解と類比できるものとして、ロベール・エスカルピの『ユーモア』（クセジュ文庫、蜷川親善訳、一九六一年刊）におけるスウィフト論がある。エスカルピは「ユーモア」理論の先行者としてのルイ・カザミアンの「判断の停止」理論により、ユーモアの「素材」に変化を与える四種の「判断の停止」――「喜劇味の判断の停止」「感情的な判断の停止」「道徳的な判断の停止」「哲学的な判断の停止」を具体例とともに挙げて説明する。そしてスイフトはそれらの「一切の判断の停止」をその方法としていると評する。「ばからしさへの還元は、他の点では完全に正常でとくに完全に論理的な精神の働きをともなう、自明なことの故意の中断（「判断の停止」）によって生じる。」エスカルピのいう「ばからしさ《アブシュルド》＝不条理」とは荒唐無稽な姿においてむき出しにされた真実（＝人間の正体！）ということである。

漱石がスウィフトを通して展望し、『吾輩は猫である』に於いて試みた人間諷刺の文学、諷喩によって人間の「自明」な上張りを引きはがし、その不条理な正体を剔抉する文学表現が、われわれの歴史の中でどのような展開をとげてきたか、という課題の一つの試みとして、以下、若干の考察を施してみたいのだが、まず、一つの時代を劃する試みとして『河童』が浮かび上ってくる。

4

『河童』執筆に当たり、芥川龍之介は「グァリバァ旅行記式のもの」（昭2・2・2、斉藤茂吉宛書簡）と自識している。この作品の、旅行記的枠組、異形な存在としての河童との出会いとその終焉、河童的世界と人間世界との対比、といった目につきやすいスウィフト作品との関連が直ちに考えられる。作品の細部《ディテール》においては、スウィフト作品のアマルガムということがいえる位に、スウィフトのアイディアが数多くとりこまれており、一見して作者の目ざしたものが諷刺的仮構による人間批評であったことを考えさせるものである。たとえば『ガリヴァー旅行記』「第三篇」との関連で、河童の出生時の胎児の意志の確認というフラグメント（四）は思いつかれたであろうし、河童の「書籍製造会社の工場」の仕組（八）も同然である。これに対して、雌河童の淫欲を語るエピソード（六）などは「第四篇」の雌ヤフーの挙措が明らかに下敷にされているし、「僕は河童の国から帰つて来たのち、しばらくは我々人間の皮膚の匂ひに閉口しました。」（一七）は同じく「第四篇」末尾、イギリス帰還直後のガリヴァーの体験[*3]を連想させる。さらに「職工屠殺法」（八）についての河童チャックの「背理法」的弁明がスウィフトの「貧困児処理法捷径[*4]」における論理の焼直しであることを視野に入れると芥川のスウィフトへの肩入れは並大抵のものではなかったことが分かるのである。この作品の最大の創意は異形の存在としての「河童」の造型にあるのは言うまでもないが、河童と人間との位置関係の設定に作品の諷刺的枠組の弱味が胚胎しているようである。上にあげたスウィフト作品との対応でもみられるように、河童は一面では機械化文明の極限を示すラピュータ人の模型《ミニチュア》であり、「馬の国」のフーインムスの理想性を付与される反面、ヤフー化した人間の悪しき属性を露呈する存在でもある。河童という異形な存在と、人間との対比が、この作品の人間諷刺の基本的枠組である以上、河童の異形性の強調、人間との異質性の維持こそが必要であった筈だが、(そして、作品の前半、「河童は我々人間が河童のことを知っているよりもはるかに人間のことを知っています。」云々(二)や、着物についての逆説(三)、「人間は正義とか人道とかいうことをまじめに思う、しかし河童はそんなことを聞くと、腹をかかえて笑い出すのです。」云々(四)など、その「必要」が意識されている個条を見出すことは容易だが)ちょうど『吾輩は猫である』の「吾輩」の人間的同化と同様(又は形としてはそれと全く逆方向をたどって)、作品の語り手としての「僕」は「河童」への感情移入を強くしてゆくのである。そしてやがて前引の出生説話の中、出生を拒む胎児のことば「僕は河童的存在を悪いと信じていますから」(四)を端的なその濫觴として「家族制度」への怨念の吐露(五)など「作者の肉声」が河童たちの苦悩と同化してゆく強いモメントが動くのを意識せざるを得ないのである。

「芥川の、自裁を前にした荒涼たる心象風景の戯画であり、みずからを追う現実に対する最後の、そして不毛の反噬である。河童の国のすべての風景は、作者をとりまく〈現実〉の風景の虚像にほかならぬ。」(三好行雄)と論評される所以である。が、これを以て、本作が「スウィフトの名作とは類を異にした寓意小説である。」(同)と否定的に規定され得るかどうか。——すでに指摘されているような諷刺小説、寓喩又は諷喩による表現、としての弱味を先取りしている(計算に入れている)かの如く、『河童』の作者は作品に手のこんだ仕掛を施している。主人公を

「S博士によれば早発性痴呆性」の病者として設定していることが一つ、それから河童の国を人間の世界の底面の下方にひろがるものとして位置づけていることが一つである。主人公の病気については主人公自身が右のように語るのと対応して作品の「序」はもう一人の語り手が「これはある精神病院の患者――第二十三号が誰にでもしゃべる話である。」と語りおこす。作品の末尾（一七）に来て主人公の語りに括弧付でその語りを注記する語り手の存在も首尾呼応するものであって、第一義的にはこれは作品自体が「病者の幻覚」であるとする安心感（「ユモリスティックな跳ね上がり」エスカルピ）を読者のために用意したものといえるだろう。しかしかゝる安心感は或種の「アイロニー」（エスカルピ）と裏腹である。主人公が自分の病名を自識した個条のすぐ後に記されるように「僕は早発性痴呆性ではない、早発性痴呆性患者はS博士をはじめ、あなたがた自身」であるかも知れないのである。「自明なことの中断」というこの種の作品の骨法に則って、芥川の表現世界の用意したわなにかゝってしまうような読み方がありうるのである。河童の国の空間的位相は、われわれに意識と無意識との重層的構図を連想させる。河童の世界とはいわば「僕」が辿りついた神話化された「無意識」であるとする作者のアッピールがここに感得できるのではないか。「僕」が意識、「河童」が無意識という表象的対応性が成り立つとすれば、「僕」が河童の国の「特別保護住民」となる設定（二）には特殊な含意が考えられるだろう。現実に倦じ疲れた「意識」は「無意識」によって保護され慰藉されるべきものであり、逆に「無意識」の中に逃走してそこに隠れようとする「意識」を人は「精神病」と呼ぶのである。

『河童』の諷刺の眼は右にのべるように、思いの他に深いのである。悲しむべきはその発想を十全に発揮するための作者の膂力が及ばなかったことであって、たとえば『河童』の二年前に書かれた、より軽いモチーフの諷刺的小品『馬の脚』の成功を思い合わせるならば、平凡乍ら芥川における肉体的寿命に嘆きを寄せざるを得ないのである。

付足的に書きつけることになるが、『河童』がその後半に示す多文体的賑やかさ（「阿呆の言葉」のアフォリズムや、「詩人トック君の幽霊に関する報告」の問答体、詩句の挿入等々）がパロディとしての諷刺文学の文体的特性であることも留意しておきたい。パロディがパロディであるが故にそれは先行する数多くの文学表現との対話を内在させているのだが、読者に対して仕掛けられたわなをも勘案するならば『河童』は又「多声的・複旋律的」（バフチン）な語り《スーカス》を示現しているともいえる。これは漱石の『猫』と相並んでこの作品が負い得た栄光といえるものである。

さて、『河童』を一瞥したところで、漱石の規矩、梅原猛の観点を本作に活用してみると如何相成ることであろうか。人間存在そのもの、人類一般への根源的な不満足の表現というカテゴリイに属するものとして『河童』は『猫』や『ガリヴァー旅行記』と、そのモチーフを共有しているが、「河童」を「人間」の諷喩として描き出してある限りにおいて、諷喩を支える比較はやゝ「専擅的」とのそしりを免れないであろう。これは梅原的観点の（1）でいわゆる二つのものの「意味の差のみ」が明らかで、「価値の差」が押えられていないことに由来するのである。次の「地の文自身が文学的に面白いこと」という点はどうか、漱石の含意に従えば、人間批評の「本意」から離れて、人外境譚——河童の話として楽しめるかどうかということになるのだが、これ又多少の憾みが残るものといわざるを得ないだろう。「主体」（梅原の（3）の用語）と「河童」との交渉が融和的であるが故に、読者は河童の持つ宿命に自己のあり得べき悲運をせつなく読みとることはあっても、河童を玩弄的に楽しむことができないのである。これは作品が、三好の指摘にあるように作者の行詰った心象の投影を深く刻みこまれてあることとパラレルな事情であって、梅原の（4）の基準に従えば「自己」の蟠りが、自虐的な笑いを醸しているということである。

5

漱石や芥川の、古典的諷刺作品に対して、私が現代文学からとり上げて検討を試みようとしている作品——沼正三の『家畜人ヤプー』は、その自ら醸される笑いの多様さ（明るさ）、物語的展開の奔放さ、作家の「自己」からの自在な解放度、そして喧騒ともいえるような言語的遊びの横溢、等々の点において誠に隔世の感を覚えさせるものである。それは恐らくこの現代の作家が、漱石や芥川を囚えていた文学的定式から解放されていてその関心の赴くところに従って自らのありとある趣向を発揮し得た結果であるが、こゝでは作品の諷刺文学的趣向の面に限って、その達成を見ておくこととしたい。

昭和三十一年から二十回にわたり『奇譚クラブ』に連載された『家畜人ヤプー』は、昭和四十五年都市出版社から刊行され、昭和四十七年角川文庫に収められたが、現在なお未完の作品である。中絶のまゝ単行本刊行に付せられる際、作者が書き加えた付記によれば、「考えてみれば、これでやっと『家畜人ヤプー』はその序章を終えた気がします。クララは今、ヤプン島のフジヤマ大飼育所《ヤプーナリー》にアンナの導きで降臨しようとします。それはエピローグでもあり同時にプロローグでもあります。」とあり、「普及版　あとがき」(角川文庫版による)では現行のテキストは「元来の腹稿の約四分の一」とも記されてある。雄大な構想をもった大作であり、沼正三（これまた作者の自注によれば Ernest Sumpf というドイツのSM研究家の名から採ったもの、という）なる筆名の蔭に実作者が今尚埋没しているという事情もあって、一種ミスティックな評判に纏われた作品なのである。

前引作者付記に摘記された「クララのフジヤマへの降臨」という局面に至るまで作中で経過する時間は二十四時間程、その濃密さにおいて名高い『吉里吉里人』や『死霊』に比せられるような進行だが、この間に生起する事件は奇想天外にして戦慄的、かつ異様な魅惑に満ち溢れたものである。二十世紀の現代日本男性瀬部麟一郎がその愛人でドイツの女性であるクララ・コトヴィッツとともに、ある偶然のきっかけから、四十世紀のイース帝国に運ばれるというプロットは、いわゆるS・Fのタイムトラベルの類型に属するものだが、イース帝国なるものが、白人女性が支配者として君臨し、日本人は彼女らに奉仕する家畜人ヤプーとして異形化を受けて存在しているという設定が主人公の男女に激しい運命の変転をもたらすことになる。読者が体験を余儀なくされるのは、クララが「白神」として馴化されその高貴さを身につけて行く一方、瀬部麟一郎が去勢されて家畜として馴致され、クララ所有の鱗《リン》に変貌して行くという幻想的劇である。この間、古代の日本列島に棲息していた原生ヤプーを自由自在に採取してありとある家畜・家具・日用品をあいつとめる「家畜人」に改造した、イース帝国の絢爛たる文明の種々相が委細に紹介される。畜人犬（ヤプードック）、舌人形（クリニンガ）、唇人形（ペニリンガ）、雪上畜（プキー）、ピグミー、畜童（ペンゼル）等々、そして名高い便器人間（セッチン）である。

日本人（ヤプー）を改造した右のような家畜の、括弧内に付した呼称について衒学的な説明が行われるのも本作の文体上の特色であるが、その鍵となる用語ヤプーが端的に示すように、この快作が多くのものをスイフトに負っているのは確かである。ちなみに作中でジョナサン・スウィフトの名が実際に用いられる代表的な個条に次の二ケ所がある。「夫君《ミスター》ドレイパア」がヤプーの語源について説明する中で、「『昔ヤフーという名の家畜人類（ヒューマン・キャトル）を描いた文士がいた。その作品から出て訛ったという説……』――ああ、スウィフトの『ガリヴァー旅行記』のことに違いない。クララは内心そう注釈したが……（下略）」（第十九章）。又、作中に付せられた注の形で、「＊『ガリヴァー旅行記』の著者ジョナサン・スウィフト（1667~1745）は、航時旅行者からイース文明のことを聞きかじっていたらしい。小人国『リリパット』、飛行島『ラピュータ』、畜人ヤフー（Yahoo）など、いずれもそれを推測させる。スウィフトが、火星の二衛星発見に先立つ百年前にこの二衛星のことを詳しく知っていたことは今も謎とされているが、実は未来人からその知識を得たのであろう」（第九章）。スウィフトが公開状の筆名として用いた、サー・ドレイパアを作中人物名として活用して見せたり、スウィフトの想像になるリリパットやラピュータを、イース国に現存するものとして描き出して、それが航時旅行者の口を通してスウィフトに伝わったと解説して見せたり、というのがこの作品の語り手の洒々然とした手並であるのだが、綜じて言って、かつて漱石がスウィフトの文章を論じて「冷刻なる犬儒主義」（シニシズム）「精密」（トリビアリズム）と評したような特性を『家畜人ヤプー』も又共有している。「いつでも着実で、明瞭で、落付いて、乾燥で、平面的で、余所々々しくて、高見の見物的である。」「荒唐架空の世界を描いて恰かも現実界に在る如き思ひを起さしめる。」「即ち出立点は頗る奇怪な想像であるが、一度び出立さへすれば、余は極めて写実的な想像で進行するのである。」いずれも漱石のスウィフト評の文句だが本作品にも妥当するのである。そして漱石の言及には至らなかったスカトロギアとマゾヒズムの要素においては、沼正三のそれはスウィフトを正当に継承し、一面でそれを凌駕する。「継承」の謂はそれらが人間の正体に根ざす表現意欲であるとする確信についてであり「凌駕」の謂は、沼正三のそれがいっそう陽性で快楽的で開かれているということである。（アポリネールやバタイユなどフランス文人の趣味に近いとでも言えようか。）

アンナ・テラス——→天照大神、クララ・コトヴィッツ——→かぐや姫（？）の類の語呂合わせ、を活用した古代神話の解釈、それと並行して展開されてある循環史観とも呼べるような作品固有の時間認識など、魅惑的な組立てがこの作品を支えているのだが、この壮大な物語を一編の諷喩として見る立場に立ち戻って、その意味と価値について考えてみたい。

本作を諷喩として成り立たせているのがスウィフトと同様、「例のヤフーの醜さを、たとえばある種浮世絵に見る局部描写のように、いわばグロテスクなまでに拡大して見せる」「一種のReductio ad absurdum」（中野好夫『スウィフト考』）であるのは疑いがない。醜さとしてとらえられているものは、まず何よりも日本人の白人コンプレックスなのであり、付随的には黒人に対するいわれなき優越感なのである。白人コンプレックスを極度にまで拡大しグロテスクな形態に導いて行けば、白人の糞尿を滋養分として喜んで受け入れる便器人間その他、ありとある奉仕物となるというわけである。コンプレックス（潜在的願望）と意識との葛藤が現実的には人を苦悩させるのだが、その苦悩をしこたま負わされる存在として、誇り高き我々の主人公瀬部麟一郎が描き出されてある。彼が白人女性と恋仲であるという冒頭の設定。そして身体の自由を奪われたまゝイース国に運ばれ、その後も終始囚われてあるまゝに、惹起する事態（家畜化の過程）に、激しい心理的抵抗を経ながら従わせられて行くという進行。麟一郎に対して加えられる不条理な試練とそれへの彼の抵抗及びその敗北に接する読者の反応は恐らく両義的であると考えられる。「不思議な倒錯したよろこび」を感ずるか「やたらに怒り憤るのが目ざわりだ」と感ずるかそれ自体を「不愉快」と感ずるか（この条の括弧付の語句は、奥野健男「『家畜人ヤプー』伝説」からコンテキストを無視して借りた）。いずれの反応が生ずるにせよそれを動かすのは我々の中にあるコンプレックスなのである、とする作者の悪意！

他方日本人に潜在する黒人コンプレックスに関してはイース国の厳正なヒェラルキイ（白人―人間又は神、黒人―半人間、日本人―ヤプー）によって裁かれてあるのだが形式的な価値転換になり終わっていて、この部分はいただけないとだけ言っておこう。価値の顚倒という面では、男性女性の果たす社会的役割が逆転したイース世界の秩序がディテールにわたって書きこまれてあることから男性中心主義が価値低下の作用を受けていることが明らかで、その強度は男女に関して抱かれている一般的価値意識のちょうど二倍である。しかし作品のモチーフの中軸は西洋女性対日本男性の線上に立てられてあり、この点では価値意識は転換ではなくて極端化グロテスク化にあるのはすでに述べた如くである。

さて、難題として残るのはこの諷喩の組立に拘わる作者の介在の度合のことである。沼正三が匿名作家である以上、それを無視する自由は一方に保証されてはある。が、すでに数多くの場で作者による作品へのコメント、しかも相当にエキセントリックなコメントが記録されてある。自らをマゾヒストであるとする発言、「マゾシスム的快楽のイメージ」を与えるために書いたとする発言、同じく、「イース世界を逆ユートピアでなく真ユートピアと観ずるような同好者のために書かれた」という発言。――作者の体質が如何なるものかということは恐らく不要な詮索といって良いだろう。白人コンプレックスに塗れた日本人の一人であるという自覚を強烈に抱いている作者がいたこと、そしてその自覚がマゾヒステックな感覚を伴なわざるを得ないことを作者は知っていたこと、さらに強調するならばそのような自己の存在をも含めて、日本及び日本人の歴史のありように根源的な不満足感を彼は抱いていたであろうこと、それらのことを私は読みとりたいと思う。イース世界はその意味で確かに「真ユートピア」である。それは「フーインムス」がスウィフトのユートピアであったのと似ている。そこで明らかなように、「不満足な現実」との釣合いによってはじめて成り立ちうるのがユートピアなのである。ヤプー的白人コンプレックスの存在がイース的ユートピアを補償しているということである。(その証拠に今日のわれわれの眼には、馬の国にせよイース帝国にせよ、管理化された近代社会のパロディとして映る部分が多くなっているのではないか。)その意味で本作品の発想の根幹には作者の強烈な「自己意識」が蟠っているのは確かだ。その限りにおいてこの作品の諷喩の機能も又時代的階層的に制約されたものとならないわけに行かないだろう。(マゾヒズム小説という作者の意識的なレッテル張りは、その制約を知悉した作者自身の戦略かも知れないのだ。)

幾重にもまつわっている作者の自己拘泥にもかかわらず、前述したように、作品の印象は明るい。その由来を再考するとき、作品の語り手の特殊な性格ということが想起される。この語り手はいわゆる全能的な存在であって、発端において成行きがすべて知悉されている立場で語りをはじめている。細部における視点人物は主として麟一郎、部分的にクララであるが、これら主人公たちが知り得ないことを全部見通している位置に語り手は立っているのである。各所におかれる衒学的な「注」も同様なレベルで語られていて、これが先に述べた文章的特性と相俟って読者に安定感を提供していると考えられる。作中人物が語り手となっているスウィフト、漱石、芥川の作品とは顕著な差異といえるのであるが、この、諷刺的文学における語り手の存在形式については、さらにいっそうの異質さを持つ、井上ひさしの『吉里吉里人』の場合などと比較検討してみたいと思っている。

〔注〕

＊1　梅原論文には次頁のような図解、2と3が示されてある。

＊2　梅原は注1に紹介した図解3に対して、図解4をさらに提示し、俗人に対する逸民としての漱石の自己拘泥を摘出してみせている。

＊3　第四篇第十一章に次のようにある。「家へ入るやいなや、妻は我輩を両腕に抱いて接吻した。だがなにしろこの数年間というものこの忌わしい動物に触られたことなどほとんどなかったものだから、忽ち一時間ばかりも気を失ってぶっ倒れてしまった。（中略）――臭いがだいいち我慢できないのである」（中野好夫訳、新潮文庫版）

＊4　「貧困児処理法捷径」は中野好夫の「意訳」で、岩波文庫版（『奴婢訓』所収、深町弘三訳）では、「貧家の子女がその両親並びに祖国にとっての重荷となることを防止し、且社会に対して有用ならしめんとする方法についての私案」が正確な題名。要するに貧家の子女を食用に供する提案を装おわれた真面目さで行なった戯文だが、その中段に一個所だけ「この食物が少々お高いものになることは事実である、だから地主さん方に適当な食物で、親達の膏血をすでに絞った彼等だから子供を食う資格も一番あるというものだろう。」（傍点引用者）とある。中野好夫はこれを「帰謬法」と呼び、エスカルピはこれを「ユモリスティックな跳ね上がり」の例とし、読者への「親しみのこもった目くばせ」と名づけている。

（図解２）ガリバーにおける価値低下の強度の図式的説明。

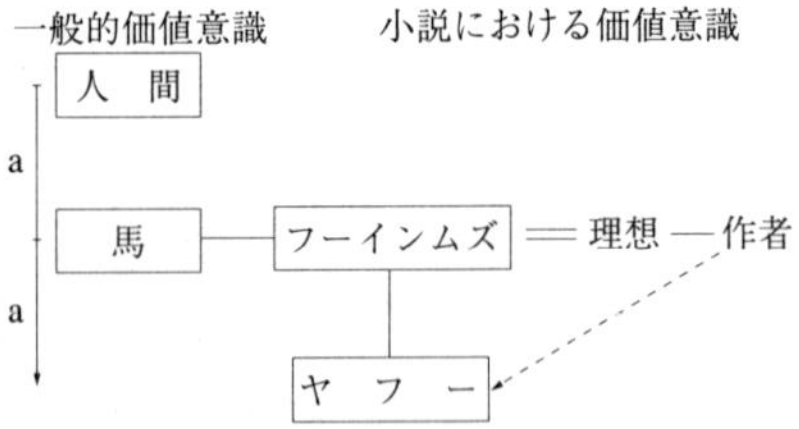

aは人間が己と馬との間に置く価値の距離。
ガリバーでは馬がフーインムズ，人間がヤフーとして現われ，その関係は人間界における人間と馬との関係である。
故に価値低下は2aだけ起る。
しかも作者はフーインムズの段階にたち，ヤフー即ち人間を冷たく見下す。

（図解３）「猫」における価値低下の強度の図式的説明。

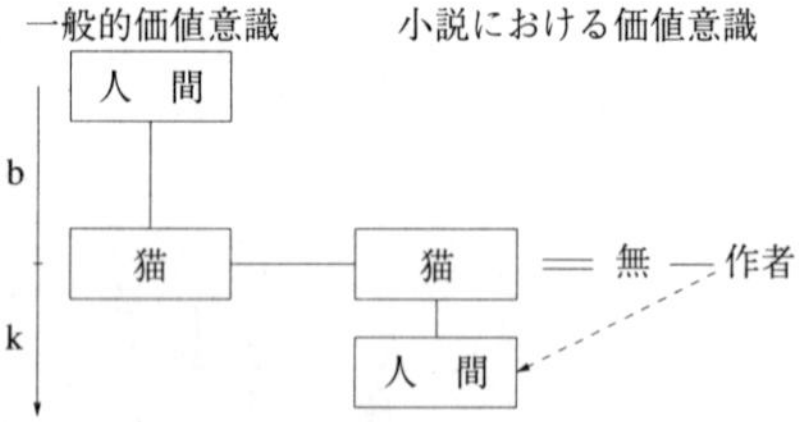

bは人間が己と猫との間に置く価値の距離。
「猫」では人間が自然に従わないだけ猫より価値が低い。
その距離はkほどである。
故に価値低下はb＋kである。
しかも作者はそれを大体同じ段階にたって見ている。

（図解４）「猫」における更に精密な価値低下の強度の図式的説明。

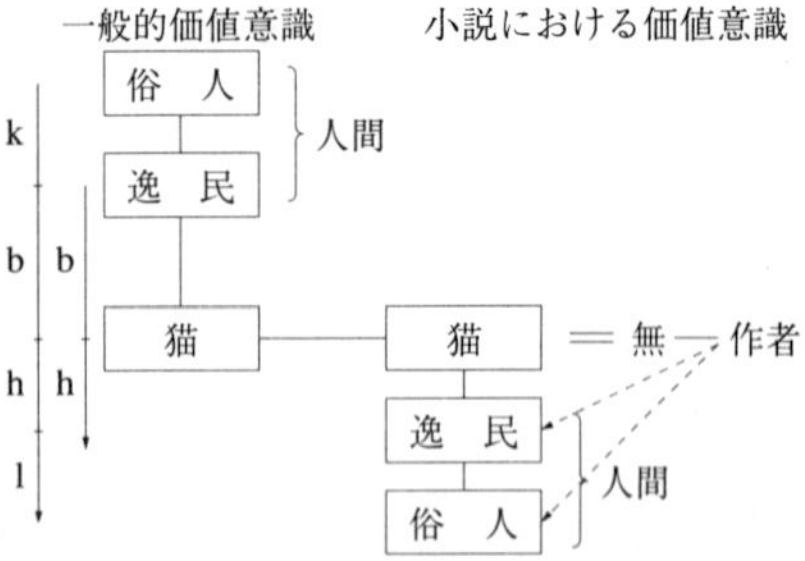

一般的価値意識においては，俗人は逸民より価値が若干（k）だけ上である。しかるに小説における価値意識にしたがえば，逸民の方が俗人より少し（l）だけ上である。
故に逸民はb＋hだけ，俗人はb＋h＋k＋lだけ価値低下する。

日本のハムレット

本年五月ロンドンテームズ河南岸のサザーク地区に三世紀ぶり復元再建された、新しいグローブ座に行ってみたのは、この八月五日のことだった。地下鉄のマンションハウス駅から地上に出ると、そこはシティ地区のうちの銀行・証券街。勤務が終わった勤め人が街々に繰り出す間をテームズ河方向に歩いて行く。地図で確かめてある大体の方角に、サザーク・ブリッジがあった。午後も六時を過ぎる時刻でも夏のロンドンはまだ日が高い。ブリッジの上に立ってサザーク地区に向かい右の方向に狙いを付けてカメラのシャッターを切る。グローブ座の形状が思い浮ばぬままにだった。（日本へ戻って現像してみれば、白壁作りのその古風な建物はテームズ河を運航する赤い遊覧客船の彼方に慎ましく写っていた。）さてそのグローブ座での、その日の前後一週間ほどの出しものは「ズールーマクベス（Umabatha The Zulu Macbeth）」。Zulu語で、南アフリカの役者（ボードビリアン、というべきか）によって演じられる『マクベス』の翻案ものである。

『マクベス』の翻案・映画化としてはわれわれの世代には懐かしい、あの黒澤明監督の「蜘蛛巣城」が思い出される。魔女たちの予言とマクベス夫人のそそのかしに乗って、ダンカン王を殺してスコットランド王に伸し上がり、親友のバンクォー殺しをも敢えてして、やがて自滅に追い遣られるマクベスの悲劇を、「ダンカン殺しの夜の、戸叩き」「バンクォーの幽霊」「動く森」その他幾つかの名場面を忠実に踏まえながら、戦国時代の野心的な一武将の壊滅的破綻までを描いた名作。あれがイギリスの人々に味わわせたであろう異様な感覚と、恐らくは相似ているであろう異物感。それが醸し出し煽り立てる哄笑。あそこでは歌舞伎の技法が活用されていた魔女たち、幽霊たちの扱いをめぐっては、ここではギリシャ悲劇風に仮面を頻用するのが興味深かった。

シェイクスピアのグローブ座でも最も練達した反応を見せた、という、張出しの舞台を取り巻くフロアで立ち見の観衆のどよめきは、主人公がマクベス夫人によって鼻っ面を引き回される個所に最も強く起こった。正面二階席に座った私と妻の偶々すぐ前の最前列に並んだ、Zulu 部族の王侯貴顕風の夫妻はそのような個所で手を叩き声揚げて喝采を惜しまなかったくらいである。喝采は、ダンカンの遺児マルコムが一騎討ちでマクベスを討ち取りそこで盛んな勝ち鬨を上げるラストで最も激しく挙がった。たび重なる拍手に呼応して幾回も繰り返されるダイナミックな群舞……。この日初めて（しかも、当のグローブ座の売店で、）購入した本でもある、『シェイクスピアの劇場』（W・ホッジス、井村君江訳。ちくま文庫オリジナル版）で挿絵入りで描かれている、十七世紀当時のグローブ座の空気さながらの、舞台とフロアとの交歓である。出来たらグローブ座で『ハムレット』を、せめてはオーソドックスな『マクベス』を、というのが最初の期待だった、というのが正直なところだが、此の『ズールーマクベス』も現代のシェイクスピアの劇には違いなく、満堂の観客たちは充分に楽しんでいた。それにフロアの上、つまり劇場の真上は青天井だから、現代では鳴り物入りの、集団の動きの多い出し物でなければ（つまり心理劇一辺倒では）此の空間はこなしきれない、とも考えられるのだ。事実五月以来の上演記録によると、『冬物語』と『ヘンリー五世』はリストアップされているが、『ハムレット』『リヤ王』『オセロ』の如きはまだ一度も打たれていない……。

幕前の座周辺・テームズ河辺（対岸にはセントポール大寺院の屋根がくっきりと見える。ホッジスによればサザーク・ブリッジがなかった当時は対岸から小船で渡って見物に来るのが普通だった、という。）や、そこに目を遣りながらの観客たちのくつろぎ、等々に、芝居好きのロンドン人の気質が匂い出ている気がした。

この拙文は、W・シェイクスピアの『ハムレット』の日本の作家たちによる再話を、それぞれの時代との関連で捉え直す試みである。

誰の著書だったろう、越智治雄さんのそれだったように思うが、特徴ある引用があって、興味を引かれ購入した覚えのある書物の一冊にポーランドの批評家ヤン・コットの『シェイクスピアはわれらの同時代人』（1964　日本語訳は1968　白水社刊）がある。「『ハムレット』という劇は海綿に似ている。様式化するか、わざと古風に上演するかしない限り、この劇はすぐさまわれわれの時代の問題を吸い込んでしまうのである。これはこれまでに書かれた最も奇妙な劇だ。そしてその理由は、ほかでもない、この非完結性にあるのである。」という一節はとても心に滲みたものである。

ヤン・コットの言う「この非完結性」につき、「延引と曖昧化に通じる要因。受容者の意識内部に意味と無意味、統一的ヴィジョンと不条理の認識という二つの反対方向への指向性が同時に存在することが許されているという事実。」（笹山隆「『ハムレット』批評史の問題点」同氏編『ハムレット読本』岩波書店）との原典解釈も示されている。笹山氏は同文の中で、「『ハムレット』批評の歴史は、まさにこうした一種の意味充塡作業の歴史にほかならない。志賀直哉の『クローディアスの日記』にその例を見るような『ハムレット』再話もまた、その外辺のどこかに位するもの……。」との指摘を行っている。再話による「意味充塡作業」がどこまで原典解釈に有効かはさて置き、わが国の作家たちがそれぞれに興味ある意味充塡を試みたのは確かである。

日本に於ける、『ハムレット』再話（焼き直し）を概括すると、

◎（外山）ヽ山、（矢田部）尚今らの『新体詩抄』（明15・8）でのハムレット第三独白の韻文訳の試み、S・S・S・の『於母影』（『国民之友』明22・8）でのオフィーリアが劇中でつぶやく俗謡

の、同じく韻文訳。これらが『ハムレット』に対する、最初期の反応である。
◎　坪内逍遙の訳業(明39頃から)とその上演が進行する過程が次の特徴的な段階。夏目漱石の『三四郎』(明41)「第十二章」が文芸協会による初演(明40・11、於本郷座)を、作中の場面として描き出す。漱石は東京帝国大学の英文学科の講義の中で『ハムレット』講読を行っているから、第三幕までの上演に留まった、この本郷座での公演については多分の不満感が強かったことが、作中人物小川三四郎の視点描写による叙述からも感じられるところである。同じ文芸協会による、今度は全五幕の再演(明44・5、於帝国劇場)を見たのがきっかけになって、漱石のそれと相似た不満を抱いた志賀直哉が『クローディアスの日記』(明45)を発表する。この二つの作品は『ハムレット』劇への特に目立った反応というべきもの。志賀には「ハムレットの日記」の未定稿があって、再話への並々ならぬ意欲の存在が感じられる。
◎　昭和に入って小林秀雄の『おふえりや遺文』(昭6)や太宰治の『新ハムレット』(昭16)はそれぞれの文学的指向性を表して個性的。
◎　大岡昇平の『ハムレット日記』(昭30、末尾部分は同55)は、「後記」で述べるように、ローレンス・オリヴィエの映画『ハムレット』(1948)の日本上映をきっかけに、ドーバー・ウィルソンの著作の影響の下に構想された、というが、上記ヤン・コットの著書のうち、「世紀半ばの『ハムレット』」との同時代性も色濃いものがあるものである。

1 『クローディアスの日記』での志賀直哉の試み

原作第三幕の劇中劇「ゴンザーゴー殺し」上演と、その直後に起こるハムレットによるポローニアス誤殺までの事件の進行を都合十六日間の日録の形で綴る。クローディアスの側に立った理由については、作者自身の説明がある。「これを書く動機は文芸協会の「ハムレット」を見、土肥春曙のハムレットが如何にも軽薄なのに反感を持ち、却つて東儀鉄笛のクローディアスに好意を持つたのが一つ、もう一つは「ハムレット」の劇では幽霊の言葉以外クローディアスが兄王を殺したといふ証拠は客観的に一つも存在してないことを発見したのが、書く動機となつた。」（「創作余談」大3）ついで同文で、「坪内さんの「ハムレット」をゆつくり随分丹念に読んだ。」と記すように、作中のプロットの原典との整合については細心の注意が払われているのがわかる。

――日

…………乃公が何時貴様の父を毒殺した？

誰がそれを見た？　見た者は誰だ？　一人でもさういふ人間があるか？　一体貴様の頭は何からそんな考を得た？　貴様はそれを聞いたのか？　知つたのか？　想像したのか？　貴様程に安価なドラマティストは世界中にない。ああ、皆が寄つてたかつて乃公を気違ひにしようと云ふのだ。乃公はこれまでこんな気持の悪い経験をした事がない。

全体貴様は乃公をおびやかして兄殺しの大罪人とすればそれが何の満足になるのだ？　貴様の考は正しく**ワルカンの鐵砧《かなしき》ほどにもむさ苦しい想像**に過ぎないのだ！　そんな事を貴様は疑つて見た事はないか？

（『クローディアスの日記』八日目の日録）

……今宵、王の前にて、演劇の催す筈、其中の一場面は、我父の最期の様によう似てをる。幕が開いたら、魂を凝し、叔父者の様子を窺うてたもれ。若し彼れの隠匿が或一白《あるひとせりふ》にだに現はれずば、いつぞやの亡霊は悪魔にて、**吾々の想像はワルカンの鐵砧《かなしき》ほどにもむさくるしい**わい。

（『ハムレット』第三幕第二場、逍遙訳）

上記の一例はコンテキストを巧みにずらして、原典ではハムレットが独白で父亡霊の存在への疑惑を比喩で表現した、それを志賀のクローディアスは恰も見透かすかのようにレトリックとして使う。この種の、逍遙訳の特徴をなすレトリックを活用した例はほかにも多い。

家族悲劇というパラダイムは漱石と共通しており、漱石が講義の中でも熱っぽく解説を試みた[*1]、というハムレットの幕開け直後から流露させる悲劇的情念についても、一種の心理家としてのクローディアスの同情的な筆致から、基本的には父親の突然の死と其の直後の母の再婚という現実的理由付けの面でリアライズを試みるのである。この問題は有名な、「客観的相関条件」の欠落（T・S・エリオット[*2]）という指摘に関わる『ハムレット』解釈のアポリアの一つなのだが、志賀プロパーな文学的設定としては、「感受性の悲劇」換言すれば「猜疑の眼に感応することが形作る罪責感情（反噬する力）」という心理力学的把握が本作をオリジナルなものとしている。「兄の夢の中にいる自分（不思議な想像）」（作中では十四日目の日録に現われて来る。[*3]）なる設定、である。

「ハムレットの日記」未定稿の方では、「ハムレットの煩悶の質」がハムレット自身の語りによって深刻味を増進する（叔父への憎悪、似たと言われたこと、角力のエピソード↓「此奴は自分の敵」云々）。「不図、自分は若しかしたら叔父の子ではないかと思ふ、叔父が mutual love を表はすやうな心持を感ずる、母が暗に諷するやうなこともあった。」『クローディアスの日記』には、「彼が生れぬ前から彼の母を恋してゐた事まで打ち開けて差支へない。」（三日目の日録）という個所もあって、一種の呼応関係が匂って来る。『暗夜行路』で主題化する**「近親姦」的モティーフ**である。又「オフィリヤも女である点で母と共通な性質があるやうな気がする。……自分はオフィリヤの純潔さが自分によって穢がされる事を恐れる。……生殖の床と邪淫の床とに明らかな区別の立てられないことは情けない。」（「ハムレットの日記」未定稿）志賀直哉における**オフィーリアの問題**の発生、ではある。

2　オフィーリアの問題をめぐって

今世紀初頭に二つの互いに顕著な違いを持つ解釈が現われた。笹山氏の「批評史」によれば、「アリストテレス的《具象的》指向の批評（悲劇的カタルシスを達成すべく、虚構の意味を、現実世界に対応する真実を含むところに求めようとする。）とプラトン的《表象的》指向の批評（現実世界との直接的な対応性を失い、ドラマ全体の暗喩的象徴性が専ら意味を帯びてくる。）」との二系列が古来並立して存在する、という。

二十世紀に限定すると、A・ブラッドレー（Bradley）の『シェイクスピアの悲劇』（1904）が〈具象的〉像の極致。S・フロイト（Freud）の『夢判断』（1900初版）がエディプス・コンプレックスの適用例として『ハムレット』における、「行動の延引」を説明したのを受けてE・ジョーンズ（Jones）『ハムレットとオイディプス』（1949）が、シェイクスピアの家族関係や、その潜在心理にまで立ち入った分析を行う。これら精神分析的批評や、T・S・エリオット（Eliot）の「ハムレット」（1919）などが、《表象的》批評の代表とされる。ヤン・コット（Jan Kott）『シェイクスピアはわれらの同時代人』（1964）もまた、新しい具象指向の批評態度を示したものである。

オフィーリア問題についてはすでに『夢判断』のなかですでにフロイトは「エディプス的解釈」なし

に「オフィリアとの会話中に洩らす性的嫌悪」は、説明出来ない、と指摘している。エリオットの説（前引＊2）にも関連しながら、その問題を深めてゆくのがジョーンズ『ハムレットとオイディプス』（1949）である。

これに対して**憂鬱説**（ハムレットの行動の**遷延**の原因が「特殊な環境から作られた全く不自然な精神状態――深い憂鬱の状態にあった」とする）に立って徹底したテキスト解釈を試みたのがブラッドレーの解釈。「オフィーリアに対するハムレットの愛」を（一）かつて真摯な誓いがあった（第一幕第三場）（二）墓場での「公言」（第五幕第一場）の真実性は信じられるの二点を「疑問の余地があり得ない」とする前提から出発して、「ハムレットの愛情には、邪慳さが含まれてゐたのみではない。彼の健全な感情が皆さうであつたやうに、それは彼の憂鬱によつて弱められ損はれてゐた」と推論する。[＊4]

ブラッドレーによれば、「深刻な悲劇でなしに哀切な美の要素」として、シェイクスピアがオフィーリアの役割（「単に従属的な人物であること」）を限定している、という。子供らしい性質、うぶ、無我。……発狂。「兎も角も、レアーティーズがエルシノーアに帰着しない中に、彼女が発狂したことは仕合はせであった。そしてオフィーリアの発狂は、哀れ深いものではあるが、彼女の受けるべき最も恵み深い打撃だとも感じられる。シェイクスピアの意図した効果がこれであったことは、間違ひないと思はれる。発狂しても、オフィーリアは優しく可憐である。」というのが、シェイクスピアの劇場でハムレット劇を観る（シェイクスピアのテキストには現われない意図をも了解する）観客の反応を基準とする、というブラッドレーの最終的なオフィーリア像である。

やや仰々しい問題設定にかかわらず、ブラッドレーの追及は、現存のテキストの合理化（細部の接ぎ合わせによる、懇切無比な説明？）に終始する。わが国の優れた一批評家による再話（自在な余白読み、意味充塡作業）の充分のアドバンテージが存在する。

3　小林秀雄の『おふえりや遺文』

これは一見とりとめもない口説、と見えて実は構成力のあるテキストとなっており、この大きな理由の少なくともその一つは、作者におけるオフィーリアの自意識の把握の明瞭さに由来する。本文にはない符号A～Hを八つのパラグラフに振り、見出し風に要約しつつ、叙述を辿って見ると、

A　ハムレットへの呼びかけ（「明日はもうこの世にはゐない身」という思い決めと「何を書くともわからずに」「書き始めてしまつた」ことの確認、から書き起こされる。）

B　子供の頃の楽しい夢（それを「食い殺」してしまう「心」という「変な生き物」の存在。オフィーリアの自意識の明瞭さ。）

C　今朝の狂気↓死への決意（死への衝動の発生過程を綴る。**夜が明けたら**のリフレイン。以下

各連で二三回ずつ繰返される。）
D　苛々すること、泣くこと（その行為の自己分析。）
E　今朝花束（になった自分）を握った《手》と幼夢との対比
F　書く↓騙す、という認識（**あなたの好きな「お話し」、気難しい「言葉」、何といふ「お芝居」妾に役は振られてはゐません**云々。「書いてゐるほうへ行けばい、、……**蟲**みたいなもの」）
G　栗の幼夢（＝自分の世界「今もかうして、栗の夢から醒めたばかしの妾がゐる。吾が身の見窶らしさ」「小さな夢」）とハムレットの思念との食い違い【誰が一体、この世に生きてゐるんだらう、生きて来たと言へるんだらう。振り返つて見れば、縁もゆかりもないものばかり。】【生きるか、死ぬかが問題だ、あ、、結構なお言葉を思ひ出しました。】【あ、、妾には、たつた一つの事しか要らないのに、何んとあなたは沢山の夢を持つてゐらつしやる。復讐だとか、戦争だとか、あんな色々な御本だとか、それで、妾の様のものの、眼の色さへ読む事がお出来にならない。】【あ、、あたし達は一体、何をして来たのでせう。】
H　確かに誰かが……【**夜が明けたら**↓近未来的幻覚】（「恋しい、どうしても、恋しい、」という心情の吐露。）

1、ハムレットへの呼び掛けの姿勢が全体を包む（AとH）。書き続ける意志（A、F）。2、人生―夢の回顧（B、E、G）。3、自分を襲う狂気と死に向かう衝動の確認（C、D、F）。4、以上を踏まえて現前する、ハムレット的人生観の差異化（F、G）。

半覚半醒状態の主人公の意識の流れの、自動筆記風の記述。書く、書き続ける、という明瞭な自覚が存在するから、彼女は、滅入りかける自己の意識を呼び起こし呼び起こししながら、他ならぬハムレット宛に書き置きを綴っている、という映像を喚起する。男性原理の横溢する原典への反歌。ハムレットの「言葉、言葉、言葉」（第一幕第三場）への同調と反発。有名なフレーズを援用するならば、「関係の飢え」。そしてこの「おふえりや」の自意識は明瞭な自覚によって記述されているが、原典のオフィーリア（第四幕第五場・レアーティーズに見せる狂気。同第六場・ガートルードによって伝えられるその死。）の空白を埋める心理記述として違和感は不思議に無いのである。

4 太宰治の『新ハムレット』

ここに登場するのは二十三歳の若さのハムレットであり、おきゃんで現代風に知恵と気転に富んだオフィーリアである。作者は「まえがき」で「沙翁」を「天才の巨腕　情熱の火花」として称えると共に自作を「室内楽」と評する。時空間については極度の圧縮が行われているのが目立つ。作品のジャンルとしては「LESEDRAMA ふうの、小説」との自己規定ながら、他の再話とは異なり、上演可能な（実際に上演もされた記録が存在する）戯曲の型式を採ったもの。

一　エルシノア王城　城内の大広間

二　ポローニアス邸の一室

三　高台　　　　　　以上第一日目

四　王妃の居間

五　廊下　　　　　　以上第二日目

六　庭園

七　城内の一室

八　王の居間　　　　以上第三日目

九　城の大広間　　　第四日目

この単純な構成の中で、「三　高台」での「**噂　乱心・幽霊・前王殺し**」と「四　王妃の居間」での「オフィリヤ妊娠」と、公私双方のエキセントリックな話題を交錯させ、「五　廊下」「六　庭園」での一方は「喜劇タッチでのポローニヤスとハムレットの絡みからポローニヤスの謀りごと（正義のため云々）」を浮き上がらせ、他方で「王妃とオフィリヤの絡みから追い詰められるガーツルードの悲劇的心情」を浮き上がらせる。「七　城内の一室」での「朗読劇」で激しく反応するのはガーツルードだった。やがて「王のポローニヤス殺し（ガーツルードが立ち聞き）」（八　王の居間）「王妃の水死」（九　城の大広間）と「室内楽」なりのカタストローフが来るが、「テレ隠しのための戦争」とか「ハムレットの自虐」とか太宰一流のフレーズが加わって閉じ目となる。この間に「ポローニヤスの訓戒」のパロディを過剰な上にも過剰な饒舌・誇張によって具現して笑いをとる、とか「ゴンザーゴー殺し」の場をロセッチの詩劇「時と亡霊」に変えることで原典の復讐譚的設定を緩和する（ハムレットが亡霊、ホレーショが花婿、そしてリーダーのポローニヤスが花嫁役、という設定は通俗喜劇風）とか、第一独白や第三独白のパロディ的口説を織り込むとかのサービス振り、である。[*5] 再話のうちでも最もパロディ的な作品というべきである。作中人物の役割を互いに転移させることによって、意想外なプロットの展開を企図する、というのが太宰の本領。「或る時代に於ける一群の青年の、典型」「一つの不幸な家庭」「新型の悪」云々という「はしがき」での自注もさることながら、私の指摘する「役割転移」は、この作者の物語再話の才が「RESEDRAMA ふうの、小説」の形式を用いて最もよく発揮されたものと評価したい。

ハムレット狂恋説を振り撒くのが　ポローニアス→クローディアス
王への不信と劇上演の企ては　ハムレット→ポローニアス
以上二点の帰結としてポローニアス殺しは　ハムレット→クローディアス
水死する存在は　オフィーリア→ガートルード
水死を伝える役は　ガートルード→ホレーショ

これによってクローディアスのしたたかさ（新型の悪？）が強調され、これとの対比でポローニアスの直情径行と親としての愚かさが浮び出る。ガートルードの苦衷がその「オフィーリア的自死」によって表現されているという点で、本作は唯一、「ガートルードの日記」乃至「があとるうど遺文」となるべき可能性を持つ。

5　大岡昇平の『ハムレット日記』

原典では三十歳を越えているハムレットはここでは二十五歳の年齢とされている。これは彼の所謂マザ・コンやら、オフィーリアに対する性的な行為、周囲の同世代に当たる青年たち、フォーティンブラスやレアティーズやホレーショらとのバランスを考えた意図的な設定である。概ねこの作者は先行する文献を丹念に押さえると共に、この劇の現代にも通用するリアリティを重んじた脚色を施している。作品は（題名通り）ハムレット自身の日記の記述が劇の進行をつなぎ、最後に「パリに住む友人に宛てたホレーシオの手紙。九月三日付」によって全体が括られる（語り手としての評価もこの手紙の中でホレーシオの立場から行われる）、という周到な組立て。日記の日付けも原典での事件の進行時間との関連で慎重に辿られてある印象があり自然且つ合理的である。

初日が十二月二十日、以下十二月二十一日（亡霊の存在の否定と、その噂を逆用する意志の発生）、そして年が明けて一月十六日（「狂気の装い」）、二月十日、と続く。

ローゼンクランツ、ギルデンスターンら幼友の登場まで時間の経過を置き、三月十八日（メランコリーという流行の病い云々）、三月二十五日（オフィーリアへの行為「意外、なんの抵抗もなかった。」）、三月二十八日、四月八日（気違いのふり）、四月十日（イギリス行きの内命）、四月十七日（ホレーシオと町へ、「ゴンザーゴー殺し」城内での上演へ）、と盛り上げてゆく。四月二十五日、四月三十日、と「ゴンザーゴー殺し」上演の準備の後五月一日（「ゴンザーゴー殺し」上演、弑逆の告発とその不成功、ポローニアス誤殺と父王の亡霊？との初めての出会い）、五月二日（リストルプ浜でのフォーティンブラスとの対面、危険なる提案）、と、大岡昇平の書き加えの目立った部分が現われる。原典には無い「弑逆の告発とその不成功」の次第の叙述や、「フォーティンブラスとの対面」での駆け引きの経緯が本作でのハムレットの像を躍如たらしめている、というのが定評である。

以下五月十二日（イギリスへの航海）、五月二十日、五月二十三日（ポローニアスの亡霊、クローディアスの国書）、五月二十七日（海賊の捕虜となる）、五月二十八日（ホレーシオと母宛の手紙）、五月二十九日、六月八日（その後のデンマークをホレーシオが語る）、六月九日（オフィーリア水死の知らせ）、六月十日（エルシノーアへ、墓掘りの歌、オフィーリアの埋葬）、六月十一日（オフィーリアの夢、「みなわかっておりました」）、六月十三日、六月十四日（胸騒ぎ……）と畳み掛けるような叙述の進行、冒険譚の色彩があざやかであるのと、「オフィーリアの夢」の設定がもたらす効果に特徴がある。

「パリに住む友人に宛てたホレーシオの手紙。九月三日付」では、ラストシーンの「相重なる殺戮」の報告の合間合間に、「日記にはわざと隠してある、母を慕う子の心」を織り込んだり、ハムレット最後のセリフに「死に行く先はどこことも知れぬが、父上やオフィーリアのいる煉獄があるなら私もそこへ行きたいものだ。」などと綴り込んだりする、ソツの無さである。

これは決定的に「政治的劇」としての『ハムレット』解釈に立って組み上げられた作品ではある。国家対国家を大枠に人物（性格）をその役割（政治性）に沿ってとらえ直す。ハムレットは政治上のマキアベリスト（行動者）としてクローズアップされ、ノルウェーの王子フォーチンブラスの徹底した形象化、彼が王位継承者となることの必然性も説明される。友人のホレーシオはイタリア人の学友、北方の領土争いを傍観視しうる他者としての視点を与えられる。デンマークをめぐる地理的・政治的環境、ハンザ同盟、ルター主義……等々歴史的背景との整合にも留意が払われて居り、その苦心については「後記」[*6]に委しい。所謂謎の部分の解釈も合理的で、ガートルードの再婚がクローディアスの即位によって王弟領＋王侯領を領有することになった新国王とのやむを得ざる妥協であった云々、亡霊の存否がハムレットの政略（信じたふり）と次には神経作用に依って生じたとされる云々、佯狂の心理的合理化（当時実際に流行していた、メランコリーに依るもの云々）ハムレットのオフィーリアへの恋情の質（政治的スパイととらえることで政治的に対応↓「オフィーリアの夢」での同意「みなわかっておりました。」云々）である。最も近い映画化ということとなるメル・ギブソンの映画『ハムレット』（1990）との、プロットの類似はもちろん偶然だが、ヤン・コットのいう「世紀半ばのハムレット」としての同時代性、は明らかだろう。

ヤン・コットは、「一九五六年にクラカウで上演された『ハムレット』」が、「政治的犯罪の劇」

であると見えて仕方がなかったこと、「第二十回共産党大会のあとのポーランドのハムレット」が「乱暴で、怒りにわれを忘れている」「陰謀家」のハムレットだったことを、当時の「時代の問題」としてこのユニークな著書を公刊した。それは「世紀半ばの『ハムレット』」と名付けられていた。今、世紀末の『ハムレット』は如何にその存在を明らかにするか、又出来るか、それを問うて行きたい。その課題の一助として「日本のハムレット」点描を試みたのがこの試論である。

6　補足——『日本のハムレットの秘密』（斎藤栄）の巧みな設定について

「日本のハムレット」なる拙文の標題の由来をなす作品でもあるのだが、この作者がここで「日本のハムレット」と名付けたのは、かの第一高等学校生徒、藤村操である。彼の日光華厳滝での投身自殺（明36・5・22）は煩悶の時代とか、哲学の時代とか呼ばれる一時期における、シンボル的事件であった。この第一高等学校生徒第一学年の同級生に安倍能成、小宮豊隆が居り、一級上には阿部次郎・魚住折芦が居た。当時同校教授であった夏目金之助（漱石）に微妙かつ特徴的な反応が見られたことはよく知られている。藤村操女子名義での戯詩「水底の感」が自殺事件の当事者藤村操が華厳滝上に残した「巌頭の感」のパロディ的意義を持つことは打ち消しがたい事実であるし、*7『草枕』や『三四郎』でのヒロインたちによる、擬入水的行為の反復設定にもその印象が漂っている。『三四郎』の広田先生の「ハムレットは結婚したくなかったんだろう……」以下の個条で展開される『ハムレット』解釈にも漱石自身の事件をめぐる心象が揺曳していると言えなくもないのである。斎藤栄の巧みな設定というのは、そのあたりを汲み上げながら藤村操なる実在人物の影に小説的虚構を提示したことにある。

〔注〕

＊1　金子健二『人間漱石』に再現されている、「聴講記録」、『全集』「断片　明治三十七・八年」の相当に精細な「ハムレットの性格」と題するメモの中でも同趣旨のことが書かれている。前者から一節を挙げると、「三月七日（明治三十八年）……生みの母が大罪を犯し、しかも予を愛する事、依然として異なる所なし、憎むべきわが叔父は心に大きな悪をつゝめるにも拘らず、われに害心をさしはさまず、否、寧ろ我が心を迎へんとして予に接近し来たれり、しかも、それは予の秘密を探さんがためなり、恋ひ人はわれに在り、しかも彼女はわが敵に欺かれつゝあり、わが生み此の世に在りての母をすら信じ得ざるわれは如何にしてわが恋ひ人を信じ得べき、……」

＊2　「ハムレットの問題は、彼の嫌悪がその母親によつて喚起されたものでありながら、その母親がそれに匹敵しなくて、彼の嫌悪は母親に向けられるだけではどうにもならないということにある。それ故にそれは、彼には理解できない感情であり、彼はそれを客観し得ず、従つてそれが彼の存在を毒し、行動することを妨げる。」（Hamlet and his problems 吉田健一訳）

＊3　「それは兄の夢の中でその咽を絞めてゐるものは自分に相違ない、かういふ想像であつた。すると暗い中にまざまざと自分の恐ろしい形相が浮んで来た。自分には同時にその心持まで想浮んだ。——残忍な様子だ。残忍な事をした……もう仕て了つたと思ふと殆ど気違ひのやうになつて益々烈しく絞めてかかる。

其自身の様子がはつきりと考へられるのである。」

＊4　一般的な**佯狂説**に立ったときに生じる疑問として、九項目を挙げて慎重な検討を加える。そこが講壇批評家としてのブラッドレーの真骨頂なのである。このうち「芝居の場での暴言」への疑問を問う辺り、「若し彼女に対する彼の気持が、絶望的でも純粋な愛情であるならば、彼がかやうな暴言を吐かうとは、どうして考へることが出来ようか。」などと述べるが、「母親への対抗心・挑発」を読み取るフロイト－ジョーンズの優位は明らかである。

＊5「忍従か、脱走か、正々堂々の戦闘か、あるいはまた、いつわりの妥協か、欺瞞か、懐柔か、to be, or not to be, どっちがいいのか、僕には、わからん。」が太宰治のハムレットの発言の一部である。ここで**所謂ハムレット・第三独白冒頭の翻訳**の種々例を挙げておくこととする。

ながらふべきか但し又　ながらふべきに非るか　爰が思案のしどころぞ〔尚今居士〕

死ぬるが増か生くるが増か　思案をするはこゝぞかし〔ゝ山居士〕

存ふる？　存へぬ？　それが疑問ぢや〔坪内逍遙〕

生きるか、死ぬるか、そこが問題なのだ。〔市河三喜・松浦嘉一〕

生か、死か、それが疑問だ、〔福田恆存〕

このままでいいのか、いけないのか、それが問題だ。〔小田島雄志〕

生きるか、死ぬかが問題だ、あゝ、結構なお言葉を思ひ出しました。〔小林秀雄〕

父王の亡霊も、自分の心が生み出した幻影ではないか、と彼は正しく疑っていた。「ああなのか、こうなのか、それが疑問だ」といったこともあった。〔大岡昇平〕

彼は生れながらの陰謀家である。第三独白の“To be”とは、彼にとっては父の仇を討ち、王を殺すことを意味し、それに対して“not to be”とは、戦いをあきらめることを意味している。（ヤン・コット）

＊6　昭和五十五年九月新潮社刊行の際のもの。そこで「ローレンス・オリヴィエの映画」がきっかけでこの

作品を最初に思い立った。「オリヴィエ自らの演出主演作品で、私たちははじめて本場のハムレット役者の to be, or not to be のイントネーションを聞いたのである。フォーティンブラスがハムレットを武人として、礼砲と共に葬るラストが印象的だった。」旨記す。ただしこの映画ではフォーティンブラスの登場はそもそも無くラストでのその役割はホレーショが果たしている。「ローレンス・オリヴィエの映画」で何故フォーティンブラスの登場が省略に付されたのかは今でも疑問として残っている。フォーティンブラスの形象化に尽瘁した大岡さんの脳裏には以上のような映像が残ったのだろうか。

＊7 「巌頭の感　悠々たる哉天壌。遼々たる哉古今。五尺の小軀を以て此大をはからむとす。ホレーショの哲学竟に何等のオーソリティーを価するものぞ。万有の真相は唯だ一言にして悉す。曰く「不可解」我この恨を懐いて煩悶。終に死を決す。既に巌頭に立つに及んで胸中何等の不安あるなし。始めて知る大なる悲観は大なる楽観に一致するを。

藤村　操」

「水底の感

藤村操女子

水の底、水の底。住まば水の底。深き契り、深く沈めて、長く住まん、君と我。黒髪の、長き乱れ。藻屑もつれて、ゆるく漾ふ。夢ならぬ夢の命か。暗からぬ暗きあたり。うれし水底。清き吾等に、譏り遠く憂透らず。有耶無耶の心ゆらぎて、愛の影ほの見ゆ。

―明治三十七年二月八日寺田寅彦宛の葉書に―」

「ホレーショの哲学竟に何等のオーソリティーを価するものぞ。」の一行、原典第一幕第五場、亡霊と言葉を交わしたあと、ハムレットがホレーショに向かい、「ねえホレーショ、この天地間には哲学では夢にも考えられないことが沢山あるんだよ。」（市河三喜・松浦嘉一訳、岩波文庫）と語る言葉と同趣旨だが、「ホレーショの哲学」との統辞法に対応するだけの、この人物固有の哲学的思考が全五幕中に存在するか、との疑問に発して主人公が「巌頭の感」全文の暗号的性格に思い至る、という設定が「巧みな設定」と呼ぶに価するのである。漱石の「水底の感」は、「藤村操女子」に表われているように入水する心理をオフィーリアに投影して幻想的に唄い上げた意味があり、原典の「意味充塡作業」のコンテキストとしては『おふえりや遺文』のそれの先蹤に属するというべきだろうか。

『それから』の書き手としての漱石

「それから、以後どうだい」（三）

三年ぶりに再会した友人の平岡常次郎に対して『それから』の主人公はそのように問いかける。作品の標題となった語が長井代助の直接の問いの形で用いられている唯一の個所である。代助は、「三年前別れた時」（二）から以後今日に至るまでの、平岡とその妻となった三千代との動静を尋ねる挨拶としてそれを発しているのは明らかだが、ただちに相手が「僕より君はどうだい」と問い返してくるので示されるように、彼自身の「それから」を——既往の時間と「現在」との連続不連続を——問い直すきっかけとなるという意味で重要な個所でもある。

代助は自ら発した問いを負って、平岡夫婦の三年間の変貌の相に漸次向き合わされることになり、自分自身の三年の中の変化を見るとともに、「記憶」の中に潜在していた「五年の昔」（十四）の三千代との「自然の愛」（十三）の想念を手探って行く。代助による「現在」のとらえ返しは、あり得べき「過去」に従って「それから、以後」を整合し直す努力として試みられるわけだが、我々の主人公における時間とのストラッグルの帰結として敢為される「告白」（十四）の場面で、三千代が発することばは鋭くて重い現実感を持つと見える。

「だつて、あの時から、もう違つてゐらしつたんですもの」（十四）（傍点引用者、以下同様）

「告白」を敢為する前提となった代助の認識が「二人の過去を順次遡ぼつて見て、いづれの断面にも、二人の間に燃える愛の炎を見出さない事はなかつた」（十三）であったこととの対比は歴然としている。三千代はさらに、この三日後、寓居を訪れた代助に再度一つの問いを仕掛ける。

「何故夫から入らつしやらなかつたの」（中略）「何でそんなに、そわ〳〵して居らつしやるの」（十六）

代助がこれらの片言隻句によって向き合わせられているのは三千代という他者の固有の時間なのだが、『それから』という代助の物語の中では主人公の手に余る課題として最後まで残される。作者自身が負ったイロニーの露頭をそこに見ることが必要なのではないか。

1

『それから』の物語の時間的多層性や、代助における時間とのストラッグルというモチーフを展開してゆくについて、夏目漱石に多分の刺戟を与えたと目される作品に、ヘルマン・ズーデルマン Hermann Sudermann の『消えぬ過去』The Undying Past（原題は Es War で漱石の蔵書本は B. Marshall による英訳で1909年版）がある。板垣直子・吉田六郎・井上百合子・平岡敏夫の各氏ら*1に言及があり、その刺戟の多寡については思量に差はあるけれども、漱石の、次に見るような傾倒ぶりを見ると、その存在の重要さは疑い得ないし、今度該作品を生田長江訳（創芸社近代文庫版）によって読みなおしてみて、私は三千代の造型についても漱石がズーデルマンの女性像から強い示唆を得ていたことを確信するに至った。

漱石はまず「愛読せる外国の小説戯曲」（談話筆記、『趣味』明41・1）の末尾で「近頃面白く感じたのはズーデルマンのアンダイイング・パストで、あの中のフエリシタスと云ふ女の性格と其叙方にはひどく感心した。あんな性格が生涯に一度でも書けたらよからうと思ふ」と述べ、同年さらに「文学雑話」（談話筆記、『早稲田文学』明41・10）では「之は女は男を追つかけるのだが、其の女のフエリシタスといふのには夫がある。有夫姦になるので男の方で始終逃げようとする。それを――フイジカリーに追つかけるのではないが――追つかけて〱キヤプテイエートする仕方が如何にも巧妙に、何うしてあゝいふ風に想像がつくかと驚かるゝ位に書いてある。誰もあんなデヴエロプメントをクリエートする事は出来ない。さうして此女が非常にサツトルなデリケートな性質でね、私は此の女を評して「無意識な偽善家《アンコンシャス・ヒポクリット》」――偽善家と訳しては悪いが――と云つた事がある。其の巧言令色が、努めてするのではなく、殆んど無意識に天性の発露のまゝで男を擒にする所、勿論善とか悪とかの道徳的観念も、無いで遣つてゐるかと思はれるやうなものですが、こんな性質をあれ程に書いたものは他に何かありますかね。——恐らく無いと思つてゐる」と語っている。ほぼ同趣旨の讃嘆言が漱石蔵書本の書き入れとして残されており「分化綜合ノ極度（今日の所）に達したる model character」としてのフェリシタス造型への技癢が並大抵のものではなかったことが窺えるわけである。[*2]

『消えぬ過去』は合せて六年間の服役生活と海外放浪の後主人公のレオが故郷東プロシアに帰還し、父祖の残したハレギッツの農地の経営を再開する所からはじまる。フェリシタスはレオの遠縁にあたり幼馴染で愛し合う仲だったがやがてレオを棄てて地主のラァデンと結婚し一子パウルヒェンを生す。ところが夫のラァデンはレオとのいさかいから彼に決闘を挑み射殺されてしまう。レオはこの犯罪によって服役し長く故郷に戻ることがなかったわけである。この留守の間にフェリシタスはレオの莫逆の友であるウルリッヒと結婚してパウルヒェンとともにハレギッツとはアレ川を距てたウウレンフェルデの館に住んでいる。レオの帰還によってフェリシタスの恋情が再燃し、以後漱石が印象的に述べるような様々な働きかけがレオに対してなされることになる。物語はレオに主に視点が置かれるが単一ではなく章によってはレオの許婚者としてハレギッツに居住しレオに純情な思いを寄せている少女へレナを視点人物として叙述される部分もあり、レオの妹で寡婦となった病身のヨハンナの観察が活用される部分もあって「層々累々」たる展開を見せる。語り手の関心の中心におかれるのは噂の的となるフェリシタスの複雑な演技的振舞いと、それに深い憎悪を抱きつつ吸引されてゆくレオの心理である。（この間フェリシタスの夫であるウルリッヒはレオへの不渝の友情と妻への大らかないたわりによって彼らに接しており、それがレオの苦悩の要因ともなっているという風に描かれている。）レオの心理を深くとらえているものが「消えぬ過去」である。初会のころのフェリシタスの「つぼみの花のやうな少女姿」――『それから』一の末段に相似し、帰郷直後のレオが、そのころのフェリシタスを描いた肖像画を見詰める場面（前篇七）がある――。そしてラァデンに心を飜した彼女とラァデンの死後はウルリッヒに嫁いだ彼女。それから何があって今はレオその人を誘惑にかかるのか？　レオの「過去」へのこだわりを知悉してフェリシタスはそれを活用しもする。少女時代に用いた強い匂いの香水。かつて互いに交換し合った指環。

友愛と恋愛の相剋、裏切りと復讐の劇、「過去」への囚われの心理、等々のモチーフ（平岡氏はさらに「子殺し」をあげている）において『それから』との類似はすぐに思いあたるところであるが、更に二三の細部のプロット（先にあげた「肖像画」「指環」など）の照合も偶然のものとは決して言うことはできないだろう。そして最も肝心なのはフェリシタスにおけるアンコンシャス・ヒポクリシィの問題である。

先に引いた「文学雑話」の後段には、当時連載中の『三四郎』のヒロインについての言及があり、無意識の偽善（吉田六郎氏の言い換えに従えば、＝「たくまぬ演技」）は専ら里見美禰子、せいぜいその先蹤をなす志保田那美（『草枕』）や甲野藤尾（『虞美人草』）に適応されるキータームとして考えられてきた。くり返し言えば、漱石がこの語を手がかりとして把捉を試みていたのは、「殆ど無意識に天性の発露のまゝで男を擒にする」、眩惑的なふるまいということであって、天性、即ち彼女に備わった本来の資性に由来すると見えるがゆえに、その働きかける対象となる彼の心の深層をとらえてしまうという道理なのであった。代助に対するときの三千代の挙止動作・言語談話に、それは見られていないだろうか。

「五年の昔」二年足らずの「過去」のことはさて置き、その三年ぶりの再会は次の如くである。

廊下伝ひに座敷へ案内された三千代は今代助の前に腰を掛けた。さうして奇麗な手を膝の上に畳《かさ》ねた。下にした手にも指輪を穿めてゐる。上にした手にも指輪を穿めてゐる。上のは細い金の枠に比較的大きな真珠を盛つた当世風のもので、三年前結婚の御祝として代助から贈られたものである。

三千代は顔を上げた。代助は突然例の眼を認めて、思はず瞬《まばたき》を一つした。(四)

この時代助の心を強くとらえるのは、「指輪」の位置と「例の眼」であるが、三千代の眼については右のパラグラフの直前に「眼の恰好は細長い方であるが、瞳を捉ゑて凝と物を見るときに、それが何かの具合で大変大きく見える。代助は是を黒眼の働らきと判断してゐた。三千代が細君にならない前、代助はよく、三千代の斯う云ふ眼遣を見た。」とあって彼をかつての三千代に引き付ける力を持つのである。代助が贈った指輪も又同様の力を発揮するのは言うまでもないが、それを穿めた手を上にしているという所にこの際の三千代の「たくまぬ演技」があると言わなければならないだろう。このあと三千代は「此間来て呉れた時」のことについて話を及ぼす。

代助は裏神保町の宿屋に逗留中の平岡夫婦を訪ねたことがあったのであるが、平岡が外出への出掛際でかつ「何か急しい調子で、細君を極め付けてゐた」ので「何となく席に就き悪く」て平岡を「此方から誘ふ様にして表へ出て仕舞つた。」のであった、三千代は「待つてゐらつしやれば可かつたのに」とその時の代助の挙措を軽く詰るふうに言うのだが、平岡の外出のあとその帰りを「待つ」とは宿屋の一室で三千代と対座することを意味することを思えばこのさり気ないことばにも誘惑的な響が感じとられるのである。「好いぢやありませんか。居らしたつて。あんまり他人行儀ですわ」というのが三千代の言い分だが、この言い分を無意識に支えているのが「指輪」なのでもある。このすぐ後に代助の「真珠の指輪」の贈与が、夫となるべき人平岡の了解の下に行われた旨の叙述が挿入されるが、この設定にはある異様さがあることは否めない。この点に問題を始発させて斉藤英雄氏が、「『真珠の指輪』の意味と役割――『それから』の世界――」(『日本近代文学第29集』昭57・7)という論文を発表している。そこで氏が整理している如く、三千代の動作が「指輪」に関連して行われている場面は、右の二つを含めて六回もある。そのうち四回目にあたる「十二」では次のような振舞が見られる。

「貴方には、左様見えて」と今度は向ふから聞き直した。さうして、手に持つた団扇を放り出して、湯から出たての奇麗な繊い指を、代助の前に広げて見せた。其指には代助の贈つた指環も、他の指環も穿めてゐなかつた。自分の記念を何時でも胸に描いてゐた代助には、三千代の意味がよく分つた。

三千代のセリフは、「此頃は生活費には不自由はあるまい」との代助の問いへの返答だから「三千代の意味」は直接には生活費の窮乏の結果「指環」を処分せざるを得なかったこと（「十三」でそれが戻ってきた場面があるから「質入」であったことが分明する）を告げているのだが、「繊い指」をかざして「指輪」の不在を表現するという挙措が、そこに「自分の記念を何時でも胸に描いてゐた代助」の心に深くアッピールするものであることは確かだしそのことを三千代は勿論知っているのである。

『消えぬ過去』の「指輪」は不倫時代の二人が交換し合ったという設定になっている。フェリシタスと密かに再会した時、レオは彼女に贈られた「青玉の指環」を「今朝もいつもの如く指にはめてしまつ」ていた結果、心ならずも彼女を喜ばせてしまうことになる（「構はないぢやありませんか……やっぱり穿めてゐらつしやいな。以前は共同の罪悪のシンボルでした。これからは私達に言ひきかしてくれるでせう――私達が一になつて過去を悔いてゐるといふことを……」前篇十五）。やがてウルリッヒを表向きの仲介者に仕立て上げた上で、レオがフェリシタスをその部屋に訪れた時「長椅子の一隅に身を曲げ、顔をクッションに埋めて彼女がゐるのを彼は見出した。（中略）……彼女がそのまゝの姿勢で、力なげにさし伸べた手には、彼から贈つた指環のダイヤが閃いた。」（前篇十六）という。この場合レオはそれを「仕組まれた狂言」と感じとるように、『消えぬ過去』の語り手はフェリシタスの「指環」への意識を相当に手厳しく裁いている感があり『それから』での扱いとは大きな差異が感じられるが、「記念の指輪」に過去において交された情念の記憶を寄り添わせている二人の女のありようには殆んど懸隔はないのである。代助との交情の記憶がまつわっているものとして他に百合と銀杏返の髪型がある。それが代助の心の深い層に働きかけるのを直感している三千代（この場合「非常にサットルなデリケートな性格」という漱石のフェリシタス評は三千代にも該当するだろう）は、「蟻が座敷へ上がる時候」のころの代助訪問の際（十）に次のような振舞を見せる。

三千代は何にも答えずに室の中へ這入つて来た。セルの単衣の下に襦袢を重ねて、手に大きな白い百合の花を三本許提げてゐた。其百合をいきなり洋卓《テーブル》の上に投げる様に置いて、其横にある椅子へ腰を卸した。さうして、結つた許の銀杏返を、構はず、椅子の背に押し付けて、

「あ、苦しかつた」と云ひながら、代助の方を見て笑つた。

この時のよそおいについて三千代がすでに記した意味で意識的（つまり演技的）であったことは直ぐに明かされることになるが、「古版の浮世絵」（四）のくすんだ色調でイメージされてきた三千代が、この場面では代助の使った「硝子の洋盃《コップ》」を使って「鈴蘭の漬けてある鉢」の水を飲むという派手なふるまいに出ることになる。この全篇で随一といって良い三千代の鮮やかに華麗な仕草が、ごく現実的な動機によって裏打ちされていることは見落とせない。突然の雨で急いで坂を登ってきたから「すぐ身体に障つて、息が苦しくなつて困つた。――」

「心臓の方は、まだ悉皆《すつかり》善くないんですか」と代助は気の毒さうな顔で尋ねた。

「悉皆《すっかり》善くなるなんて、生涯駄目ですわ」

意味の絶望な程、三千代の言葉は沈んでゐなかつた。繊い指を反して穿めてゐる指環を見た。

又しても「指環」であるけれども、表出されてあるのは、出産後子を亡くした上「心臓から動脈へ出る血が、少しづゝ、後戻りする難症」(四)に病んだ来歴である。「生涯駄目」との自覚は後にも「永く生きられる身体ぢやない」(十六)と繰返されるし、末段近く平岡によって代助に伝えられることになる病状――「医者は三千代の心臓を診察して眉をひそめた。卒倒は貧血の為だと云つた。随分強い神経衰弱に罹つてゐると注意した。」(十六)に連接する、ある深刻な事実を示唆している。この場面で、代助は「離れ難い黒い影を引き摺つて歩いてゐる女」(十)との印象に襲われるのだが、それは「平岡の顔」が浮かんだせいであって、絶望の淵を覗いている三千代の内状の為ではなかった。

戦争による父の家の瓦解と前後して三千代は兄に招ばれて「谷中清水町」に家を持った。兄は妹の未来を親友の代助に「委任」する心意を示していたが、チフスに罹って母とともに死んだ。その年に代助の奔走によって平岡と結婚。翌年出産と嬰児の死のことが起って発病する。それが原因となって夫の道楽がはじまり失職の事態となる。この間三千代は三つの死に直面し、死と等価と言えるような二つの裏切りを見てきたのである。作中で委しくは叙べられていないが、嬰児の死はとりわけこの女に苦悩をもたらしたであろう。度重なる因果の結節点として。この正に身魂を摺り減らすような苦悩が、夫に対しては「彼奴も大分変つた」「家へ帰つても面白くないから仕方がない」（十四）という思いを（不条理にも）募らせる因となり、一方代助に対しては彼に一面では「貴方が僕に復讐してゐる」と呼ばせるような、辛辣な批判的対応力を形成して行ったのである。

これが、フェリシタスにも通ずる彼女の「アンコンシャス・ヒポクリシィ」の半面である。

このような私の指摘が、愛のヒロインとしての三千代の価値低下をもたらすわけではなく、かつ又代助が彼女に対して示すロマン的心情傾斜の必然性を損うわけでもないのはいうまでもない。それは、フェリシタスがその演技性をズーデルマンの語り手によってこっぴどく裁かれ（レオによって決定的に看破されるというプロットの進行によって）ているにも拘らず、その魅力とヒロインとしての存在感が一向に軽減されるどころか、（たとえば、F・モーリャックのテレーズ・デスケィルゥと同様）ハレギッツなる土地を棄てて都会に上ってゆく彼女に一種の妖気を含む照りが加わって見えるという事情と恐らく共通した意味があるのである。

漱石が手まさぐっているのは謎のとばりの向う側に居る女性の存在である。謎の故に魅惑されてしまう此岸の男性にとって常に認識不可能というイロニーを味わわせる存在としての女性そのものである。

2

夏目漱石は『それから』連載中の七月二十六日畔柳都太郎宛書簡の中で、

「それから」の主人公は小生だとの御断定拝承所があの代助なるものが姦通を致しさうにして弱り候。小生にもそんな趣味があれば別段抗議を申入る、勇気も無之候

と幾分の軽口をたたいて記している。このうち「主人公は小生だ」という部分に概括されているような読まれ方が、当時の大勢であったであろうことは代表的な同時代批評となった武者小路実篤の「『それから』に就て」や阿部次郎の「『それから』を読む」によっても窺うことができるのである。

このような読まれ方をもたらした原因は代助が展開する華麗な文明論、たとえば『煤烟』評(六)をめぐって叙べられるような一面真率で一面軽く割り切った、「現代的不安」や「誠の愛」の言説にあっただろうし、かかる爽やかな言説を敢てなし得る「三十になるか、ならないのに既に nil admirari の域に達して仕舞つた」(三)代助の「オリヂナル」としての内面が筆を費して描かれている冒頭からの数章の運びにあっただろう。

つまり長井代助という主人公に、ほぼ単一的な視点を置くことで進行するこの作品の構造ということなのである。実篤は「主観小説」という語でその性格をとらえ、その一方で「運河」とい

う卓越した譬喩によってその構成意識の緻密さを、(むしろ否定的にではあるが)指摘していた。主人公たち相互の関係についての情報を小出しにして、つまり暗示や伏線によって読者を「始めより意識して見せたい処に」導いて行くという技巧を、である。これらは言いかえれば「語りの意図」の存在ということであって、われわれはむしろこのことから主人公と作者の間に介在して物語を運ぶ、この作品固有の語り手を想定して見直すべきなのである。

この語り手の従う第一の原則は無介入である。代助の内部のことばや、代助及び彼のかかわる人々の言説を引用し、彼らの挙止動作を描写する機能。説明が必要な時にもそれを誰かの言説として提示する(特定の視点による叙述)。このような叙法を通して現われてくる構成上の効果としては、対比ということが指摘できる。代助と門野(一、六)代助と平岡(二、六など)。ほぼ同世代の人物的対比ということになるがさらに進んで寺尾(八)、死者としての菅沼(七)「但馬の友人」(十一)を視野に収めて、主人公の時代が限定的に展望されることになる。ここに父長井得(三、九など)の旧世代との縦の対比が加わる。一方代助の同情的批判者としての嫂梅子の存在(二、七など)は既婚の婦人としての三千代との対比が滲出してくると言えるだろう。その数多くのセリフの中、「代さん、あなた役者になれて」(九)は直接には「歌舞伎座」での見合のたくらみの暗示なのだが、女性の持つヒポクリシィ(梅子も陽性の演技者としての魅力を屢々発揮している)を代助に示唆することばになっていて、三千代の存在規定の一面を語り手の代行者として示している。

「八」以後代助を襲う「アンニュイ」と、それをもて余しつつ思考にふける姿を叙べるあたりから、語り手は「無介入」から一歩踏み出して、限定的なことばによる間接的かつ確定的なその対象化を試みるようになる。「身体全体が、大きな胃病の様な心持がした。」とか、つづいて「五尺何寸かある大きな胃袋の中で、腐つたものが、波が打つ感じがあつた。」（八）とか、「頭の中心が、大弓の的の様に、二重もしくは三重にかさなる様に感ずる事があつた。」（十三）とかの、やや誇大な直喩。「……此根本義から出立した代助は、自己本来の活動を、自己本来の目的としてゐた。……是等の願望嗜欲を遂行するのを自己の目的として存在してゐた。……それを尤も道徳的なものと心得てゐた。」（十一）の如く過去形で同質の文末を反復する叙法。「けれども、代助自身は夫に気付いてゐなかつた。」（十三）という類の主人公の視点の外からの指摘。——

この作品の語り手の三つ目の特徴ある働きとして「十四」における、客観的な意義付けのことばがある。代助の直截的な訴え（「僕の存在には貴方が必要だ。……」）について、

> 代助の言葉には、普通の愛人の用ひる様な甘い文彩を含んでゐなかつた。彼の調子は其言葉と共に簡単で素朴であつた。寧ろ厳粛の域に通つてゐた。但、夫丈の事を語る為に、急用として、わざ〳〵三千代を呼んだ所が、玩具の詩歌に類してゐた。けれども、三千代は固より、斯う云ふ意味での俗を離れた急用を理解し得る女であつた。（中略）代助の言葉は官能を通り越して、すぐ三千代の心に達した。

又、

二人は斯う凝としてゐる中に、五十年を眼のあたりに縮めた程の精神の緊張を感じた。さうして其緊張と共に、二人が相並んで存在して居ると云ふ自覚は失はなかつた。彼等は愛の刑と愛の賚とを同時に享けて、同時に双方を切実に味はつた。

視点は超越的で、当事者の双方の心情を均等にとらえている。その上で代助のことばとそれが作り出した愛し合う者の心の高揚を美しく描き出し、幾分の抑制を加えつつ意味付けを与えているもので、第一、第二の叙法とは異質なひびきを奏でているのである。しかしかかる語り口は以後全く現われない。むしろ意図的に代助の単一的視点に執することによって語り手は、その内面的な破綻を臨場的に語りすすめて行くことになる。そして末段の電車に乗った代助を襲う「赤い」幻想の風景を提示し、作品の巻頭のイメージとの照応を作り出して畢るのである。

『それから』の語り手は意地悪である。前作『三四郎』のそれも主人公に対して辛辣ではあったが上京する青年の純朴な夢想の破綻に対してはある同情を寄せていた。（三四郎の視点から離れるのが末段の「十三」であることも構成上『それから』とは異質な効果をもたらしている。）ここでは「自然の愛」という究極的な夢想を負う主人公の世界を、いったんは成就させるかに計らって（「十四」の高潮した意義付け）その後全面的に破綻させる。その効果は、主人公を彼に共鳴する読者に強烈な現実感覚を醸すということにあろうが、かかる語り手の設定の裏側には、（現実家ならざる）夢想家漱石が住んでいる、というのが私の想定である。

夏目漱石がその生涯において断続的にしか書き残さなかった「日記」の中、『それから』執筆前後の日記は、最もまとまりのある連続性を保っている。全集所載「日記及断片」のうち、「明治四十二年三月二日より八月二十六日まで」がそれであって、本作の起筆（五月三十一日）から連載開始（六月二十七日）原稿擱筆（八月十四日）に至る時期の執筆の進行とその苦心が書きとめられてあり、起筆以前から録されてある日常的見聞や世事についての偶感の数多くのものが作品に活用されてあることをも視野に入れて考え合わせるならば、この「日記」は正に漱石その人における『それから』の時間」をわれわれに伝える日記版『それから』と呼ぶべき相貌を見せている。

その初日は「雛を売る店。桜の作り花。鯛と栄螺と蛤を籃に盛りて青き笹を敷きたるが魚屋の店にあり。赤く塗つた蒲鉾も沢山並んでゐる。花屋が赤い桃の花をたけの筒に挿してゐた。室咲と思ふ。梅しきりに咲く。」ではじまり「冬去つて漸く生き返る。何処かへ行つて一日遊び暮したし」で結ばれる。代助のそれに通うようなカラフルな情感、そして春の到来とともに訪れてきた一つの夢想。花の季節を漱石はしばしば「散歩」に出て堪能している。「エイ子とアイ子を連れて江戸川へ御花見に行く」（四月九日）「午後江戸川の桜を見る。（中略）花片静かに散る。」（四月十二日）「神楽坂へ行つて散髪。花の盆栽と君子蘭を買ふ。」（三月二十五日）――この、代助が住むことになる「神楽坂」では深夜に次のような体験もする。「風熄まず、十二時近く、電車を下りて神楽坂を上る。左右の家の戸障子一度に鳴動す。風の為かと思ふ所に、ある一軒から子供を抱いた男が飛び出して、大きな地震だと叫ぶ。（中略）きのふ鰹節屋の御上さんが新らしい半襟と新らしい羽織を着てゐた。派手に見えた。歌麿のかいた女はくすんだ色をして居る方が感じが好い。」（三月十四日）この時瞥見した「鰹節屋の御上さん」の派手な「半襟」「歌麿のかいた女はくすんだ色をして居る方が……」という選択意識は三千代の造型（「古版の浮世絵」）のきっかけになるのは全集「注」の言う如くだが「日記」の漱石は彼女への恋をも夢想するかの如くである。「散歩の時鰹節屋の御神《ママ》さんの後ろ姿を久振に見る。」（四月二日）「鈴木禎次曰く。夏目は鰹節屋に惚れる位だから屹度長生をすると。長生をしなくつても惚れたものは惚れたのである。*3」（四月三日）そして作品の末章近くに三千代と厳しく隔てられた後の代助宛らに三千代の寓居、江戸川を隔てた伝通院あたりを思いをこめて見遣ったりもするのである。――「十一時より謡一番を謡って東洋城を拉して帰る。明月。不寒不暖。夜行可人。御堀の松。遠くの安藤坂の点々たる灯火。」（四月五日）いじましい夢の数々も記される。「又青楼に上りたる夢を見る。」（七月五日）麻布あたりを歩いた後「こんな所の大きなやしき一つを買つて住みたいと思ひながら帰る。」（五月一日）等々。この「いじましい夢」のいくつかも代助において実現されていることが確認できる。（「彼は其晩を赤坂のある待合で暮らした。……」（十三）「麻布のある家へ園遊会に呼ばれ……」（五）そして代助の父の邸は青山錬兵場近傍にしつらえられてある。）

「日記」の末尾部分は『それから』執筆の苦労がさし招いたと見られる病臥の記録でしめ括られる。

八月二十日　金

劇烈な胃カタールを起す。

嘔気。汗、膨満、醱酵、酸敗、オクビ、面倒デ死ニタクナル。
以下「昏々」たる日々が続いて「八月二十八日」に至るが「三月二日」のあのカラフルな情感との対比は、巧まれざる「意味」を感じさせるのである。小説執筆依頼を身に引受けるとともにはじまったこの日録の中で、漱石その人の内部で自ずとふくらんでゆく情感が折しも到来した春の気配に相合して動き出す。新鮮な感覚によって重ねられてゆく見聞が日録を通して蓄えられてゆく。——他方に日常的に継起する家人たちの故障がある。

細君にエイ子の感冒伝染。臥辱。

万物皆青くならんとしつゝ、日出で日没す。これを何度繰り返したら墓に入るだらうと考へる。……（四月二日）

家族の主としての自己と小説書きを業とする人としての日常は、漱石にとって予定された死によって閉されることは明白な事実であった。かかるが故にこそ漱石は「墓に入る」まで持続する日常を不断に活性化させる「夢想」を必要とするのである。ここでは日録の行為自体がそのような意味での夢想の紡ぎ出しとして機能していたのだが、『それから』の執筆活動そのものも又一面で同様な意味を持つことになった。差当り「自然の愛」という代助の胸に宿った想念の展開として、である。

○Experience. 生ノ内容ハ experience ナリ。故ニ人ノ experience ヲ単調ニスルハ人ノ生を奪フナリ。自カラ experience ノ範囲ヲ狭クスルハ自カラ命ヲ縮ムルナリ。

愛ノexperienceナキ者ヲ想像セヨ。非常ニ短命ナル感アラン

同時期と推定される「断片」に漱石はそう記す。代助の夢想を支える、漱石その人の単純素朴かつ柔らかな内部の声の発露と言って良いだろう。

「日記」は勿論それを書きとめる人の話題の選択――小説のそれに類する構想（ただし多分に無意識の）――によって綴られてゆくものに他ならないだろう。漱石のこの「日記」の場合「夢想の紡ぎ出し」が意識的になされる一方で「日記」という形式そのものが日常的現実的時間の刻み刻みを漱石その人に確めさせてあることも明らかである。要するに夢想は日常を活性化するとともに日常に従うのである。「日記」における夢想の発生とその収束（「胃カタール」による困臥という或意味では予定されていた結末！）。これに対して代助をとらえた純美な夢想を現実の側から補償するものとして、漱石は酷薄でイロニー的な存在としての『それから』の語り手を必要としたのである。

　想い合されるのは前年の小品『文鳥』のプロットのもつ意味である。この方では語り手は漱石その人を思わせる夢想者自身であって、彼は幾つかの階梯を経て、文鳥の姿を通して昔の美しい女の幻影に髣髴とするに至る。書き手としての漱石の日常感覚はここでは文鳥の突然の死というプロットによって提示されている。かつ文鳥の死によって夢想から永遠に遠ざけられた主人公の怒りは、文鳥の運び手として登場してくる「三重吉」なる作中人物に「無視」されることで相対化を受けるというのが、この小品の結びの意味である。

夢想と現実との間に厳在するイロニー、いずれにせよ漱石その人はその重い感触を自ら味わい、その表現の底に漂わせて繰り返し我々に伝えて寄越す書き手である。

〔注〕

＊1　板垣直子『漱石文学の背景』（昭31・7、鱒書房）。吉田六郎『漱石文学の心理的探究』（昭45・9、勁草書房）のうち「三四郎とズーデルマンのアンダイイング・パースト」。井上百合子「夏目漱石と外国文学」（『英語研究』昭47・10）。平岡敏夫『漱石序説』（昭51・10、塙書房）のうち「『消えぬ過去』の物語」。

＊2　「技癢」ということは同作者の『レギーナ』Regina（原題はKatzen Steg）に対しても示されており、同書の漱石蔵書本書入れ（明治四十一年四月の日付あり）の次の個所は、明らかに『それから』の作因と大きく関わっている。

「自然ノ愛ト形式ニ束縛セラレタル愛ヲ対照ス。Regina ト Helene 是ナリ。余モ此頃コレニ似タル恋ノ比較ヲ写サント思ヒツ、アリシニ此篇ヲ見テ先ヲ越セ《原》レタル如キ感アリ。や《原》メ様カ。やッテ見様カ。」

＊3　鈴木三重吉宛書簡（同年四月十二日付）の、「今日散歩の帰りに鰹節屋を見たら亭主と覚しきもの妙な顔をして小生を眺め居候。果して然らば甚だ気の毒の感を起し候。其顔に何だか憐れ有之候。定めて女房に惚れてゐる事と存じ是からは御神さんを余り見ぬ事に取極め申候」の個条は勿論この一件に関連して、面白半分に書かれたものであるが、漱石は既婚婦人への恋の、一層深刻な局面をも心理的に仮構していたと言えるのである。

付　論文の構成と主旨

私は『文学教育基本用語辞典』（昭61・4）なる編纂物に求められて「作家論」の項目を担当、次のような定義的説明を試みた。

「作家」を基本的な対象とする研究領域を包括的にあらわす用語であるが、「作品」との関連でどう「作家」を規定するかでその「論」の叙述形態は大きな差違を示すこととなる。坊間行われているものの第一は、職業として「作家」であった人間の研究であるが、もし人間の全体を叙述することを目指せばそれは「伝記」の形をとるのが自然で、その実生活や精神生活を実証的方法や時には心理学的方法を駆使して綴った伝記的な「作家論」の成果は数多くある。第二としてあげられるのは「作品」の書き手としての「作家」の研究だが、これは創作心理や文体の分析に主眼が移り、「作品論」との接合部が大きくなることになるのだろう。さらに第三として、作品の枠組をも解体しいわば一枚のテクストとして「作家」を措定し、テクストが読者において喚起する世界の彼方に「作家」の像を構築する蓮実重彦の『夏目漱石論』の如き方向も見られ、「作品論」とともに大きな流動の中にあるといえるだろう。

ここでの大雑把な分類に拠るとすれば、「夏目漱石論」と冠題した私の文章は二番目の種類のものということになる。お断りしておかねばならぬことは、この文章は昨年八月、私の所属する同人誌『古典と現代』第五十四号（同九月刊）のために執筆した「『それから』断想」の後半部分をとり出して補筆したものだということである。その標題が示すように、むしろ「作品論」として構想されたのだが、『それから』の「時間」の分析に主眼をおいた前半に対して、後半での私の関心は強く書き手の方に移って行った（このユレを「断想」という語で掩った気味合いである）。視点人物である長井代助の細密な意識の追跡の果てに現われてくるある裂け目（三千代の時間意識とのズレ）、それを作品内で整合させることが十分に可能と思われなくなったとき、私は（恐らく多くの人もそうであろうが）書き手としての夏目漱石の存在に想到せざるを得ないのである。この文章では「一」でヒロイン造型の過程で作者レベルにおいて問題になったと推定される「アンコンシャス・ヒポクラシィ」の像化の相をズーデルマン作品の対比によって仮説的に描き出すことを試み、「二」では、書き手の作品世界への認識を直接にあらわすものとしての叙述の主体（語り手）の特性を具体的に規定してみるとともに、それを設定する書き手（漱石）の独特な手並みを追尋するために、『それから』執筆中の漱石の「日記」を視野に収めて、作品と「日記」叙述の相映発し合う所に、作家漱石の一面のアスペクトを描こうとしたのである。「白熱化した言葉」という着眼点から作品と作家の接点を把捉してゆく吉本隆明氏の作家論が近来殊に刺戟的に感じられるが、私は私なりに野暮臭くやって行く他はない。

『明暗』以後――続・漱石におけるドストエフスキイ

「少年時代、『白痴』や『悪霊』に触れて自分に備わっていた人間像人生像を根刮ぎ変改させられるような激動に襲われ、かかる激動を与えうる文学表現の内在的な力に眩暈されて、自分の才能への拘泥を忘れ闇雲に文学に囚われるようになり、終生せいぜいのところドストエフスキイの読者であり続ける、といった日本人は数多いことだろうが、私自身もまたその種の人間の一人である。」[*1]などと、気取りもって書き起こして以来、二十数年である。その数か月前、学会でのシンポジウム「近代文学の自然」が早稲田大学で開かれた際、発題者の一人となって原稿の作成に腐心し、「夢十夜」で漱石が向き合った「自然」を自殺者キリーロフが生の最後の瞬間に味わったその感触に類比して論じた文章を書き、佐藤勝・須藤松雄氏ら（司会は遠藤祐氏）と並んで気負って喋ったのだった。これはやはり我が「古典と現代」誌39号に、「――そのまえがきとして」などいう遁辞を付して掲載してある。ここで試みるのは、「漱石におけるドストエフスキイ」なるテーマの更なる展開である。

明治三十八（一九〇五）年に創作活動を開始した夏目漱石の作品に、一八八一年にその生涯を終えたドストエフスキイの名が登場するのは『思ひ出す事など』と『明暗』の二編である。このうち『思ひ出す事など』の方は、その「二十」（「朝日新聞」明44・1・5）及び「二十一」（「朝日新聞」明44・1・10）で、修善寺での大吐血から生じた神秘体験を自己省察する文脈で思い合わせられているのである。「二十」では「貧血の結果」彼が味わった「尋常」ならざる「縹緲とでも形容して可い気分」から、ドストエフスキイの「癲癇の発作」前に起こる「不可解の歓喜」を思い遣る。

「二十一」では、所謂ペトラシェフスキイ事件におけるドストエフスキイの異常な体験を幾分臨場的に描き出した上で、「彼の心は生から死に行き、死から又生に戻つて、一時間と経たぬうちに三たび鋭どい曲折を描いた。さうして其の三段落が三段落ともに、妥協を許さぬ強い角度で連結された。其変化だけでも驚くべき経験である。（中略）余の如き神経質では此三象面《フエーゼス》の一つにすら堪え得まいと思ふ。」との感嘆の言が吐かれる。これは、漱石が作品冒頭から関心の焦点としてきた「三十分の死」――「生死二面の対照」（十五）への省察に直接リンクする感想だったわけであるが、更に「連想上常にドストイエフスキーを思ひ出した」理由を「此死此生に伴ふ恐ろしさと嬉しさが紙の裏表の如く重なつたため」と付言した上で、ドストエフスキイが「死刑を免れたと自覚し得た咄嗟の表情」を「眼の前に描き出せない」もどかしさを痛切に語っている。

　『思ひ出す事など』全編にわたって流れているのは、傍人には確実に「駄目だらう」（十四）と判断されたような仮死状態から甦って来た「天賚《ブリス》」を繰り返し咀嚼し、生の喜びを確認しようとする気分である。それはこの一連の二章でも変わりがない。この、作家にとって稀有な「幸福な体験」（江藤淳）を梃子として彼を囲繞する「内外の消息」（小宮豊隆）を、いわば生の裏側から見直そうとする眼が作品を一種新鮮なものにしているのも事実だが、ここには更にある野心的な意図が秘められてあるようだ。

　仮死体験の解明をめぐって数多くの学説及び書物の類が点綴されるのも眼を瞠らす事実である。ジェームズの「多元的宇宙」、ベルグソンの時間論、「列仙伝」、ウォードの「力学的社会《ダイナミツクソシオロ》学《ジー》」、オリバー・ロッジの「死後の生」、オイッケンの精神生活の説、スチーヴンソンの「ヴァージンバス・ピュエリスク」等々であり、そしてここ「ドストイエフスキー」というわけである。ドストエフスキイについては先に述べたようにその生涯を特色づけた「癲癇」と「ペトラシェフスキイ事件」が取り上げられ、漱石自身の体験と絡めて省察が施された末に、死から甦った瞬間に人があらわす「咄嗟の表情」の描出という漱石独自のモチーフが提出され、その描出の可能不可能という点で彼我の懸隔が確認されている。セコハン的知識[*2]に由来するにもせよ、漱石なりに**身銭を切ったドストエフスキイ像の領略**と言っていい。

　大正年間にはいって、ドストエフスキイがトルストイと並称・一括されつつ盛んに読まれるようになったことは既に多くの人の指摘するところである。その場合、ドストエフスキイは多分に『白樺』流人道主義に通ずるヒューマニズムの面でクローズアップされて行く。漱石が、『思ひ出す事など』以後にあって、どの程度右に略記した大正的ドストエフスキイ像にコミットして行ったか、であるが、『明暗』で有名な「小林」の言動にあらわれる「ドストエヴスキ」に関する限りは、右と全然逕庭するものは見出しがたいようである。即ち、その「三十五」の小林の口説、——

「露西亜の小説、ことにドストエヴスキの小説を読んだものは必ず知つてる筈だ。如何に人間が下賤であらうとも、又如何に無教育であらうとも、時として其人の口から、涙がこぼれる程有難い、さうして少しも取り繕はない、至純至精の感情が、泉のやうに流れ出して来る事を誰でも知つてる筈だ。君はあれを虚偽と思ふか」

に関する限りは。

表面的にあらわれた事態は、右の通りであるにしても、漱石の『思ひ出す事など』での、いわば存在論的接近を経て、自己のうちに取り込んだドストエフスキイのすべてが、右のような事態の中に解消されていったわけではないだろう。「大正四年　日記」と「大正四年　断片」(今期全集では「日記一六」[手帳⑭160–150]と「断片七〇B」[手帳⑭149]にあたる。「日記一六」は十一月十日より同十七日、中村是公とともに湯河原の0雲楼天野屋に滞在中の日録で、絶作『明暗』執筆の起因の一つ、という事を考え合わせるとこれは大いに示唆的なのであるが、……)

に、ガーネット訳『白痴』[*3]から書き写された三つのパラグラフが存在する。先ず、「大正四年日記」（「日記一六」）の方に「露西亜人ノ50年輩ノ人ニ対スル考へ」と前置きして第一篇第四章のとびとびのパラグラフが、直ぐ続いて「"Idiot" ノ中ニ Prince Myshikin ガ general ノ妻君ト娘ニ話ヲスル中ニ Dostoievsky 自身ノ経歴ノ如キ者ヲ挿話トシテ述ベタ条ニ曰ク：――」として同じく第一篇の第五章の一連のパラグラフが、そして「大正四年　断片」（「断片七〇B」）の方に「癲癇病ノ心状（The Idiot ノ中ヨリ）」として第二篇第五章のパラグラフが引かれている。ここにはやはり稀有な「経験」が照らし出した人間の魂の深淵を、表現しえたものへの羨望と共感があった筈だし、漱石が表現者として生きてある限りそれはごく当然のことであったろう。残された問題は、それが漱石の表現努力の中でどう活かされたか、それは何所で見てとれるか、である。

『彼岸過迄』『行人』『こゝろ』そして『道草』と、漱石は日常を生きる平凡な「知識人」[*4]の人間関係、彼らが遭遇する事件の中に、深刻な人間の内状を剔抉する手法を固守し続ける。そしてかかる文脈のなかで漱石は明治期の小説では未だ執らなかった認識手段、示さなかった題材構成、用いなかった複合的視点を手探りしているのも事実である。これらのうち、主人公の周縁にその観察者を配し、その語りに依って主人公に内在する謎を幻惑的に描き出し、末巻迄謎を引き摺って行くといった手法、狂気や自殺の心理を追跡して人間の内面の暗箱に一筋の光線を投写する趣向、具体的事例を挙げれば、『行人』の嵐の和歌山の宿での語り手二郎とその嫂直とが体験する密室や『こゝろ』のKの自殺の場面で活用される一枚の襖等々には、ドストエフスキイの手法に通ずる要因がある。最たるものとしてあらためて強調したいのは、『道草』と『明暗』の視点構造（お住とお延の視点描写による主人公たちの視野の相対化・同じく《女の言説》の介在）である。これらは勿論のこと、漱石自身の小説建設の過程で内発的に手探られ、顕在化して行ったところに意味があり、若しドストエフスキイの「影響」の語を用いるとすれば、作者自身にも自覚されざる影響だという意味では、先に挙げた、『明暗』**三十五**の小林の口説にあらわれた「ドストエヴスキ」以上に深い影響だというべきである。[*5]『明暗』執筆当時の「断片」（今期全集では「**断片七一B**」［手帳⑭132-93］）に、

○Life　露西亜の小説を読んで自分と同じ事が書いてあるのに驚ろく。さうして只クリチカルの瞬間にうまく逃れたと逃れないとの相違である。といふ筋

というのがあり、全集注はじめ諸注は、「露西亜の小説」はドストエフスキイの小説を指すとしているし、それはこのメモを取り巻く数例のドストエフスキイへの言及が、証立てるし、「クリチカルの瞬間云々」がドストエフスキイの作品のいくつかの場面を思わせる響きがあって、問題ないだろう。「筋」が構想段階の『明暗』のそれを意味するのも先ず動かないが、「との相違である。といふ筋」という統辞は何とも落ち着かない。「自分」が『思ひ出す事など』で対象化した作者自身を受けているであろうこと、を一応の前提として、ここではやや強引に、「クリチカルの瞬間」を数多く含む『白痴』との対比の中で『明暗』のドラマの進行を模索し彼我の懸隔を確

認している語句、として読み取っておきたい。たとえば彼の黙示録的な静謐そのものの末尾のごとき、は選択の外におかれる、との趣旨を読み取っておきたい。

『明暗』以後の課題、とは私見によれば「まだ実現していない、二人のそれぞれに個性的な女性が如何なる出会いを果たすか」である。

定評ある水村美苗氏の『續明暗』でのお延にはしおらしさの印象が勝り温泉地での〃泣き〃の場面が余りに多く、また彼女は一貫して寡黙でもある。そのことに自覚的でもある作者は文庫版「あとがき」で自殺する女は寡黙云々の説明を行っているのだが、関の不登場や（吉川夫人・お秀・小林らのアザトイほどの活躍に比して）藤井の影が薄いこと、それに何と云っても上記した二人の女性の対決が描かれていないのが寂しい。（滝でのドラマティックなすれちがいの設定はあるが、夫の裏切りへの妻の心理解釈が腰砕けであるため、対決には展開し得ない。）そして田中文子氏の「夏目漱石『明暗』蛇尾の章」（東方出版）の存在も留意せざるを得ないが、ここでは津田の理想的分身を登場させるというアイデアが目を引くが、二人の女性はすれ違うこともしない。（私が期待を寄せるのは、粂川光樹氏の「続『明暗』」の完成。その「草稿」は二者の（津田を中に据えた）対決場面を構想する。互いの意志によってではないにしても、少なくともお延の希望によってそれが実現するのである。）

前掲「〇 Life　露西亜の小説云々」の周辺には「〇夫婦相せめぐ　外其侮を防ぐ」以下男女

間の「リパルジヨン（repulsion）」や「カレシング（caressing）」のアスペクトがあれこれと記されてあって『明暗』制作の過程が窺えるが、その中に、

○二人して一人の女を思ふ。一人は消極、sad, noble, shy, religious. 一人は active, social. 後者遂に女を得。前者　女を得られて急に淋しさを強く感ずる。居た、まれなくなる。life の meaning を疑ふ。遂に女を口説く。女（実は其人をひそかに愛してゐる事を発見して戦慄しながら）時期遅れたるを諭す。男聴かず。生活の本当の意義を論ず。女は姦通か。自殺か。男を排斥するかの三方法をもつ。女自殺すると仮定す。男惘然として自殺せんとして能はず。僧になる。又還俗す。或所で彼女の夫と会す。

という個条があり、『明暗』の未完の結末をめぐって議論を展開する大岡昇平や小島信夫両氏らの注目を受けてきた。大岡昇平『小説家夏目漱石』（昭63・5、筑摩書房）と小島信夫『漱石を読む』（平5・1、福武書店）とがその集大成である。夙に小島氏は『漱石全集　13』（昭43・9、角川書店）の「作品論　作者の意地っ張り」で同じ個所を引き、「戦慄」を「百七十六」の清子の反応にダブらせて見ている。

面白いのは、引用文の中で、（実はその人をひそかに愛している事を発見して戦慄しながら）とある部分である。湯河原温泉に来た津田は清子の姿を追いながら風呂へ行った帰り、不可解な戦慄のまえぶれを感じるところがある。鏡を見たり、洗面所の水を見たりしたときだ。そのあと、清子と不意に顔を合わせると、彼女はおびえる。思いがけず津田に出会うのだか

らおびえるのも当然だが、彼女がおびえたのは、そのせいではなさそうだ。何故なら、そうでなければ殆んど小説家が小説を書く意味などありはしないから。

前掲の「断片」でいう「三方法」と同様、温泉地に赴く時の津田が「三つの途」を想定しているのも興味深い。（百七十三「第一は何時までも煮え切らない代りに、今の自由を失はない事、第二は馬鹿になつても構はないで進んで行く事、第三即ち彼の目指す所は、馬鹿にならないで自分の満足の行くやうな解決を得る事。」）女が「姦通」を、津田が「馬鹿になつても構はないで進んで行く事」を選ぶ、というのが両氏共通の想像（というより期待）なのであるが。

ことにこの際興味をそそるのは、次の一節である。

○Aといふ女とBといふ男

A、Bのインヂフエレントな態度を飽キ足ラズ思ふ。又は其愛情を疑ふ。Cとフラーテーションをやる。（Bに気が付くやうに。）B嫉妬を起す。怒る。喧嘩。A猶Bをぢらす。Bも亦対抗策としてDといふ女とじやれる。Aこれをかんづく。そして今度は自分が嫉妬を起。口説。喧嘩　A、Bに本心を打ち明ける。同時に too late であつた事をも打ち明ける。

「Aといふ女」を先行させ、女性に主導力を置く構図が初めて示されている点注目される。A＝清子、B＝津田、C＝関、D＝お延と一先ず対応させた上で、津田の目には「燕のように身を翻した」という清子の翻心の他愛もない真相を暗示するかに見えるのである。

小島信夫氏が度々示唆されるように、ドストエフスキイの『白痴』に見られるナスターシャ・

フィリッポヴナの牽引力に類するものを清子は備えている。それは他者の力によって如何様にも変化しうる自在な受動性と、一見相反するような傲岸な自尊心との共存である。［ex.河上徹太郎曰く「ナスターシャは、ラゴージンと公爵の両極の間を振動する一つの振子みたいな存在で、一方に接近すると他方の牽引力よりも接近自体の惹起こす空気の圧力のやうな自動作用で他方へ押返される機能を持つてゐるのである。」（『わがドストイエフスキー』昭52・3、河出書房新社）］漱石はそれをかの（名取春仙描くところの）、**操り人形（百三十四）と女王孔雀（百四十二）**の比喩によって設定していたのだった。『白痴』の場合と同様、『明暗』のカタストローフまでには、意志的なアグラーヤ役のお延と、この意味で病んでいる清子との対決は恐らく不可欠であっただろう。［ex.河上徹太郎曰く「……最後に、ナスターシャの家に乗り込んで、この小説の主役男女四人だけ登場してゐる息もつまるやうな対決の場面で、恋敵と渡り合ふ所などでは、実に大胆不敵機智縦横の面魂となつて現れてゐる。恐らくこの時は、アグラーヤも大体ムイシキンと結婚してもいい気で、その前に一応ナスターシャと話をつけ、殊にその頃頻りに起るナスターシャのアグラーヤを愚弄した気紛れな悪戯――尤もそれは実はナスターシャがムイシキンを彼女に譲るために、彼女とエヴゲニイの間を離間するための、「善意」に基づいた策謀なのだが――に対して一矢を報いる積もりで会ひに行つたのだつた。つまり自尊心の傷つきを雪ぎに行つたのだのに、丁度その高慢さのために却つて自尊心を更に傷つける結果となり、反対にムイシキンを恋敵の手に任せて立ち去るといふ思ひがけぬ事件となつて現はれたのだつた。」新谷敬三郎曰く「この嫉妬に狂った二人の無残なやりとりは、ありうべからざるほどに強調された俗悪なメロドラマの一場面であって、もっとも、ドストエフスキイの小説にはほとんど必ず現れる修羅場の一つではあるけれども、そうはいっても、読者はおそらく、彼女たちの悪態に面白がり、一種の昂奮さえ覚えるだろう。……途方にくれたムイシキンは、どたん場に立たされて、ついにどちらかを択ばなくてはならない。が、偶然が、ということは自然の成り行きが、それを決定した。ナスターシャの権幕におびえてアグラーヤは逃げ腰になる。……」(「『白痴』を読む」、白水社、一九七九・一二)

この「対決の場面」(『白痴』第四篇第八章)に関して小林秀雄も曰く

二人の女は対座してまだ口を開かない。こういう緊張した沈黙は名優の演技には適するが、小説家の描写には適しない。しかしそんな困難は作者の念頭にはないようだ。僕はおそらく作者にとっては苦もなかったここの書出しを読むごとに感嘆する。こういう複雑な人間と人間との出会いででも彼はどこからこんな冴え返った、見なければならぬものだけを見ているような眼を得てきたのだろう。(「『白痴』についてI」)

「女が女を理解したのである。」(『白痴』第四篇第八章)

優れたドストエフスキイ鑑賞者たちが絶賛を浴びせるこの一連の場面の中で、短い一文をもって意義を闡明し、光輝を放っているのはこのセンテンスである。漱石においても、渾身込めて(または捨て身になって)敵対する二人の女性が交わしあう一瞬の交感を、この語句以上の言葉をもって表現し得るか否か。
お延のお秀との二回にわたる論戦（**百七**の一段と**百二十四**からの一段）がその前蹤〔江藤淳曰く「日本の近代の小説の中では類例を見ない光彩陸離たるものである。このような知的会話がほかの作家の作品にあるかどうか、ぼくは寡聞にして知らない……」（『夏目漱石』東京ライフ社）〕。この間に**百十二**の夫婦小康状態のときのお延の心理描写がある。

「若し万一の事があるにしても、自分の方は大丈夫だ」

夫に対する斯ういふ自信さへ、其時のお延の腹には出来た。従つて、いざといふ場合に、何うでも臨機の所置を付けて見せるといふ余裕があつた。相手を片付ける位の事なら訳はないといふ気持も手伝つた。

「相手？何んな相手ですか」と訊かれたら、お延は何と答へただらう。それは朧気に薄墨で描かれた相手であつた。さうして女であつた。さうして津田の愛を自分から奪う人であつた。

また**百五十四**には、「本当よ。何だか知らないけれども、あたし近ごろ始終さう思つてるの、何時か一度此お肚の中に有つてる勇気を、外へ出さなくちやならない日が来るに違ないつて」というセリフも吐かれてある。
吉川夫人やお秀など、手八丁口八丁の女性たちとの遣り取りを経、小林とのアケスケなアテコスリ合いを閲してきたこの主人公にとって残るのは未知の女性との対決、彼女自身の許に運ばれて来る情報は未だわずかだが、津田の視点叙述の部分でその存在感が重くなった清子なる存在との対決はプロット上機が熟しつつあるし、お延は十分その〝資格〟を備えて新しいプロットを待っている形、あとは津田由雄の器量の問題、そして間近な登場が予告されている男、清子を彼から奪った関の存在感如何である。(津田の器量や関の存在感が問題になる所以は、津田においては例の場面のムイシキンと同様に、二人の女性の対決に同席した結果、否応無しの選択を迫られると推定されるからだし、関においては同じく例の場面のラゴージン役と等しく、世俗とのぎりぎり切実な確執を体験しつつ、清子の傍らに登場して「事実による戒飭」を津田に齎らす役割が振られている。この「事実による戒飭」を津田に「予言」して見せるのは「小林」だったのだが、関の像には「小林」とのダブリが多い。「十七」の章で津田によって回想される結婚前に性病を病んでいる関の言動には「小林」と通う自棄的な活気があるのも無視出来ない。)

さて、多くの『明暗』論で指摘されてきたように、後半の温泉地行きへの道行きは津田における過去への旅であると同時に、内面への旅として設定されてもいる。この場面設定に当たり主人公の津田由雄の言動の描写ことにその内言の叙述に、それまでには目立たなかった語り手の介入が顕著になって来る。内言の叙述については、**百七十一**や**百七十二**などがその代表的な例である。カギ括弧付きの大きな括りが二ヶ所あり、他にも自然描写(ほとんどが津田の視点描写である)と絡めてその心理描写が継続して行われている。**百七十一**の場合、「夢」という語が地の文(語り手のことば、ただし原則として）から主人公の長い内的モノローグの中に移行して、繰り返される。**百七十二**の場合、内的モノローグの中の主体を表わす人称の変化、が注目点。

百七十一

靄とも夜の色とも片付かないもの、中にぼんやり描き出された町の様は丸で寂莫たる夢であつた。……

「おれは今この夢見たやうなもの、続きを辿らうとしてゐる。東京を立つ前から、もつと几帳面に云へば、吉川夫人に此温泉行を勧められない前から、いやもつと深く突き込んで云へば、お延と結婚する前から、――それでもまだ云ひ足りない。実は突然清子に脊中を向けられた其刹那から、自分はもう既にこの夢のやうなものに祟られてゐるのだ。さうして今丁度その夢を追懸やうとしてゐる途中なのだ。顧みると過去から持ち越した此一条の夢が是から目的地へ着くと同時に、からりと覚めるのかしら。それは吉川夫人の意見であつた。従つて夫人の意見に賛成し、またそれを実行する今の自分の意見でもあると云はなければならない。然しそれは果たして事実だらうか。自分の夢は果たして綺麗に拭ひ去られるだらうか。

……」

百七十二

馬車はやがて黒い大きな岩のやうなものに突き当たらうとして、其裾をぐるりと廻り込んだ。……

「あゝ世の中には、斯んなものが存在してゐたのだつけ、何うして今迄それを忘れてゐたのだらう」

「彼女に会ふのは何の為だらう。永く彼女を記憶するため？　会はなくても今の自分は忘れずにゐるではないか。では彼女を忘れるため？　或はさうかも知れない。けれども会へば忘れられるだらうか。或はさうかも知れない。或はさうでないかも知れない。松の色と水の音、それは今全く忘れてゐた山と渓の存在を憶ひ出させた。全く忘れてゐない彼女、想像の眼先にちらちらする彼女、わざわざ東京から後を跟けて来た彼女、は何んな影響を彼の上に起すのだらう」

最後の行の「彼」（先行する「今の自分」という呼称との矛盾……）はどう説明出来るか。「語り手の声と主人公の声、との共存」（ドストエフスキイが活用した「自由間接話法」に関するバフチンの意義付け）。「運命の宿火だ。それを目標に辿りつくより外に途はない」には「詩に乏しい彼には固より斯んな言葉を口にする事を知らなかった。……」と言うコメントがつくから「代行の直接話法」（全集注もその旨記す）というバフチンのタームが最も相応しいようである。いずれにせよ、この箇条、語り手の言葉と人物の言葉とが入り交じり関わり合いポリフォニックな響きを立てている。津田由雄なる主人公への語り手なりの思い入れを伝えるし、「主人公の復権」と呼び得る事態を現わしてもいる。

『明暗』以後の「以後」について、『バフチン以後』（法政大学出版局）の著者、D・ロッジは、After Bakhutin とはバフチン以後、であると同時にバフチンに**倣って**、の意味だと説いている。この伝でゆけば、「『明暗』以後」とは『明暗』に**倣って**、の意味でもある。ここではわれわれの人生そのもののように、終りなき結末を示している該作に倣って、偉大なる未完の生涯を遂げたドストエフスキイの作品をそこに重ねて、「『明暗』以後」への夢想をめぐらせてみたのである。

一二の小夢想を連ねるならば、丸谷才一氏は改訂訳『ユリシーズⅢ』解説（「巨大な砂時計のくびれの箇所」）で、「そびえとの学者バフチンは、本当はジョイスについて書きたかつたのに、モダニズム文学排斥の体制下でジョイスを取上げたらたちまち放逐されることは明らかなので、代りにラブレー論とドストエフスキー論を書いて鬱を散じた。それはどちらも、然るべき者が読めばジョイス論の身代わりだといふことが明白なものだつたし、事実この暗号は世界中でたちまち解読された。（中略）バフチンの『ドストエフスキイの詩学の諸問題』（一九六三）、あのたつた一度だけジョイスの名がひつそりと出て来る本によつて刺戟されるなどといふ迂路を経て、云々」p. 576–610と示唆している。バフチンのジョイス言及の実質が、新谷敬三郎訳本で引いてみれば、「キルポーチンの小著『F・M・ドストエフスキイ』における観察（中略）ドストエフスキイの心理主義が主観的で個人主義的であるという理解を斥け、キルポーチンは彼の**リアリスチックな社会的性格**を強調する。《ブルジョア文学の黄昏と終局を告げるプルーストやジョイスの退化したデカダンな心理主義と違って、**ドストエフスキイの心理主義**は彼の肯定的な創作の中では**主観的**ではなくて、**現実的**である。……》p.57」というだけの（キルポーチンの本の引用の中）ものであって見ると、丸谷氏の示唆はやや強説めくが、D・ロッジの『バフチン以後』の論証にもあるごとく、ジョイスの作品は極く極くバフチン的ではある。そして我が漱石にとってもまたスウィフトは勿論のこと、アーサー王伝説やカリックスウラの詩、イェイツら詩人への関心等々に見るごとくアイルランドの文学、それを生み出した力は意外に身近なものであった。そこで、さらにまたジョイスと漱石との交叉の可能性もまた問題圏に上って来る。

「ドストエヴスキ」を喋々する「小林」が「森本」（『彼岸過迄』）以来の潑溂たるアウトサイダーぶり[*6]を見せ、且つ、「大連の公園の案内係……」となる彼の向こうを張って「朝鮮へ」活動の天地を求めて出立する、という設定が、ジョイス風に言えば［Exiles］としての新時代の知識人像として見えて来ないわけではない。ことに、『明暗』の作品内時間（大正初年代）に照らして見て「小林」等の世代のアナキストたちにとっては「朝鮮」が何を意味したか、ひいては漱石にとっては如何であったのか。この点は別稿の課題である。

〔注〕

＊1　本誌第40号所載拙稿「漱石におけるドストエフスキイ・覚え書」

＊2　注1の拙稿では、森田草平推奨のドストエフスキイ英訳本を当時までに殆ど読むことがなかった漱石が、病臥中にベアリングの「露文学入門」とメレジュコフスキイの「人及び芸術家としてのトルストイと

ドストエフスキイ」などによって知識を得たであろうこと、ベアリングの解説調よりは、メレジュコフスキイの情熱的な文章こそが、漱石を捕えたであろうことを指摘した。

*3　ガーネット英訳本の意義を前稿から略記すれば、

「漱石の初めて読んだ本が、『白痴』でありそれがガーネット夫人による英訳本であったとすれば、『思ひ出す事など』執筆時には漱石は未だドストエフスキイの作品には、触れていないことになるのである。――小沼文彦氏によると、ガーネット夫人訳のドストエフスキイ作品集即ち、The Novels of Fyodor Dostoevsky, Trans. from the Russian by Constance Garnette. はロンドンのハイネマン刊の全二十巻仕立て、刊行は一九一二年から一九二〇年である。一九一二年（明45）の第一回目の出版は『カラマゾフ兄弟』（第十二巻、The brothers Karamazov.）である。次いで『白痴』（第九巻、The Idiot.）は一九一三年（大2）に刊行された。とすれば、漱石の『白痴』閲読は、大正二年以降、その他の作品もそれ以後ということにならざるを得ない。そして死の年までに漱石の読みえたガーネット訳による作品は右二作と、『罪と罰』『未成年』に限られるのである。尤も、代表的英訳ドストエフスキイ本と云われるガーネット訳以外にも、英訳本が輸入されていたことは、既に『罪と罰』が明治二十五年に内田魯庵の手で部分訳された際、使われたのが英訳本であった事実からも知られる。それらガーネット以前の英訳本や、魯庵・紅葉・鷗外らのごく僅かな日本語訳によって漱石がこれ以前にドストエフスキイ作品に触れている可能性までは否定出来ないが、漱石が（少なくとも）本格的にドストエフスキイを読むつもりになったのは、ガーネット訳の登場によってであるのは確かである。」

*4　森田草平（『漱石先生と私』）は、『白痴』読後の漱石の批評として、「これは皆有り得べからざる程度に誇張したものだ、誇張以外の何物でもない」「そんな非常な事件や強烈な刺激乃至は激越せる感情を取扱はなければ、人生に触れないやうに云ふのは間違ひだ。平凡な日常生活の間にも深刻な人生はある」という言葉を伝えている。これは、異常な体験自体をこのんだ草平の耳に逆らう言葉だったようだが、『思ひ

出す事など』の漱石心中のドラマの系に立って見るならば、全く理の通った言葉である。

*5　旧稿にも記したように、この「ドストエヴスキ」を触れ回り、その作中人物然とした言動で立ち回るこの、狂言回し的人物の帰趨は十二分に謎ではある。先の引用のすぐあと、

「先生に訊くと、先生はありや嘘だと云ふんだ。あんな高尚な情操をわざと下劣な器に盛つて、感傷的に読者を刺激する策略に過ぎない、つまりドストエヴスキが中たつたために、多くの模倣者が続出して、無暗に安つぽくしてしまつた一種の芸術的技巧に過ぎないといふんだ。然し僕はさうは思はない。先生からそんな事を聞くと腹が立つ。先生にドストエヴスキは解らない。いくら年齢を取つたつて、先生は書物の上で年齢を取つた丈だ。いくら若からうが僕は……」

小林の言葉は段々逼つて来た。仕舞に彼は感慨に堪へんといふ顔をして、涙をぽたぽた卓布《テーブルクロス》の上に落した。

といった風に、心情の鬱屈を彷彿させる体の口説がアクセントを付けて書かれてあることに徴して、この人物（小林）が「先生」とよぶ「藤井」なる疲弊し果てたかに見える旧世代の知識人とのあいだにドラマが演じられる伏線である可能性を私は想像する。小林は妹のお金を藤井に託して「朝鮮」に渡る事になっている。漱石作品に瀕出する「大陸浪人」の一人なのであるが、ほかでは見られない活気ある挙措は、ドストエフスキイ閲読の刻印を感じさせる一つではある。

*6　「小林」評価の最も鮮やかだった江藤淳氏の最初の一著（今もなつかしい響きのある東京ライフ社刊行の『夏目漱石』）では、「小林の中には、当時漸く流行しはじめた社会主義思想と、漱石が文筆生活中に接触せざるを得なかった社会的劣敗者であるインテリと、ドストエフスキイによって代表されるロシア文学との三つの要素が存在している。かねてから彼の作品に出没していた貧乏文士と社会主義思想とを結合して、小林という、いやがらせをして歩く「自棄的闘志」の人間を創造したのは作者の非凡な烱眼を示すものであるが、ここで触媒を果たしているのはいうまでもなくドストエフスキイである。」と評している。

満韓旅行の漱石

小林の「朝鮮」行き（藤井の口利きで、新聞社に入社する、という設定）に帰結する、漱石小説における、所謂「大陸浪人」の活躍振りは、その文学の中でも、一つの系譜を持っている。小林のそれは残念ながら『明暗』連載半ばの作者の死によって、永遠に未来形のまま「『明暗』以後」の課題となってしまったが、大きな意味のあることは間違いない。[*1] それに類比出来るプロットとしては『彼岸過迄』の、森本の「大連」行きが上がるであろう。田川敬太郎の「浪漫趣味」を駆り立てて、その海外進出意欲をそそった「漂浪者《ヴァガボンド》」森本は、新橋駅での職をなげうって「大陸」へ渡って行くし、彼の地（「満鉄」の電気公園、という職場は実在した施設）から外地生活の委細を報知する手紙を、彼に届けもする。『門』には、「満州遼河で運送業」を目論んで失敗して蒙古へ渡る「冒険者《アドヴェンチュアラー》」（主人公の家主坂井の弟、その友達の安井）が描かれたりする。この『門』以降の「大陸浪人」描出は、勿論『それから』にも、それ以前の作品（『趣味の遺伝』

や『草枕』『三四郎』等々）にもあった設定に引き続くものだが、質的に異なる色合いがあるのも確かだろう。『門』執筆の直前、漱石が胃痛を押して敢行した所謂「満韓旅行」の存在意義である。

明治四十二年九月二日東京発・同六日「大連」到着から始まり、同十月十三日「草梁」（釜山）乗船・同十七日東京着で幕を閉じた「満韓旅行」は漱石にとっては丁度その九年前に始まったイギリス留学に引き続く二度目の外遊だった。しかし、学友でもあった「満鉄総裁中村是公」の招待に始まるこの短期間の旅は、身分においても待遇においても、あれとは全く質を異にするものであったのは間違いない。また一九〇〇年前後の大英帝国はヴィクトリア朝の威勢を誇っていたし、明治四十二年の「満韓」は、日露戦争後明治政府が植民政策によって着々と大陸進出を進める当の地域であった。漱石の旅を支えた「満鉄」すなわち南満州鉄道株式会社そのものが、「前台湾総督府民政長官」後藤新平が（中村是公の一代前の）初代総裁であったことが端的に示すように、単なる営利会社であるに留まらず、後には政府の方針を関東軍と共に担うことになる帝国主義機関であったことも忘れてはならない。

思えば、一方は帝国の市民の差別の眼差しを向けられる立場から、他方は植民地化される隣国の民衆の怨嗟の声を聞く立場からと、植民地時代の二つの時空を漱石は体験したことになるわけで、この間それぞれに大きく異なる関与の仕方をしたわが国の文学者の一人として、あの、二年有半に亘るロンドン体験と、この二度目の海外旅行とが、如何に相対化されて行ったか、が問われなければならないだろう。
ただし、この旅の直接の成果である「満韓ところ〴〵」は、不本意な連載中断で終わったし、[*2]帰国後行われた「談話筆記」のたぐい、全集編纂の際活字化された「日記」「書簡」にも現代の漱石読者の期待に添うような表現は殆ど刻まれていない。むしろそれを裏切るような、当時の平均的日本人のナショナリズムと同レベルの記述に向きあわされる、というのが事実なのである。江藤淳氏ですらが、「九年前の英国旅行とはこと異なり、いずれにせよこれは成功者の旅ともいうべき大名旅行であった。」「同時に胃痛の旅」(『漱石とその時代 第四部』新潮選書、96・10) などと書いて鼻白んでいるごとくに、である。そして主としてこの「満韓ところ〴〵」の行文を中心に露呈したと目される、漱石の「帝国主義的感性」については、海外の(又は在日の)研究者によって強い非難を蒙って来ている。[*3] このことに正当な反応を示す多くの人々が共通して表明するように、この種の問題は被害者の側から考えるべきものであって、そこを十二分に経由してなお言うべきことを言う、という姿勢が肝要であるだろう。私自身は、恐らくは世代的な感覚として、韓国人研究者の呼ぶ「日帝時代」の加害者たる意識から解放されておらず、実際に幾度かの彼の地への旅の間、同行した若者に比して多くの後ろめたさを負って歩くことがあったように思う。[*4]
しかしなお漱石について言うべきことを言う、との立場から書くつもりである。

ロンドン時代の体験として重要なものは幾つかあるが、例えば、明治三十五年三月十五日付の岳父・中根重一宛書簡で記される、「貧富の懸隔」の呼び起こす「由々しき大事」の予感（「カールマークス」の名とともに言われているから「由々しき大事」が「革命」の異名であることは言をまたない。）などは、西洋的近代の行き詰まりの認識として目だったものの一つである。これが、「日英同盟の締結」を喜んで、その祝賀のための資金を留学仲間から募る、という滞英中の日本人への反感と警戒心に発していてそのような日本人を「恰も貧人が富家と縁組を取結びたる喜《ママ》しさの余り鐘太鼓を叩きて村中掛け廻る様なもの」と呼ぶあたりに若き漱石の肉声が感じられる。開化の必然の認識とそれへの懐疑は、複雑な経緯を経たのちやがて「現代日本の開化」の有名な行文に結晶するが、そこで言う「涙を呑んで上滑りに滑って行くしかない」とのつぶやきは、ロンドン時代でも、満韓旅行中にも不変のものである。

「満韓ところ〴〵」の「四十五」は、最も頻繁に問題とされる一章である。「荷物と人間をぐるに乗せて、構内を離れるや否や、御者が凄じく鞭を鳴らした。」「………みだりに鞭を瘦せ骨に加へて、旅客の御機嫌を取るのは、女房を叱つて佳賓をもてなすの類だと思つた。」などの措辞がかぶさって叙述される「残酷な」一状景が次のものだが、右の措辞のうち「佳賓《まらうど》」にあたるのが自分自身であることを痛く認識した上で、丁度「日英同盟」締結を喜んだ、彼の「滞英中の日本人」を痛罵する如くに「奉天」の人々（ここでは直接には馬車の御者）を遣り込めている形。行替えの後「現に」で如上の感想を受けて始まっているので分かるようにこれは「後進国」の民衆の自ら差し招きつつある「運命」への苛立ちを吐露した一段なのである。

現に北陵から帰りがけに、宿近く乗付けると、左り側に人が黒山の様にたかつてゐる。其辺は支那の豆腐やら、肉饅頭やら、豆素麺抔を売る汚ない店の隙間なく並んでゐる所であつたが、黒い頭の塊まつた下を覗くと、六十許の爺さんが大地に腰を据ゑて、両脛を折つたなり前の方へ出してゐた。其右の膝と足の甲の間を二寸程、強い力で刳り抜いた様に、脛の肉が骨の上を滑つて、下の方迄行つて、一所に縮れ上つてゐる。丸で柘榴を潰して叩き付けた風に見えた。斯う云ふ光景には慣れてゐるべき筈の案内も、少し寒くなつたと見えて、すぐに馬車を留めて、支那語で何か尋ね出した。余も分からない乍ら耳を立てゝ、何だ〳〵と繰返して聞いた。不思議な事に、黒くなつて集つた支那人はいづれも口を利かずに老人の創を眺めてゐる。動きもしないから至つて静かなものである。猶感じたのは、地面の上に手を後へ突いて、創口をみんなの前に曝してゐる老人の顔に、何等の表情もない事であつた。痛みも刻まれてゐない。苦しみも現れてゐない。と云つて、別に平然ともしてゐない。気が付いたのは、たゞ其眼である。老人は曇よりと地面の上を見てゐた。

馬車に引かれたさうですと案内が云つた。医者はゐないのかな、早く呼んでやつたら可いだらうにと間接ながら窘なめたら、えゝ今に何うかするでせうといふ答である。此時案内はもう本来の気分を回復してゐたと見える。鞭の影は間もなく又閃めいた。埃だらけの御者は人にも車にも往来にも遠慮なく、滅法無頼に馬を追つた。帽も着物も黄色な粉を浴びて、宿の玄関へ下りた時は、漸く残酷な支那人と縁を切つた様な心持がして嬉しかつた。

この引用部に先行する部分での「露助」「チャン〳〵」などの差別語や、ここに出て来る「残酷な支那人」などの修辞から漱石の「異国人蔑視」を指摘する意見に対して、ここに描かれた老人や黙然たる人々の姿に「漱石の意識の最も深い部分から滲み出たイメージ」を見る吉田凞生氏の「夏目漱石△満韓ところ〳〵▽」(『近代日本文学における中国像』昭40・10、有斐閣)や、「……漱石はここで日本が中国に押し入っているところからくる暗黒にほとんど直面している」との読みを提出する米田利昭氏の「漱石の満韓旅行」(『文学』昭47・9、『わたしの漱石』平2・8、勁草書房)など、夙に注目すべき読解があった。米田氏はここに描かれた老人の眼は「魯迅が見た眼……に似ている」とも記したが、最近相原和邦氏が発表した「漱石とナショナリズム——「満韓ところどころ」と「小さな出来事」」(『広島大学日本語教育学科紀要』第八号、平10・3)では、「小さな出来事」制作にあたって、魯迅が漱石の描いたこの場面描写の影響を被っている、との委細を尽くした論証が試みられている。問題は中国の人々が両者の異同をどう判断するか、である。[*5] 平岡敏夫氏が「ある肉体破砕のイメージ」(『文学と教育』第36集、平10・12)で、老人の怪我をとらえた漱石の描写力の徹底さを標題のタームで力説するが、この感動的な読解の可否も同様である。

嘗て檜山久雄氏は『魯迅と漱石』(昭52・3、第三文明社)において、「……漱石と魯迅との前に置かれた課題は、やはり二つにして一つだったのである。二人はともに〝おくれた東洋〟から出発し、安易な西洋模倣をしりぞけて、自前の近代の創出をめざしたのだ。」との見解に立って両者の活動を対比的に論じた。その中でも、「小さな出来事」という短篇をひきつつわが漱石のそれに及ばぬ所以を説き、「私はこの魯迅における自己呵責と同じものを『満韓ところ〴〵』にもとめているわけではない。ただ漱石の紀行文から魯迅のこのささやかな短篇に思いを移すとき、両者の間に横たわって二人をこれほどに引き裂く歴史の断層というものに、つい吐息をつきたくなるのである。」と嘆じて見せたが、ここで言われている「魯迅における自己呵責」とは庶民の生活感覚に対する知識人としてのそれ、を意味する。とすれば漱石の場合如何であったろうか。たとえば、かの「『土』に就て――長塚節著『土』序――」（明43・6）の中で漱石は次のようにも記している。

余が「土」を「朝日」に載せ始めた時、北の方のSといふひとがわざ〳〵書を余のもとに寄せて、長塚君が旅行して彼と面会した折の議論を報じた事がある。長塚君は余の「朝日」に書いた「満韓ところ〴〵」といふものをSの所で一回読んで、漱石といふ男は人を馬鹿にして居るといつて大いに憤慨したさうである。漱石に限らず一体「朝日新聞」の記者の書き振りは皆人を馬鹿にして居ると云つて罵つたさうである。成程真面目に老成した、殆んど厳粛といふ文字を以て形容して然るべき「土」を書いた、長塚君としては尤もの事である。「満韓ところ〴〵」抔が君の気色を害したのは左もあるべきだと思ふ。然し君から軽佻の疑を受けた余にも、真面目な「土」を読む眼はあるのである。

「人を馬鹿にして居る」とか「軽佻の疑」とかいう修辞は「満韓ところ〴〵」の書き方についての自省に立つものだろう。そもそもが、「南満鉄道会社つて一体何をするんだいと真面目に聞いたら、満鉄の総裁も少し呆れた顔をして、御前も余つ程馬鹿だなあと云つた。是公から馬鹿と云はれたつて怖くも何ともないから黙つてゐた。」（二）で始まった本作である。栗原敦氏は「ある種の戯文の気配」ただしそれは「世俗に無知な文士を装ってみせた、仮の身振り」と指摘する（「語りの仮装――「満韓ところ〴〵」の戦略をめぐる小論」『近代文学論の現在』平10・12、蒼丘書林）。栗原氏は「中村との友情を傷付けることなく、満鉄とその事業におもねることのない見聞録を発表することで、自分が「提灯持ち」をする気がないことを示す」、専ら「戦略」という面でこの文体の選択を評定するが、なかなかに穿った見解ではある。旅小説としての『坊つちやん』の文体が連想されるが、予め仮構された主人公の一人称語りとは異なり、出だしの調子は維持されない。どころか、状況の変化に応じて上下する。『ガリヴァー旅行記』を論じた四方田犬彦氏がガリヴァーを「主体のない話者」と定義する（『空想旅行の修辞学』平8・6、七月堂）が、その呼び名が相応しい。「二」は「総裁」か、「是公」か、をめぐる口説。「仕方がないから、えゝ総裁と一所の筈でしたが、えゝ総裁と同じ船に乗る約束でしたがと、忽ち二十五年来用ひ慣れた是公を倹約し始めた。此倹約は鉄嶺丸に始まつて、大連から満州一面に広がつて、とうとう、安東県を経て、韓国に迄及んだのだから少なからず恐縮した。」この種の、嘗ての学友たちをめぐる話柄は、高調子の「余」の諧謔が勝っている。「四」が大連港到着の場面。『坊つちやん』の「二」の出だしに似通った描出。ただし、「支那のクーリーで、一人見ても汚ならしいが、二人寄ると猶見苦しい。斯う沢山塊ると更に不体裁である。」の個所が隣国人への差別視として問題になる。「話者」の自己諧謔のレヴェルは変わらないとしても、彼を捉えている（坊っちゃんの田舎者蔑視と通底する）或種の（傲慢な）差別意識は弁護し得ない。作者の「話者」との距離が測定しにくくもなっているところである。

とはいうものの、彼の地の民衆への観察は、「余」なる「話者」の一貫した課題でもあって、「十七」の肉体労働者たち、膝枕をさせてくれた旅順の「女」のさりげない挙措、すれ違いざま会釈を交わした「女」との再会を感慨深く記す一段、そして「奉天」での老人の無惨な事故のなかの表情の描写。これら声を発することの少ない中国民衆の生活の点描が、「満鉄」なる植民機関に拠る日本人（なかでも漱石の旧友たち）の異国における傍若無人の振舞いとの対比の構図に据えられているのは確かである。「対比の構図」とは云い条（写生文風の）均等な視線によって捉えられるから、「植民地時代を切り盛りする側」と「される側」との分別は明確にはなされ得ない。それは結果として植民政策の是認の姿勢をさしまねいているというべきかも知れない。

「三十八」、「三十九」は、「日記」と照合させると、九月十六日、十七日、熊岳城から大石橋を経て営口までの行路での写生。前述する「余」の諧謔的身振りは殆ど目立たない。「三十八」は車窓から見た、やや幻想的叙景。「三十九」は、営口の「女郎町」での見聞。

たゞ北の方の空に、夕日の名残の様な明るい所が残つたのである。さうして其明るい雲の下が目立つて黒く見える。恰も高い城壁の影が空を遮つて長く続いてゐる様である。余は高い此影を眺めて、何時の間にか万里の長城に似た古迹の傍でも通るんだらう位の空想を逞うしてゐた。すると誰だか此城壁の上を駆けて行くものがある。はてなと思つて少時するうちに、又誰か駆けて行く。不思議だと覚つて瞬もせず城壁の上を見詰めて居ると、又誰か駆けて行く。何う考へても人が通るに違ひない。無論夜の事だから、どんな顔のどんな身装の人かは判然しないが、比較的明かな空を背景にして、黒い影法師が規則正しく壁の上を駆け抜ける事は確である。（中略）それが一定の距離迄来ると、俄然として失笑した。今迄慥かに人間だと思ひ込んでゐたものは、急に電信柱の頭に変化した。城壁らしく横長に続いてゐたのは大きな雲であつた。汽車は容赦なく電信柱を追ひ越した。高い所で動くものが漸く眼底を払つた。

以上が「三十八」。「夢十夜」や「永日小品」に通う文体になっているとも言える。引き続く「三十九」は、「日記」の「十七日」の項と付き合わせると、次の「四十」と時系列的には順序が逆に配置されてあるのだが、「狭い路次から浅草の仲店を看る様な趣がある」、その裏通りの人々への繊細な観察が綴られている。

……実際仲店よりも低く小さい部屋であつた。其一番目には幕が垂れてゐて、中は判然と分からなかつたが、次を覗いて見る段になつて驚いた。二畳敷位の土間の後の方を、上り框の様に、腰を掛ける丈の高さに仕切つて、其処に若い女が三人ゐた。三人共腰を掛けるでもなく、寝転ぶでもなく、互に靠れ合つて身体を支へる如くに、後の壁を一杯にした。三人の着物が隙間なく重なつて、柔らかい絹をしなやかに圧し付けるので、少し誇張して形容すると、三人が一枚の上衣を引き廻してゐる様に見える。其間から小さな繻子の靴が出てゐた。三人の身体が並んでゐる通り、三人の顔も並んでゐた。其左右が比較的尋常なのに引きかへて、真中のは不思議に美しかつた。色が白いので、眉がいかにも判然してゐた。眼も朗かであつた。頬から顎を包む弧線は春の様に軟かつた。余が驚きながら、見惚れてゐるので、女は眼を反らして、空を見た。余が立つてゐる間、三人は少しも口を利かなかつた。

（中略）

余は二歩ばかり洋卓を遠退いて、次の室の入口を覗いて見た。さうして又驚いた。向の壁に倚添へて一脚の机を置いて、其右に一人の男が腰を掛けてゐる。其前には十二三の少女が男の方を向いて立てゐる。少し離れて室の入口には盲目が床几に腰を掛けてゐる。調子の高い胡弓と歌の声は此一団から出るのである。歌の意味も節も分からない余の耳には此音楽一種異様に凄まじい響を伝へた。（中略）少女は又瞬きもせず、此男の方を見詰めて、細い咽喉を合してゐる。それが怖い魔物に魅入られて身動きの出来ない様子としか受け取れない。盲目は彼の眼の暗い如く、暗い顔をして、悲しい陰気な、しかも高い調子の胡弓を擦り続けに擦つてゐる。

この、営口の「女郎町」（「日記」九月十七日、による。）での観察・描写はさすがに常凡ではない。「単眼ではない二重性を持っている眼」（姜尚中、〔注〕＊7参照）とも呼ばれる所以は、この悲運の女たちの中にドラマの時空を嗅ぎ取っている「余」の感銘を見るからであろう。この種の「感銘」は、『永日小品』のロンドン物、「北の下宿のアグニス」に向けられたものに通うだろう。『永日小品』の第六編目、「始めて下宿をしたのは北の高台である。」と書き起こされる「下宿」一段は、次に続く「過去の臭ひ」と一対になった好掌編である。薄暗い食堂のある此の下宿には、くすんだ空気が立ちこめ、秘密めいた匂いのする人間構成がある。「眼の凹んだ、鼻のしゃくれた、顎と頬の尖つた、鋭い顔」、「黒い髪と黒い眸」の主婦。彼女に「私の親父です」と紹介されたが、少しも親子らしくない「髯の白い老人」。my brother というが、同様に肉親らしからぬ四十恰好の男。それに下女同様にして立ち働いている、いつも無口で蒼褪めた顔色のアグニスである。同宿する日本人のK君は「アグニスといふ小さい女が一番可愛想だと云つてゐた。」K君の不在勝ちなのに耐えかねて、一ヶ月ほどで引っ越した主人公に、「下宿」に戻ったK君からの招きがあった。二三ヶ月ぶりにそこを再訪した主人公が、入り口で対面したのがそのアグニスだった。

其の時此の三箇月程忘れてゐた、過去の下宿の臭が、狭い廊下の真中で、自分の嗅覚を、稲妻の閃めく如くに、刺激した。其の臭のうちには、黒い髪と黒い眼と、クルーゲルの様な顔と、アグニスに似た息子と、息子の影の様なアグニスと、彼等の間に蟠まる秘密を、一度に一斉に含んでゐた。自分は此の臭を嗅いだ時、彼等の情意、動作、言語、顔色を、あざやかに暗い地獄の裏に認めた。自分は二階へ上がつてK君に逢ふに堪へなかつた。

これはやや謎を含んだ、しかも印象的な叙述である。過去の堆積の下に耐えている庶民の生活の中に暗い秘密を嗅ぎとり、ドストエフスキイの作中人物を思わせるいたいけな少女の「拙い性」を直観的に感じ取ってそれを再訪した折の嗅覚によって定着させるという設定は、一面では甚だ小説的ともいえるだろう。この小説的布置は何から生み出されたか、と言えば留学中の異国における孤独な感覚とその中から浮かび上がって来た、いかがわしい人間関係への飽くなき関心、というしかないだろう。「一番可愛想」な存在への、それが発する「臭」をかほどにまで厭うのは何故か。これは言うまでもなく読者への謎掛けであり、一種の強調法であり、文学的修辞であることは、間違いない。

「三十九」で漱石が試みているのは、ロンドンの市井の人々の描出と同様に対象物の「異化」であり、それによって大陸の人々がになっている暗い現実を浮かび上がらせることである。それは、確実に彼漱石がスウィフトから学んだ技法の一つである。ただし、スウィフトの『貧困児処理策捷径』の如き徹底さと作者の「眴《めくばせ》」（R・エスカルピのいう「ユモリスティックなはねあがり」）を欠いているのが決定的である。冒頭の「二」の一節や各章登場の旧友への「挨拶」が、その肩書の棚卸しや、貧書生時代への回想へののめりこみによって行われてあるように、『猫』以来の所謂自他への諧謔的姿勢はここでも見て取れないことはない。主人公が「夏目博士」を気取ってしまう「四十一」の一段の如き、漱石自身のこだわりを逆手にとった自己憫笑のサービスなのではある。

しかし、これら修辞的工夫が極く内輪の「聞き手」向けの回路でしか機能しないことを、作者は知っていたかどうか。矢張、ここにも「満韓旅行」自体が「満鉄」あげてのしつらえであったことへの「アリストクラチック」[*6]なもたれかかりが反映していたと言わざるを得ない。

「満韓ところぐ〵」の作品課題は、次作の『門』に受け継がれて行く。これは、不本意な執筆と、掲載中止とを、補償するとともに、書かれなかった「満韓旅行」体験を文学化して行くために選ばれた道筋でもあった。

「漱石の満韓旅行」という先駆的な卓論の書き手である米田利昭氏の『門』論の中に示唆的な一節がある。「異空間へ」と題されて『わたしの漱石』(前出)に入れられた本文は、「一　甲斐の織り屋」という見出しではじまる。見出し語の人物と、「山高帽の男」、という宗助が偶会する点景人物へのさりげない留意から書き起こされている。

論証されるのは、甲斐の織り屋はその風貌によって、「安井」の到来を予測させるものであり、また山高帽の男は、宗助の社会不安の具体的な像化だ、ということなのだが、ここで指摘される、貧苦や零落という社会不安が、主人公自身のエリートコースからのドロップアウトとの対応によってプロット化されているばかりでなく、「満州や朝鮮」などの植民地の存在そのものが、当代の青年たちの未来の有力な選択肢として表れていること、それが作中で言う「隠れた未来」(二十三)として、つまり国家社会の未知数的要素を含む不安な時代を表象するもの、と捉えなければならない。

T・S・エリオットの「ハムレット」論の言を敢えて用いるとすれば、『門』の夫婦の穏やかな日常を侵す、「宗助の恐れ」や「御米の罪意識」は旧友・旧夫たる「安井」の動静に発する、とは言え「客観的相関物」が不足している。エリオット流儀では、それは多分に作者の内部にあったものの投影だ、ということになるが、『門』の作者と作中人物を取り巻く時代の影だ、ということだろう。「満韓ところぐ〵」中断のあと、作中の時間を、明治四十二年の秋から、翌年の二月に至る期間に設定した物語を、漱石は三月一日連載開始を目論見ながら、書き綴っていたのである。『門』の「三」に次の一段がある。

宗助は五六日前伊藤公暗殺の号外を見たとき、御米の働いてゐる台所へ出て来て、「おい大変だ、伊藤さんが殺された」と云つて、手に持つた号外を御米のエプロンの上に乗せたなり書斎へ這入つたが、其語気からいふと、寧ろ落ち付いたものであつた。(中略)御米は、「さう。でも厭ねえ。殺されちや」と云つた。

「己みたいな腰弁は、殺されちや厭だが、伊藤さん見た様な人は、哈爾賓《ハルピン》へ行つて殺される方が可いんだよ」と宗助が始めて調子づいた口を利いた。

「あら、何故」

「何故つて伊藤さんは殺されたから、歴史的に偉い人になれるのさ。たゞ死んで御覧、斯うは行かないよ」

「成程そんなものかも知れないな」と小六は少し感服した様だつたが、やがて、

「兎に角満州だの、哈爾賓《ハルピン》だのつて物騒な所ですね。僕は何だか危険な様な心持がしてならない」と云つた。

ここに描かれている「伊藤博文暗殺事件」に対する宗助のいやに醒めた反応の一面は、談話筆記「昨日午前の日記」(『国民新聞』、明42・10・29)や「十一月二十八日付寺田寅彦宛書簡」(注＊6参照)に記されている漱石自身の抑制された感想を反映している。このように作品の最初の日時は、「伊藤博文暗殺事件(明42・10・26)」を数日前の事件として話題にする「日曜日」だから、一九〇九年十月三十一日の日付を持つことになる。また作品「十六」の章で描かれる「正月」は啄木が「時代閉塞」と名付けた、(大逆事件と韓国併合の年)明治四十三年なのである。(この年の漱石が、該作『門』の完成後、年来の胃病の療養のため赴いた、修善寺温泉菊屋旅館で大吐血し、所謂「三十分の死」を経験した後、半年間に亘る入院生活を送ることとなって、ついに二つの歴史的事件につき明瞭な形では何等の意見表明をなしえなかったのは、これまた「運命」と言うべきか。しかし……)不安に満ちた、時代の進行を予言するかの如き作品のプロットとそれが醸し出す雰囲気は、漱石の中にあった考察能を証し立てている。

近所の本多夫婦の一人息子は、「統監府とかで立派な役人」をやっているし、坂井の弟は「万里の長城の向側にゐるべき人物」と呼ばれる。「満州か朝鮮へでも行かうか」と小六が慨嘆調で口説くのは、学業の行く末が不明だからである。そして宗助たちを悩ませるのは「安井が満州に行つたと云ふ音信」(「安井がたしかに奉天にゐる事も確め得た。」云々)であり、内部に潜む罪責感も、安井を「満州へ駆り遣つた罪」という風に特徴化される。主人公の視点に添っていさえすれば、作品後半部に漂う不安感が、且つて自らが衝動に駆られて行なった、御米との密通の結果として、安井を大陸に追いやったことに由来しているかぎり、読者は主人公の脳裏に描かれた茫漠たる大陸とそれを犯しつつ得体の知れぬ力に足を取られてある、明治の国家の行途に大いなる不安を抱くべく煽られたであろう。

すでに小森陽一氏[*7]によって示唆されているのと同様に、私は『門』の男女の交渉が、日韓関係の不条理な進行とパラレルに描かれてあること、かかる時代背景の隠喩として（安井を含んで三者の交渉のいきさつをも）読むことが可能だと考えてきた。その論証については別稿を試みることとしたい。

一九九八年の十二月十二日、私は韓国日語日文学会に招かれて、ソウルの祥明大学校に赴き「漱石と辿る旅―ロンドン・ソウル……」と題してスピーチをし、ほぼ本稿で記した趣旨を述べた。この際終結に当って次のように「全体の要約」を試みた。[*8]

漱石の「満韓旅行」は、西欧的近代化・大陸進出を目ざす国家的要請への無反省な凭れ掛かりに由来し、当然、且つ遺憾なことに「満韓ところ〴〵」は日本人の多くが陥ったアジアの人々への傲慢さ・鈍感さを各所に刻んだ文章となっている。

文学的にはつとにスウィフトに学んだ「諷語」的手法の実践の一つと見るべきだが、故国イングランドを仰望しつつダブリン流謫の生活を否応なしに引受けざるを得なかった、彼のスウィフトの徹底した、人間憎悪とすれすれの「文明批判」は、漱石のものとはならなかった。この度もその限界を意識せざるを得なかった漱石は、その後の作品では、「文明開化」批判の拠点として、いわゆる「大陸浪人」の、深甚な存在意義を問い続けた。

『明暗』以後」に、期待を寄せるのはナンセンスかも知れないが、「小林」は、不幸な植民地時代に突入した、近代日本の体制を、「流謫」「亡命者」の視点から根本的に批判する可能性を持つ人間像であり、漱石の文学的夢想の極点を示すものである。

ここで述べた「漱石の文学的夢想の極点」には、もう一つの含意がある。名著『満鉄総裁中村是公と漱石』（青柳達雄著、平8・11、勉誠社）が説いているように、明治四十一年十二月に総裁職を後藤新平から受け継いだ中村是公は、「後藤前総裁の満州移民論を実現するために、旧知の漱石に一役買ってもらおうとの意図があったにちがいない。」そしてそれは満鉄経営の新聞『満州日々新聞』の「英文欄」を独立させて『マンチユリア・デーリー・ニユース』を発刊させるために「漱石を招聘」する、という具体的内容を含むものだった、とも言われている。あるいは漱石の内部にもそのような地位・役割への意欲が動いた事があったかもしれない。あの愛すべき「森本」が、大連の満鉄電気公園の案内係を勤める設定にもその投影が感じられるし、より大きな作中での存在感を示す「小林」の場合は「朝鮮」の新聞社の「未来に希望のある重要な」「地位」に着くべく設定されてあるのであって、それは漱石がもし望んだならば（是公の意図を逆手にとって、との条件つきだが）、得られた立場であった。

言を重ねていえば、「近代日本の体制を、「流謫」「亡命者」の視点から根本的に批判する可能性を持つ人間像」とは、「日本のスウィフト」というべき存在である。漱石は、かかる存在に近接しつつあった。

〔注〕

＊1 「小林」の存在の重要性については私は嘗て「大正初年代に顕在化しつつあった一つの青年層、アナーキーな主義者とも無頼漢とも呼ばれた、インテリの中の反体制的行動者の一面を代表する人物であるという意義を持つ。（中略）津田夫婦を支点とするシーソーのように、一方の極点である吉川夫妻の作用と逆な作用を及ぼすという働きをもっていることが重要である。（中略）彼らに影響を与えるべき社会の構図をかように抽象化したということであって、ここに漱石の社会観を見ることは間違っていないであろう。」（「『明暗』」『日本近代文学』第五集、昭41・10）と述べた。同時期飛鳥井雅道氏も「『朝鮮落ち』はこの『明暗』全篇に出てくるブルジョワ、小ブルジョワの世界のなかに、重要な批判点として設定されていることを指摘しておきたい。今まで長々と引用してきた小林のことばは、植民地へおちるからこそ意味をもってくるからだ。」（『近代文化と社会主義』昭45・10、晶文社）との指摘を行っている。

＊2 漱石の「満韓ところ〴〵」は、明治四十二年十月二十一日から十二月三十一日まで（数回の主に社の側の都合による休載を挟んで）五十一回にわたり東京・大阪の『朝日新聞』に連載された、戯文調を交えた紀行文である。奉天郊外撫順炭坑での記述が始まったところで「茲処まで新聞に書いて来ると、大晦日になつた。二年に亘るのも変だから一先やめる事にした〈初出には「まだ書く事はあるが」の文句があ

る。〉」との断り書き付きで擱筆された。やがて「文鳥」「夢十夜」「永日小品」とともに『漱石近什四篇』（明43・5）として刊行されもした。最近青柳達雄氏が「漱石と渋川玄耳『満韓ところ〴〵』中断の理由について」（『漱石研究』第十一号、平10・11）を書いていて、「伊藤博文暗殺事件」以後の朝日新聞紙面の動きと、渋川玄耳のルポルタージュ「恐るべき朝鮮」の並行連載等を精査し、漱石における「続稿意欲喪失」を指摘した。これと『「土」序』に見られる「自省」の発生と合わせてほぼ「中断の理由」は、尽くされているであろう。

＊3　私に強い感銘が残っているものは次の通り、である。

申賢周「漱石の韓国旅日記論」（『言語と文芸』第一〇五集、平2・1）。朴裕河「文明と異質性―漱石『満韓ところどころ』論」（『国文学研究』一〇四集、平3・6）。崔明淑「夏目漱石『満韓ところ〴〵』」（『国文学解釈と鑑賞』平9・12）。朴裕河「インデペンデント」の陥穽―漱石における戦争・文明・帝国主義―」（『日本近代文学』第五八集、平10・5）。

このほか、崔在喆氏に「明治時代の知識人たちが東アジア・満州や朝鮮に対して持っていた進出欲と優越感は西洋の先進文明国に対する劣等感の裏返しで、その克服過程において形成された必然的なものではなかっただろうか。」（「森鷗外における韓国」『講座　森鷗外　第一巻』平9・5、新曜社）との正当な指摘があり、姜尚中氏の『オリエンタリズムの彼方へ』（平8・4、岩波書店）や、イ・ヨンスク氏の『「国語」という思想　近代日本の言語認識』（平8・12、岩波書店）は、問題の歴史的背景を深刻に問う労作である。

＊4　ソウルの地下鉄車内で、私と数人の仲間に、同行した韓国留学生が案内役として熱弁を奮っていた際に、近くの座席に乗り合わせた老僧が突然彼女に向かって罵詈を浴びせたことがある。ソウルを日本語使って我が物顔に往来する日本人、それを歓迎する韓国人は許せない、という趣旨だった。それを取りなしする、同世代の知日家も登場したりして、私には感慨深い出会いだった。植民地時代に日本語を押し付け

られて育ったこの世代の人の二通りの反応、なのである。少しタイミングが遅れ気味に事情が分かった私の内部に湧いて来たのは、この僧職のひとの前に手を突いて謝罪したい！（または、そうすべきなのだ）という衝動だった。この種の「後ろめたさ」は、同行の若い「数人の仲間」には理解されなかったが、次のようなわが世代の人の言のなかにも込められているものである。

「漱石が時事問題に無関心な作家でないことは殆ど例証する要はあるまい。『吾輩は猫である』の日露戦争の反映、「従軍行」の新体詩、『趣味の遺伝』、『それから』に於ける「学校騒動」や日露戦後の不況その他。その漱石が、大逆事件や日韓併合について、いわば明治国家の犯した過誤について、口をつぐんでいるのは、意識的なのか、それともかれの「我が住むは道義の世」の論理の帰結なのか。」（助川徳是「漱石・避けて通ったもの」『国文学解釈と鑑賞』昭53・11）

「私がこの原稿を書き始めた頃に天皇の問題が起り、テレビは昭和という時代を回顧する番組を流し始めた。ある局の深夜討論会で著名な某映画監督が、金大中氏の日本への批判に対して「そんなことはもう聞き飽きた」と吐き棄てるように言ったのを聞いた。私は昭和の歴史や天皇制の問題は、日本軍国主義の犠牲になった底辺の人達――日本人より植民地の人々、将校より兵隊、男より女〈その先端には推定六万五千人と言われる朝鮮人慰安婦のような存在があった〉――の立場に立ってみる必要があると思う。」（坂本育雄「女の立場」「日本文学」平1・4『年月のあしあと』収）

この夏は、思い切って中国東北地方への初旅をした。「大連・瀋陽・北京5日間」というツアーを見付けて妻と、である。中国青年旅行社のガイドさん、羅興斌《ラコヘ》さんが空港へ迎えに出ていて、以下二人だけで自家用車での行遊。運転手さんの方は各地で交代したが、羅さんはスルーガイドという役割で、大連二泊瀋陽一泊ののち、空路北京に到着するまで付き合ってくれた。北京一泊の日程もガイドさんと運転手付きの自家用車が付きっ切りの贅沢さ。さて第一日目は大連空港から旅順へ直行して水師営・二〇三高地・東鶏冠山北砲台と、三六度の暑さの中を回る。いずれも所謂日露戦争ゆかりの場所。（夏目漱石は戦後間もない、明治四十二年の九月十日と十一日に、「古戦場」めぐりをやっている。）第二日目は特にお願いしたわけではないのに、漱石の乗った鉄嶺丸が着岸した大連埠頭からはじまり、漱石が泊まって後に移転した旧大和ホテルが面している中山公園、そして旧満鉄の建物やら、アカシアの木々が繁る旧満鉄病院等々を廻ってくれる。「老虎灘」「星海公園」は海沿いの名勝地だが、漱石日記には出ては来ない。旧「満鉄」の列車に乗りたい、ということも今度の旅の期待だったが、八月一日大連駅から瀋陽北駅まで、四時間半の汽車旅で果たすことが出来た。この間羅さんと、私の世代の日本人の「大陸への後ろめたさ」について話をする。「植民地時代は個人の責任を越えています。」というのが、やや公式的だが確信ある口調での、鷹揚な中国人羅興斌氏の答え。因みに彼の出身は敦煌だという。（漱石の場合はコンパートメント付きの特別編成列車だったようだし、瀋陽（当時は奉天）に行くまでに熊岳城・営口・湯崗子の各都市を歴遊している。奉天滞在の後には更に北上して長春・ハルピンまで行きあとは一旦奉天に戻って安奉線経由で安東まで南下、鴨緑江を船で渡って「朝鮮半島」に入る、という旅程だった。私が見ることが出来たのは、大連とは一風変わった瀋陽の古さの残る町並み・そこに蝟集する人と車と、広々した北陵一帯と故宮の風情、旧奉天で漱石が幾つか筆費やしているところである。）

＊5　中国人の漱石・魯迅の対比研究として林叢氏の『漱石と魯迅の比較文学研究』（平4・10、新典社）と李国棟氏の『魯迅と漱石――悲劇性と文化伝統――』（平4・10、明治書院）が管見に入ったが、いずれにも、「満韓ところぐ〵」の評価は見られない。

＊6　「十一月二十八日付寺田寅彦宛書簡」に「僕は九月一日から十月半過迄満州と朝鮮を巡遊して十月十七日に漸く帰つて来た。急性の胃カタールでね。立つ間際にひどく参つたのを我慢して立つたものだから道中は甚だ好都合にアリストクラチツクに威張つて通つて来た。帰るとすぐに伊藤が死ぬ。伊藤は僕と同じ船で大連へ行つて、僕と同じ所をあるいて哈爾賓で殺された。僕が降りて踏んだプラトホームだから意外の偶然である。僕も狙撃でもせられゝば胃病でうん〵いふよりも花が咲いたかも知れない。」とある中

の「道中は甚だ好都合にアリストクラチツクに威張つて通つて来た」の部分からの引用。

＊7 『漱石研究』第一一号（平10・11）での「鼎談 テクスト・主体・植民地」で、小森陽一氏は「……宗助とお米を取り巻く過去の記憶というものが、そのまま当時の日本と韓国の問題と連動する形で、非常に緻密に仕立てられていて、決して単なる話題として伊藤博文暗殺事件が出て来るわけではない。あの冒頭の伊藤博文暗殺事件をめぐる会話が『門』という小説全体を規定しています。」と発言している。姜尚中・石原千秋各氏との「鼎談」であった。

＊8 その際配布した資料の最後の一枚は「韓国」に入ってからの漱石日記からの手短かな引用。それにつけた私のコメントもここに摘記しておく。

「（九月二十八日）

十一時半午飯。小蒸気で鴨緑江を渡る。（中略）

一度朝鮮に入れば人悉く白し

水青くして平なり。赤土と青松の小さきを見る。

なつかしき土の臭や松の秋

蓼の茎赤し

頗る暑し。フラネルを脱ぎたくなる。朝鮮人の子供が緋の袴をはいて遠くを行く裾開いて西洋婦人の袴の如し　豚、山羊、馬のむれなくなりて。牛のみになる。それも単独にぽつ〳〵見ゆ。

満州の如く支那人を使ふ人なし。朝鮮人の使役せらるゝもの一人も見受けず。

始めて稲田を見る。安東県の米は朝鮮米なり純白にて肥後米に似たり。

肴にかれいと鯛あり。いずれも旨かつた。

六時七分前定州に着く。真丸の赤い月が山の上に出る

九時が過ぎても十時が過ぎても平壌につかず。やがて十一時過に漸く着。（中略）

二十九日〔水〕絶壁の下朱字を刻する所に日本の職人三人喧嘩をしてゐる。〔中略〕何時迄立つても埒あかず。風雅なる朝鮮人冠を着けて手を引いて其下を通る。実に矛盾の極なり。

（十月）

七日〔木〕例により快晴。宿に二階に余一人。下に一人となる。静。今日別段の日程なし。気楽。

高麗人の冠を吹くや秋の風

　　韓人は白し

　秋の山に逢ふや白衣の人にのみ

九日〔土〕朝　始めて曇　野上、野村、宅へ絵葉書を出す。学校参観を勧めらる。野上への端書に

　秋晴や峯の上なる一つ松」

九月七日から三週間以上の、「満州」滞在を終えて、（それは、中村是公の「満鉄」から解放された、ということでもあって、）ホッと息を吐くような安堵感が漂う記述。「朝鮮半島」の風土と、人々の「風雅」への共感も読み取れます。これは、彼が備える文人趣味の発露（崔在喆氏は前掲「森鷗外における韓国」の中で、同じ個所を丹念に検討して、「明治日本の植民者的な意識が時々現われ」るが、「多くの場合はありのままの自然をそのまま素直に見て、風景を楽しむ一人の旅人であった」と同情的に評価しています。）であり、俳句が頻出するのも従来にはない感性の動きを示しています。「（満）韓ところどころ」が若し書かれたら、という埒もない想像なのですが、韓国の自然や、人の営みへの細かな視線からする観察が発揮されただろうと思いたくなります。

私は、この夏の終わりに妻を伴って釜山から慶州に入り、漱石の空白を尋ねるつもりの小旅行を試みました。旧知の東国大学校の李暢鍾さんの案内、同校でこの三月から勤務している橋本琢さん（私の東京学芸大学時代最後の教え子）も一緒に、黄龍寺址に参りました。生涯で初めて佇んだそこで感じたのは、「懐かしさ」に似た感銘です。なだらかな山々に包まれて、緑の木々のなかに点在する古い作りの

家々。そして彼方をのんびりと走る汽車と。誤解を恐れず敢えて申し上げると、ここは永く人を憩わせて来た場所だった、という思いでした。漱石とも当時朝日新聞社の同僚社員として縁のあった石川啄木の有名な望郷歌を思い浮かべた次第です。

ふるさとの山に向ひて
言ふことなし
ふるさとの山はありがたきかな

やはらかに柳あをめる
北上の岸辺目に見ゆ
泣けとごとくに

II

漱石文学の対話的性格

私は「『彼岸過迄』再考」と標題した文章の末尾に「対話性」なる小みだしを掲げて次の如き走り書きを記した。

須永市蔵という「鏡」が映し出した女性なるものは、田川敬太郎の視線の運動が作りだした「停留所」の女性の性的な幻像と関わり合い、読者の内側で一種の対立・葛藤を引きおこす。人は時にそれを「千代子像の分裂」と呼び、本作失敗の因とする。しかし『彼岸過迄』の組立は、対象を色々な鏡に映し出すこと、ここでは千代子なら千代子という女性を二つの相異なる視線にさらすことを目指したものであるから、個々の人物の単一な像化を求める読み方は適合しないのが当然とも言えるのである。存在するのは須永にとっての千代子であり敬太郎にとっての千代子である。それらは須永・敬太郎それぞれによって相対化され千代子自身によっても相対化されて行く。千代子を焦点とする、かような意味での相対化の運動と等質の意味を持っているのが、後半部における「語り手の交代」である。「雨の降る日（千代子の話）」「須永の話」「松本の話」のそれぞれは作品の「過去の時間」を対象として、その内実を形造ってきた各人各様の関係と関係意識を語っている。それらは話者たちそれぞれが負っているゆがみによって、相互に打ち消し合うと同時に、補ない合い葛藤し合う。そのことによって人生の実質をなす何物かを示現しているのである。

　松本恒三はその話をはじめるに際して先行する語り手たちのことばを次のように示現して見せる。

　二人に聞けば色々な事を云ふだらうが夫は其時限りの気分に制せられて、真しやかに前後に通じない嘘を、永久の価値ある如く話すのだと思へば間違ない。僕はさう信じている。

「前後に通じない嘘」とは同一の事柄についての他者のことばと整合しないことばということであり「永久の価値ある如く話す」とはそのことば（「嘘」）を語ることがその当人にとって切実な意味を持つということである。何が切実なのかといえば、自分自身を他者に投げかけること、他者に呼びかけ対話の場に自分をさらすことが、である。

「スタヴローギンの告白」（『悪霊』）でその告白の文章の《美学的批評》から始めるチーホン僧正のことばをとり上げてM・バフチンは[*1]「スタヴローギンの告白のスタイルはなによりもまずひとを相手とする彼の内部の対話への志向によってつくられている」こと、「スタヴローギンは他人によって承認され肯定されなくては、自分自身を受入れることができない。そのくせ自分についてのひとの判断は受入れたくない」ことを指摘している。後半の語り手たち、殊に須永市蔵の語りに底流するのは右で云うスタヴローギン的告白衝動だといえるだろう。

千代子も須永も松本も、敬太郎を対話の相手として語っている。しかしいずれの話も末尾部分が引用符付の他者のことばで括られている（千代子の場合は松本の、須永の場合は千代子の、松本の場合は須永の、というふうに尻取り風になっているのも興味深い）のが端的に示す如くそれぞれの「話」が特定の相手への対話志向を潜在させているのである。

作品の現在を敬太郎の視点に沿って語ってきた（無人称の）語り手の言説も又、主に敬太郎の体験を題材とする部分で、三人の語りによって相対化を受けていることは明らかである。比喩的に言えば、この三者の「話」を専ら配置する役割に自らを局限することによって、この（作品全体の）語り手も、作中人物との対話の場に身を置くのである。そして、「結末」はこの語り手の、読者に対する対話の仕掛けである。「結末」は敬太郎の、事件後の自己意識に沿って叙述されているという意味で「敬太郎の話」であるという形式的一面があり、たとえば停留所体験が意識化されていないという点でやはり相対的なことばで終始するのだが、その末尾、

彼は物足らない意味で蛇の頭を呪ひ、仕合せな意味で蛇の頭を祝した。さうして、大きな空を仰いで、彼の前に突如として已んだ様に見える此劇が、是から何う永久に流転して行くだらうかを考へた。

に記される疑問形のことばには端的に読者への挑発があり、対話的交流への志向がある。幾重にもかさねられた対話性を内在させた『彼岸過迄』は、「存在するとは対話的に交流することだ。」（バフチン）との感慨を我々の中に残すのである。

（『古典と現代』55、昭62・9）

右拙文において論の対象とした『彼岸過迄』にはじまる所謂後期三部作において、夏目漱石は語り手の設定という面ではごく意識的かつ実験的であったと言うべきであって、『行人』（二郎とHさん）『こゝろ』（私と先生）それぞれに固有の機能を負った「語り手」たちについては十分の思量が向けられてよいはずである。ここではそのための前提作業の二三を試みることとしたい。

ところで、右に引用の拙文のうち「読者」の語の用い方はやや無限定に失したと省りみられる。同じく引用文中のM・バフチンが友人ヴォロシノフ名義で発表した初期文章「生活の言葉と詩の言葉」[*2]（一九二六）は、彼の対話理論の濫觴をなす一論であるが、語り手のことばに「能動的」かつ「不断」に参加する存在として「聞き手と主人公」を定義した上で、次の如く述べている。

ここでもう一度強調しておくべきであろうが、我々がいつも念頭においているのは、作品の形式を内側から規定する、芸術的出来事の内的な参加者としての聞き手である。この聞き手は、作者および主人公と並んで作品の必然的で内的な要因であり、作品の外にあってその芸術的要求や好みを意識的に考慮できるようないわゆる〈読者大衆〉では決してない。

M・バフチンが、作家——読者という作品の伝達回路を作品外的なものとして区別して、作品の内的なコミュニケーションの形式を、作者（ここでは勿論作品内部の叙述主体＝語り手）・主人公・聞き手（読み手）の三要因によって定める立場を示したのは、ヤコブソンの理論を援用したロラン・バルトの物語構造分析の提唱[*3]の先駆として評価されるが、指摘の中味は極く当然のことではある。漱石作品の場合、夏目漱石は『彼岸過迄』以下三作品をさし当り「朝日新聞」の読者に提供した（「彼岸過迄に就て」という異例の作者としてのことばがその際の漱石の心事を伝えるものとなっている）が、各作品内の語り手たちは決してそれと同一の読者に向けて語っているわけではない。「須永の話」「松本の話」が田川敬太郎を聞き手とした物語であり、Hさんの手紙を受信するのは同じく『行人』の作中人物長野二郎であり、「先生の遺書」は『こゝろ』の全体の手記者たる「私」を特定の受け取り手としてはじめて成り立ったものである。これら直ちにはっきりと判断できる要素に比すると、『彼岸過迄』全体の（無人称の）語り手や『行人』の「私」（二郎）『こゝろ』の「私」などが如何なる「聞き手（読み手）」に向けて語っているかは必ずしも自明とはいい難い[*4]が、それをもって、すでに特定の聞き手との相互関係の刻みこまれた彼等のことばを、直接われわれ読者に結びつけてしまうことは間違いである。それは「須永の話」や「先生の遺書」を、われわれ自身への（極端なケースでは、漱石その人の精神内奥の）告白として受けとってしまうのと同質の間違いを犯すことになりかねないのである。

夏目漱石という作家は、文学理論の構築に尽瘁した人でもあり、「幻惑（Illusion）」のタームによって「間接経験」としての文学的体験の特質を規定する所があった。作品内の秩序がその外側の世界とは異質なものであることに誰よりも自覚的であったことは確かだが、一点検討の余地があるのは語り手――聞き手の回路《コミュニケーション》の扱いである。

『文学論』第四編第八章の「間隔論」は、「文学の大目的の那辺に存するかは暫く措く。其大目的を生ずるに必要なる第二の目的は幻惑の二字に帰着す。」と説き起こされた上、第七章までで果たされた（内容、形式両面での）「幻惑法」分析の限界が規定される。要するに、「結構論」「一定時をつらぬいて起こる幻惑法」に及び得なかった（「結構」は構成の意だから時間軸を介在させた物語世界の構成そのものがもたらすIllusionの分析＝物語の構造分析、には至りつけなかった）趣意であるが、この自己規定を前置としてとり組まれたのが「間隔的幻惑」なのであった（「間隔論は其器械的なるの点に於て寧ろ形式の方面に属すると雖ども純然たる結論上の議論にあらず。〈中略〉寧ろ篇中の人物の読者に対する位地の遠近を論ずるものとす。」）。右括弧内に引用の行文に見えるように、作品の構成が創り出すべき「形式美感」（＝幻惑）の理論的解明への一端として手探られた「読者、作家、篇中人物の三織素」相互の「間隔」を短縮させる技法が、ここに言う「間隔的幻惑」であったわけである。漱石の考察は当初はやや図式的ではある。右三織素相互の間隔のうち「読者を著者の傍に引きつけて、両者を同立脚地に置くは其一法」（批評的作物）、「著者自から動いて篇中の人物と融化」する第二法（同情的作物）という二分法からはじめ、ついで「篇中人物の位地」を「称呼を更ふる」ことによって「作家」の介在度を減却させて行くことを説く。彼又は彼女——汝——余、の順序である。漱石の文脈に作品内語り手への価値づけが現われてくるのはこのあたりからである。

> 若し夫れ作家にして終始一貫して篇中人物を呼ぶに汝を以てする事を得るとせば、作家が変じて余となつて篇中にあらはるゝの場合ならざるべからず。余の先きに挙げたる作家と作裏の一人とが同化せる場面即ち是なり。作家もし此法を用ゐるときは吾人と作家（即ち余と称するもの）とは直接相対するが故に事々切実にして窓紗を隔てゝ庭砌を望むの遺憾なきを得るに近し。

ここで言われる「作家（即ち余と称するもの）」は次のパラグラフでは「説話者（即ち余）」と換言されてあり、そのはたらきは「読者は只此余（作家として見たるにあらず、篇中の主人公として見たる）に従つて、之をたよりに迷路を行くに過ぎず。此大切なる余は読者に親しからざるべからず」との限定をあたえられるに至るのである。

物語（説話）を語る行為によって司どり構成して行く（紙の）存在としての語り手が、書き手としての作家の中から生成して行く過程を、これらの行文はたしかに示唆しており、感銘を残すが、さらにこのあと実例の分析によって漱石の理論は一段の展開を見ることとなる。

ここでとりあげられる実例のうち、Scott の "Ivanhoe"（二十九）「Rebecca の盾を翳して壁間より戦状を Ivanhoe に報ずるの章」の分析の部分は殊に名高く、多くの人々によって引用に付されてきた。城中の一室、蓐中に呻吟する勇士アイバンホーを看病する佳人レベッカが、城下に展開する乱戦を窓から見て、その進行の次第を逐一アイバンホーに伝える場面、「眼下の光景は佳人の口を通じて、問答の間に、発展し来る」状景である。漱石の意味づけは、レベッカが「戦闘の光景」を叙する著者を代行すると同時に篇中の一人物であるが故に、「記事と読者が一団となるのみならず、真の著者を遥かの後へに見捨てたるの場合」ということに帰する。三織素の間隔の変化を示すこれ又有名な図解が加わっており一層の興味を惹くが、私の関心では、このあとMilton の "Samson Agonistes" における主人公の壮烈な死を歌う場面を失敗例としてひいて、本例の卓越さを次のように述べている個所が印象深いのである。

抑も吾人が記事の当体たるSamson の死に接近して彼我の間隔をちゞめんが為めには、篇中の人にして之を語るものなかるべからず、篇中の人にして又之を聴くものなかるべからざるはIvanhoe の場合に徴して明かなり。(中略) 語るものと、聴くものとをして相互に問答を重ねしめざる可からず。之を重るは (記事に関して云へば) 彼等を活動せしむる唯一の法なりとす。もし此方法を遺却する事あらんか (中略) 読者は只記事の自然と曲折なく展開するを知るのみにして、ついに語るもののあるを忘れ、又聴くもののあるを忘れんとす。

比較考量の対象となっているのは確かに「黒兜白毛の騎士」の奮戦の場とサムソンの死の場面、それぞれの小部分において語り手の機能を代行しているレベッカ及びサムソンの父の語り、に限られてはいる。が、語りの有効な継続が聞き手の活動を不可欠とすることの理、語りのことばが「問答」を内包してあることの理、そして読者はその上でこそ（作品に内在する聞き手の側に接近して）はじめて語り手の物語行為に参加して行くことができるという認識を、これらの考察から読みとることは可能であろう。

くり返して意味深いのは「問答」の一語である。聞き手が問いを発し語り手が答をもたらすというのが一往の定則だが実際の場ではそれにとどまらないであろう。語り手が問いかけを発し聞き手が新たな問いによって答えるという形式もあり得るであろう。『猫』の「吾輩」『坊つちやん』の「おれ」をはじめ、漱石が創り出した魅力的な語り手たちの多くは、むしろ究極的な問いを晦迷な帳りの彼方に居る聞き手に対して仕掛けるような存在である。その問答の形の幾つかのものは、『夢十夜』の各編に凝縮されてあるとも考えられる。「何時逢ひに来るかね」「あなた待つてゐられますか」（第一夜）「無とは何だ」（第二夜）「死ぬか生きるか」（第五夜）「どうだらう、ものになるだらうか」（第八夜）。これらの問々がここでは「自分」及び「自分」の代行者たちから発せられ、その結果として主人公は夢中の無限の時空を漂泊しつづける。問答がこの夢の世界では、内部に巣食う他者の存在を浮かび上らせてゆく。語り手の他者志向を原型的に描き出した作品と見ることができるだろう。『夢十夜』の「自分」のことばに内在する他者志向性に比すると、次の『三四郎』以下前期三部作の語り手たちのことばは、むしろそれに同意する聞き手に向けて自足的に発せられている印象がある。「間隔論」で呼ぶ「批評的作物」[*5]がこの時期の作者の選択であったことをうかがわせるのである。これに引続いて試みられるのが「語り手の交代」を敢為する『彼岸過迄』であった。

M・バフチン流に従えば小説の価値は他者のことばが作り出す葛藤・反響によって定まる。複数の語り手のことばは相互にかかわり合い自ずと不協和音を各所で発しはじめるのは『彼岸過迄』に於いて見てきた通りである。『行人』『こゝろ』の二作についても、漱石の選択は、単一なイデエの実現（批評的作物）ではなくて他者のことばが交響し合う世界の側にあった筈である。それはどこから判断し得るか。

①長野二郎と呼ばれる『行人』の語り手、「私」としか名乗らぬ『こゝろ』の語り手、双方ともに回想的語りの運び手であるが、回想的叙述には常に今現在の認識が異和物のように絡みついて行く。

②双方の叙述の中心に置かれてある、一郎と先生なる主人公の形象及び作中で彼等が発することばに、語り手たちのそれを比較すると漱石その人にとっての他者性度は後者の方が大きい。尤も①で触れた「今現在の認識」は二郎においては一郎への理解者に近いことが暗示されてあり「私」においても先生への親愛と尊崇の情は一層高まっているとの示唆があって二者間のあつれきは漸減する形だが。

③これに代って語り手の言説が否応なく浮かび上らせて行く他者的存在は、二作のヒロインたちである。ただしこのそれぞれに魅惑的な存在感を持つ直子・静の意味については別稿によって

十分吟味してみたい。彼女らの発することばが（そしてそれらこそが）二郎や「私」のことばと激しくせめぎ合うのは確かである。

④Hさんの手紙、先生の遺書、それぞれの中のことばは、②後半での留保に関わらず、双方ともに整序が行き届いた完結感があり、それら自体の存在が、二郎や「私」の物語言説を相対化する。この構成的布置には作者の謎解きめいた意図が感じられる。それを差引いてもなお、主人公たちの言動がもたらす対話志向の感銘は消しがたく鮮やかである。

そして、二郎及び「私」の発話は、いったい誰を聞き手とする発話であったのか。前者のモチーフを示すものとしては、「自分は今になって、取り返す事も償ふ事も出来ない此態度を深く懺悔したい」（兄四十二）などがあって超越者への志向性が想定できるのだが、その語りの細部に刻まれた自己意識（内なることば）の運動を把捉しない限り確実な事を言うことはできない。近年該問題について多くの優れた言及を集めている後者の場合とともに、十分の考慮を経て改めて論をおこすこととしたい。

〔注〕

＊1　M・バフチン『ドストエフスキイの詩学の諸問題』（一九二九―一九六三）新谷敬三郎訳（『ドストエフスキイ論』一九六八、冬樹社）による。

＊2　斎藤俊雄訳（『バフチン著作集①　フロイト主義』一九七九、新時代社）による。

＊3　ロラン・バルト「物語の構造分析序説」（一九六六）花輪光訳（『物語の構造分析』一九七九、みすず書房）に次のように記されてある。

「周知のように、言語的コミュニケーションにおいては、わたしとあなたは、絶対に、互いに他を前提する。同様にして、語り手と聞き手（または読み手）をもたない物語はありえない。これはわかりきったことかもしれぬが、しかしまだほとんど活用されていない。たしかに発信者の役割は、盛んに解説されてきた（といっても、小説の《作者》が研究されているのであって、それが果たして《語り手》であるかどうかは問われていない）。しかし読み手の問題となると、文学理論は、はるかにつつしみ深くなる」。「少なくともわれわれの観点から見れば、語り手と登場人物は、本質的に《紙の存在》である。ある物語の（生身の）作者は、その物語の語り手といかなる点でも混同しえない」。この、後者の主旨はバフチンのものでもあるが、バフチンはここに「聞き手」をも（念押しして）加えている形である。

＊4　この中『彼岸過迄』全編の語り手については「作中人物との対話の場に身を置く」との試案を提出ずみであるが論証に至っていない。

＊5　この名に最もふさわしいのは『虞美人草』であろう。よく指摘されるように作者のイデエが先行する、という該作品の特徴は前期三部作にも共通するのである。

『明暗』その他

『漱石を読む』は近年の小島信夫氏の漱石への関心を展開した大著である。『海燕』連載文を中心に、あらあら繙読したにとどまっている段階だが、『明暗』の読み方を中心に示教を承けるものは数知れずある。

思えば氏の該作品への、独特かつ鋭利な切りこみに感銘を与えられたのは、すでに二十年ほど昔、角川書店版の『夏目漱石全集』の第13巻（『明暗』が収められた一冊で「昭和四九年九月初版刊行」となっている）の、「作品論　作者の意地っ張り」と題した一文であった。ここに提示されていた見解のうちの大部分のものは、近著の中でも再検討され発展させられているとお見受けしたが、次のような一段は如何か、と思った次第である。

……いつの場合もそうであるように小説は作者が読者に語ってきかせるのである。そしてその作者は「明暗」の場合だいたいのところこの小説に出てくる岡本ぐらいの、年輩の、そして岡本よりは大分気むづかしい人間が語っている、と考えるといい。

この作品の「若い人向きではない」理由を述べる文脈にあるこの一段は、作品の語り手の存在についての、具体的な言及であって、昨今はやりのナラトロジイ的分析のための、一つの有益なそして説得性のある着想を示していることは確かだろう。「岡本ぐらいの、年輩」ということになれば、四十代後半から五十代、主人公たち（たとえばお延は二十三歳、津田は二十九歳、というのは「十」での吉川夫人とのやりとりで明かされている）よりは相当年上の、又彼らの生活感覚にはも早そぐわなくなっている年代だから、判断は「大分気むづかし」くなって当然というわけだが、も一つ暗示されてある項目は、彼がこの年代の「男女の日常のやりとり」を、どういう聞き手に向かって語っているかという点である。「若い人向きではない」というのは文字通り「若い人」が作品内聞き手として措定されていないということでもありそうだ。

言うまでもないが語り手のはたらきあるいははたらき方の特色とは、聞き手との相互関係の中にあり、「年輩」者同士が「若い人」について語り合えば、近ごろの若者は……の調子になるだろうし、同じ年輩者でも若者に向かって語れば、そこにはそれとはちがった調子が出てくるのは考え易い道理であろう。

そこの所を理論家としての漱石は『文学論』の中で考察し、スコットの「アイバンホー」とミルトンの「闘技者サムソン」との対比の中から一つの見方を提出していたのだった。（緊迫感を醸す語りの例として挙げられた作中人物同士の「問答」による「眼前の戦」の描写場面だが、私はこれが、物語の作品内回路のモデルとして分析評価されていると考えている。）
語り手の提供する情報が「現在の光景」「刻下の状態」に関してのもので、聞き手にとってもその進行が「未知数」に属する、スコットの場合、「聴くものの全身は悉く耳なり。運命の一子を下す毎に一喜し又一憂す。」云々。後者の如く「大勢既に定まって往時を追懐して之を読者に報ずるとき」には果たし得ぬ「間隔的幻影」が生ずるというのである。

聞き手の関心の白熱度、それが語り手との「問答」の反復としてあらわれていること、そして語り手、聞き手の共有する時間の緊迫度（事件の内容となる時間との接近……）といったことがここでは考慮されていたのであった。

数多くの作品での実験、ことにいわゆる後期三部作での数々の試行を閲した後、この最晩年の作品において漱石が設定した「結構」＝語りの審級《ナレイティング・インスタンス》についてはさらに考究が積まれる必要がある。その際右に挙げた小島氏の作家的直感に根ざす発言は大いにヒントとなるであろう。たとえば『明暗』の物語は「岡本ぐらいの（家族関係にある）人間が（その娘の継のように、お延の結婚生活の帰趨に白熱した関心を持っている若い娘を相手にして）語っている、と考えていい。」といったふうに、先の小島発言を補訂してみると如何だろうか。昨今、これも流行の続明暗論議を有効にすすめて行くためにも、これは必須だと思う。

語りの回路に関して顧慮しつつ、『明暗』の、書かれなかった部分について発言されたものに石原千秋氏のがある。

……『明暗』にふさわしい結末はどういう結末だろうか。テクストの言葉と異質なのに、それでいて決して特権化されない言説。『明暗』が漱石の他の小説に似ているなら、それは、出されない手紙、あるいは、届かない手紙だ——。

語り手と聞き手がはっきりと限定できる語り形式として、漱石は手紙をよく用いた。後期三部作はすべてその結末部分をその形式の活用によって収めているし、石原氏がラカンのセミネールの用語に似せて使っている、「届かない手紙」というパターンは『薤露行』で、「出されない手紙」は『虞美人草』で試行していることに思いあたる。その意味でこの想像は大変気に入っている。「行き違いの手紙」や「受取人不明で回送される手紙」でも良いだろう。

ところで石原氏の「特権化される」とか「特権化されない」とか言うのは何であるか、これは右引用部を末尾に据えた、「近代文学瞥見」なる連載エッセイのうち平成三年九月号『海燕』掲載の「伏線と結末」を読んで以来、心に引掛っていたことだった。氏によれば「伏線とは、先取りされた結末に他なら」ず(①)、「伏線というコードによる読書は、(中略)結末へ急ぐ読書だ」(②)という。

「伏線」という語を「予告」とか「評価」とか、筋立てを展開させて行くための布石、ぐらいに理解し、用いてきた私には、まず右の①は唐突で一面的な規定と感じられたし、②で言われる「伏線というコードによる読書」が一体あり得るのか、あったとしてもそれははたして「結末へ急ぐ読書」となるのか、が疑問に感じられた。次いで氏は「研究や批評の多くは、新しい読みの提出によって伏線の増殖を促す。伏線は、エントロピーのように増大し続け、ついには結末以外はすべて伏線ということになってしまう（中略）いずれにせよ、結末だけが特権化されてしまう」（③）と言い、十数行先へ行って「結末はテクストの特権階級になる。伏線はその従者だ。」と呼ぶ。ここで「特権化」の意味が特定されるし、同時に「伏線」というのが局限された意味の「解釈コード」であったことが、まあ明らかにはなっている。③で言うように氏が嫌悪しているのは、ある種の研究や批評のタイプ、つまり単一的な解釈を提示するために、作品の構造を伏線―→結末の不可逆的方向で限定するような、お託宣めく言説で塗りこめたような、というものであるようだ。次節に具体的に引かれる例でいえば、『明暗』論では、「小宮豊隆や唐木順三の説」がそれに当るらしい。しかしこの有名な説も、それに並置された石原氏自身の、卓抜な冒頭解釈（「医者は治療者としてではなく、迷宮への媒介者として津田の前に立っている」）によってさっぱりと相対化されてしまっているのでも分かるように、氏の批判するような「伏線というコード」は実際には無力なものであり、それが目ざすという「結末によるテクストの管理」なるものも幻想にすぎないのではないか、との感想を禁じ得ないのである。少くとも漱石の作品に対してはそれは明らかであると私は思う。「少くとも」と言い添えるのはたとえば漱石が批判した、モーパッサンの『頸飾り』などが思い浮かんでくるからで、漱石が「妙に穿った軽薄な落ち」（「文芸の哲学的基礎」）と否定的に評したこの作品の結末の、プロット上の重み（特権性）は確かだろうし、それ以外の部分が、石原氏の言う「従者」的関係におかれてあることも打ち消しにくい。

松村達雄氏のように、漱石の『頸飾り』批判はその「軽薄な」穿ちにあって、「落ち」（英語圏ではfinal twistとかswprise endingとか呼ばれるものにあたるらしい）そのものの存在を否定しているものではないと指摘する人もある。（松村氏の遺稿集『E・M・フォースターその他』研究社出版、による。）「結末を製造せぬ人生は苦痛である。」と立言して「筋の組立（構造）」の必要を説き、それがすべからく「有機的統一」を具現すべく、性格・事件・景物の三項目それぞれへの興味と、各項相互の組合せのあり方を論じたのは、『文学評論』のうち「ダニエル、デフォーと小説の組立」における漱石その人である。ここには「統一」の属性を名づけて「或一つの筋の縦に貫ぬいて居るもの」などという表現もある（が「伏線」という用語はさすがに用いられてはいない）。

『海燕』の八月号（平3・8）の「近代文学瞥見」は「『明暗』は終わるか」と題されていて、石原氏は「結末への期待」の促しや作中人物の「問い」が作り出す「劇《ドラマ》」の展開、「予告的な言葉」の存在等々を指摘していた。「伏線があるとかないとか言っているのではない。伏線という思想《イデオロギー》を拒否したい」というわけである。辿り直してみれば氏の思考経路は十分了解できるような気がする。あとは氏の、迷宮構造と呼ばれる語り形式の実相、継続する結末という逆説的な概念を「手紙」スタイルがどう具現し得るか、についての論述を聞きたいのである。

漱石研究の現在、という課題をごく私的な関心にひきつけて、身勝手な一文を草した。これは私の決意表明でもあるつもり——。

III

ホトトギス出身の小説家たち

「ホトトギス出身の小説家たち」という課題には、二つの問が自ら内蔵されている。一つは、誰々がその呼称に値するかということであり、他の一つは、彼等がホトトギスから何を負ったかということである。第一の問に対しては答が出しやすい。小説家として出発するに当たって雑誌ホトトギスに執筆することが重要な契機をなした作家には、夏目漱石をその最たるものとして、寺田寅彦・鈴木三重吉・野上弥生子（八重子）があり、また、高浜虚子・伊藤左千夫・長塚節がある。しかし、彼等が、ホトトギスの如何なる時期の如何なる傾向によって刺戟され、小説界におけるホトトギス派ともいうべき傾向を醸成するに如何なる力を及ぼしたか、という点になると、それぞれに異なっているのである。第二の問の生じる所以である。そこで、ここでは、ホトトギスの明治四十年前後の数年間に対象を限定し（限定するのは言うまでもなく、ホトトギスが「小説家たち」の舞台としての意義を保持しえたのは該当期に限られているからである）、諸作家たちが、如何なる活動をなし、如何にホトトギスを活用したかを見たいと思う。

ホトトギスが小説を掲載し、それを雑誌編集上不可欠の要素とするに至るまでには、二三の階梯があり、その階梯を踏み進むためにはその都度障害があったということは、雑誌の「消息」欄を受け持つ、編集者虚子の各号における述懐に見られる一つの事実である。（例えば、明治三十八年九月号では、敢えて写生文、小説の一切を載せず、「俳句に関する材料のみに限つた編集」をして、読者の一部に起こりつつある批難に答える旨、「消息」に記されている。しかしこの記事は、結果的には爾後、一層小説に割かれる頁数が増大するための布石になっているのである。）今更言うまでもなく、写生文をホトトギス派俳人たちが一つの業と心得たのは、雑誌創刊当時の正岡子規の発意に始まり、子規の「叙事文」（『日本』明33・1）なるエッセイと、その「小園の記」（「ホトトギス」明31・10）なる写生文の実作が、きっかけを作った。三十五年までには、虚子・碧梧桐・四方太・鼠骨ら主要同人は均しく写生文に筆を染めているのである。写生文の頁数が相対的に増大するのは、三十六年に入ってからで、坂本四方太を選者代表とする「一日紀行」「二日紀行」「三日紀行」等の一般募集が行なわれ、日露戦争勃発後には特に「戦時にふさわしい写生文」も募られて、読者の寄せる秀作が多数各号に掲載されて誌を賑わしている。もっともこの時期の「写生文」には小説に於ける虚構の意識は、全くないか、しりぞけられるかしていて、洋画の技法に始まり、子規によって俳句に生かされた写生の技術を文章に生かす体の主張にとどまっている。四方太の「芋明月」（明36・10）「盆梅」（明37・2）「向島」（明37・11）などがそれを代表するように、季題意識の支配すらも見られるのである。

抑々写生文の起こりには当代の文章に対する批判があった。虚子によれば、次のごとくである。「当時の文学界が、何処となく写生的傾向を帯びながら、なほ古い形式に泥んでゐたのを慊らなく思ふ不平から、吾々の写生文は、確かに一種の新しい生命を得る方法の如く自識して来た。」（「写生文の由来とその意義」『文章世界』明40・3）しかしそれが明らかに「新しい生命」たるには、写生文自体の中にある弱点を実作によって克服することが必要であっただけでなく、一つの外部的な刺戟を蒙ることを要した。弱点とは写生文がその主張の拠り所としている写生が専ら自然界の写生を本旨としているため、「鉛筆を持つて各地」を回遊しても、やがては「材料に窮して」来るということであった。従って「他人の窺ひ得ざる所を書くと面白いが、一旦それを離れると駄目になる。」四方太選の写生文の題目が、「紀行」から「戦時に関する写生文」に、やがては「一般の写生文」にと転々した三十七年の動向に、右の事情が看取されるのである。

作品は多数だが、なかなか秀作に出会わさないという状態に活を加え、ひいては「写生文」に一つの転機をもたらしたのは、定評通り、三十八年一月号における「吾輩は猫である」の出現である。写生文の文章会（山会）の席上朗読され発見された作品であったにも拘らず、この漱石の処女作が、「写生文」の埒を大きく外れた作品であることは、紹介者の虚子自身が認めており、その前月号での「次号予告」でも、これを「諷刺文」と紹介し、又三十八年二月号では「文飾無きが如くにして而も句々洗錬を経、平々の叙写に似て而も蘊藉する処深遠」と評した漱石文を写生文の埒内で評価する程、虚子の見方は牽強ではなかったのであるが、しかしこれが写生文の行詰りの空気を打ち破り、新方向を拓くものとして受け入れたのは確かである。第一回の「吾輩は猫である」と併載された虚子筆の「屠蘇に酔ふて」なる戯文は、ホトトギス三十七年度の活動の意義を回顧総括し、新年度への期待を酔言混りのポーズで、しかしながら、壮語したものであるが、そこで彼が次のように気焔を挙げ得たのは、漱石文の現代文壇に於ける卓越を、ホトトギスの所産として自信し得たからでもあっただろう。

写生文かね。これも初めの間は俳諧雑誌にそんなものは無用ぢやといふやうな説も見えたが、今では無かるべからざるものと相場が極つたやうだね。写生文と鼻であしらう人があるが、六ケ敷いものさ。写生文が出来だしたら小説は其うち出来る。写生文を結びつけたやつが小説さ。本来の小説さ。其結びつけやうにも骨は折れやうが、抑六ケ敷いのは写生文其ものさ。

その虚子自身が、写生文を小説に展開させる方途を探りつづけ、その創作活動が本格化するのは、四十年度に入ってからのことである。夙に虚子が小説と称した作品には三十三年六月号の「丸の内」があるが、小説的プロットを備え、人間描写を重んじた作品として見られるのは、四十年に入るまでは、「石棺」(明38・3)と「畑打」(明39・4)位であろうか。「石棺」には、観音寺近傍の無気味な湖の写生に始まって、「暗い湖面から武田信玄の柩が現われ、やがてそれを載せた船が忽然として消え去ってしまう」という幻想が織り込まれており、「畑打」では作者が、畑を打つ中年の農婦の心中に立ち入って、畑打ちのリズムの中で彼女の心に起こる波立ち（それは幼い頃の恋人の思い出であり、彼との不幸な結末と、引き離されてしまった彼我の現在の境遇についての反芻であり、若い年月への懐しみである。）を把えており、いずれも写生文体が虚子の中で成長して新しい可能性を切り拓きつつある姿を窺わせる。これらの小説の味わいを持つ作品を濫觴として、後に短篇小説集『鶏頭』（明41・1春陽堂刊）に収められる諸作品が、四十年までの中にホトトギスに発表されるのである。「欠び」（明40・1）「楽屋」（明40・3）「風流懺法」（明40・4）「斑鳩物語」（明40・5）「大内旅館」（明40・7）「勝敗」（明40・10）などである。

虚子の小説の意義については、右単行本の序文として書かれた、漱石の「『鶏頭』序」に委しい。漱石はそこで虚子の小説を、「余裕のないセッパ詰つた小説」（自然主義の小説）に対して、「余裕のある小説」の一分野を開拓したものとし、又その描写の特質を「低徊趣味」と概括した。その謂は例えば「風流懺法」の小坊主である。「所が此小坊主がどうしたとか、かうしたとか云ふよりも祇園の茶屋で歌をうたつたり、酒を飲んだり、仲居が緋の前垂を掛けて居たり、舞子が京都風に帯を結んで居たりするのが眼につく。言葉を換へると、虚子は小坊主の運命がどう変つたとか、どうなつて行くとか云ふ問題よりも妓楼一夕の光景に深い興味を有つて、其光景を思ひ浮べて恋々たるのである。」この恋々たる趣味即低徊趣味である。これは「取り合せ物」なる俳諧、多様な風物の映発・調和をその内容とする俳諧に根ざした写生の方法に立つ虚子の、その体質にも合った「趣味」であったわけで、その趣味は、近代小説の一要素たる筋立てや人間の性格などを第二義的なものとして却けてしまうことを結果する。

『鶏頭』中には、しかし、別な要因もあって、それを中心に以後の虚子の小説がやや転換を見せたとするのも定説である。「大内旅館」などに仄見される、暗い「人間の運命」を興味の焦点として把え、それを純写生的に冷静に眺め写し出すという作風で、「三畳と四畳半」（明42・1）や「俳諧師」（明41・2〜9）の一部などには、同時代の田山花袋の「生」三部作に共通する自然主義的観照と同列に論じられ得る性格があった。

虚子の写生文乃至小説は、先ず純正な客観写生に発し、俳諧趣味がそれに加わり、更に虚構の要素をとり入れて小説化し、後人間中心の写生写実を目ざして自然主義的人間観に近接して行くという展開過程を示している。けだしホトトギスの文章家に可能なすべての形が各時期の虚子によって一応体現されたものと言えるかも知れない。

高浜虚子の僚友の中で、河東碧梧桐は、「げん〳〵花」（明38・4）「雪見」（明39・2）「帯地」（明41・10）など比較的純正な写生文の他は、この時期のホトトギスには寄せておらない。寒川鼠骨は作品の数は多いけれども小説としては見るべきものがない。いずれも虚子の小説制作に同じない態度の結果であったが、坂本四方太は、写生文小説の隆盛に異色な役割を演じている。実作の方面では、写生文「稲毛の浜」（明38・3）「蒲鉾の賛」（明38・4）の他、少年時代の回想記「夢の如し」（明40・2以降断続的に連載）が代表作であるに留まるが、三十七年までの写生文一般募集の立役者であったことや、三十九年以後、世上に喧すしくなった写生文論義にホトトギスの論客として参加し、写生文小説の擁護に努めたことなど、逸することができない。「写生文に就て」（明39・6）で先ず、写生文の本質を美術的記事文の一種とし、それは小説・戯曲の重要な構成要素であり、当代の「淫靡文学・ニキビ文学」の跳梁に対抗するものである旨主張した。「文章談」（明39・7）では、更に写生文と俳句の関係などにつき細説し、「源氏物語」こそが「写生文の最も完全に近いもの」なりとして、写生文の正統性を説いた。又、「文話之則」（明39・12）では、漱石の「文章一口話」（明39・11）を引き合いに出して「非人情」を写生文の要諦として提示し、「写生文に対する迫害」（明40・6）では、恐らく同年三月の『文章世界』誌上のシンポジウム「写生と写生文」中の自然主義評論家への反論として、写生文攻撃の論点を列挙して一々反駁を加えた、等々である。

子規直門の歌人である伊藤左千夫と長塚節は夙にホトトギスに写生文を寄せていて、写生文小説の勃興と共に自らも小説制作に踏み出した人々である。左千夫は、少年時代の回想を抒情的に叙写する一つの傾向と軌を揃えて、「野菊の墓」（明39・1）で成功し、節は、「芋掘り」（明41・3）で農村に材をとり、農民の生態を土の匂いがする程リアルに、しかもユーモラスな筆致で書いて新味を見せた。節のそれは、名作「土」（明43・6〜11『朝日新聞』）の前提をなすものである。彼らは虚子と並び称される大家であり、その小説についても比較的委しく従来から言われているので、ここでは細説を省く。

寺田寅彦（吉村冬彦）の作家的出発をめぐって、鈴木三重吉（『明治大正文学全集』第二八巻「小解」）が、次のように書いている。「写生文の叙写的態度によつて、最早く短篇小説を作り上げたのは、本集にもはいつてゐる吉村冬彦氏で、三十八年七月《ママ》に、第一作「団栗」を発表してゐる。」その「団栗」は三十八年四月号ホトトギスに、漱石の「幻影の盾」と同時に掲げられており、寅彦が文章に筆を染める端緒をなしたものである。彼の『藪柑子集』「自序」によれば、当時の漱石門の「さういふ空気に刺戟されて」書いたとされており、預つて漱石の力によるところが多かったのは疑いえないのであるが、三重吉も言うように、この作品の特性は写生文本来の「叙写的態度」にある。ただしその写生は、自然の景物にのみ向けられているのではなく、むしろ、死病に見舞われてしかも妊っている妻の苦悶の姿や、燃え尽きる寸前に燃え上るろうそくのような、妻のほんの束の間の喜悦の表情に向けられていることが、旧来の写生文から一歩進み出た新鮮味をもたらしているのである。殊に、道傍に散らばっている団栗を真剣になって拾っている病身の妻に注がれる筆者の眼には、冷静さの底に自らな情愛が滲み出ている。突き放すような客観写生の末にここには読者をして一つの情感に急激に誘いこむような一種劇的な展開が用意されてあるのである。それは作者の、人間への正確な、独特な認識の然らしめたものであろう。これは第二作の「竜舌蘭」（明38・6）でも同様であって、竜舌蘭の花を媒ちにしてかわされる、美人芸者と少年とのはかない一時の交感は、さりげない叙写の間に織り込まれていて、しかし読後に強い印象を残す。人間の日常の中に自ら生ずる劇が、作為的ではなくとらえられているのである。以後「嵐」(明39・10)「森の絵」(明40・1)「枯菊の影」(明40・2)「やもり物語」(明40・10)「障子の落書」(明41・1)「伊太利人」(明41・4)「花物語」(明41・10)などがつづき、これらは大正十二年に『藪柑子集』に纏められるが、初作以後さしたる作風の転換は見られない。早々に完熟を済ませた作家であったとすべきかも知らない。

鈴木三重吉が『千鳥』(「ホトトギス」明39・5)を書くに決定的な力を与えたのは漱石の勉励であったことは極めて有名な事実であるし、その作品の作法からして、「倫敦塔」の影響が明瞭であるが、三重吉自身は、寅彦の刺戟を強調している(「私を直接創作に刺戟した最初の作品は、実にこの「団栗」そのものであつた。」前掲「小解」)。

「千鳥」は、当時東大英文科の学生であつた三重吉が神経衰弱の療養のため、三十八年秋から瀬戸内海能美島に渡り、風光明媚なその地の風景写生を土台とし、心中に思い描かれた物語的な空想を書き綴った作品であった。渡島以前、級友中川芳太郎を経由して漱石に宛てた長文の手紙が漱石の心に留まったこともあって、能美島の三重吉の許には、度々、創作を慫慂する漱石書簡が送られている(たとえば、三十八年十一月十日付「君は島へ渡つたそうですね。何か夫を材料にして写生文でも又は小説の様なものでもかいて御覧なさい。吾々には到底想像のつかない面白い事が沢山あるに相違ない。」三十九年二月十一日付「君小説をかいたら送り玉へ。早く拝見仕りたい。」)。三十九年四月に至り、「千鳥」を書き上げた三重吉はこれを漱石の所に送った。漱石はこれを激賞し、直ちに虚子に回付してホトトギス五月号巻頭に掲げられる運びとなるわけである。この作品は漱石にデジケートするつもりで書いた旨の序文が、それに冠されている所以である。そのような私的な序文が、ホトトギス巻頭を飾り、更に「消息」欄でも虚子が、漱石からの私信の中で書かれた推薦の辞を紹介しているなどは、他にも野上八重子（「縁」）にその例があるが、雑誌編集上異例に属するのは言うまでもない。漱石の声望もさることながら、虚子の、写生文小説への力入れを印象づける事実でもある。

「千鳥」の発表される機縁は右の通りであつたにしても、その作品の出来上りは、「倫敦塔」よりも、「団栗」や「竜舌蘭」に近い。私見によれば、「倫敦塔」における、現実と幻想との交錯、幻想重視と現実拒否の姿勢は、そのまま「千鳥」の作者の学び、自らのものとしたものであったが、「倫敦塔」には更に他に鋭利な文明批判、人間憎悪があつて、「千鳥」ではかような要素が見られない。むしろそこには現実世界とは秩序を異にした、童心の夢のような純白な幻想と現実の人間を忘れてそこに耽溺する作者がある。これは現実との接触を断ったところに生み出された、影絵のような美の世界なのである。その美は精神の頽廃に堕さん許りの地点で成り立っている。その意味では「千鳥」は漱石には遠く寅彦の方により近い、というべきだろう。殊に、主人公の年上の女性との交情というプロットは、「竜舌蘭」のそれを吸収したものであろう。（柴田宵曲『漱石覚え書』によれば、三重吉の明治四十五年の作「氷」の、女子のセリフ、「これも大きい固まりね。お母さま。これもこれもみんな大きな固まりね。」は、「団栗」末尾の、亡妻の遺子の

「おとうさん、大きい団栗、こいも〳〵〳〵〳〵みんな大きな団栗」を模倣した跡歴然たりという。）

　三重吉の幻想的作品は、更にローカルな風土性を濃くして、爾後「山彦」（明40・1）「鳥物語」（明41・7）などがホトトギスを飾っている。それらのユニークな作者としての三重吉の生誕を告げる作品であったと同時に、この「千鳥」は、漱石の美的嗜好を強く刺戟して、「草枕」（『新小説』明39・9）成立に一役買った功を担ってもいるのである。

　三重吉と並び、漱石の強力な推輓を受けてホトトギスに登場したのが、野上八重子（後に弥生子）である。その「縁《えにし》」（明40・2）なる作品が初めて掲載されるに際しては、漱石から虚子に送られた推薦文（明四〇年一月十八日付私信）が、麗々しく冠されてある。漱石書簡集によれば右書簡の前日の日付けで、八重子作「明暗」についての精細を尽くした批評が本人宛書き送られており、漱石門下生の一人野上豊一郎（臼川）夫人たる彼女への関心が並々ならぬものであったことが、窺えるのである。「縁」は、祖母と共に栗むきの手伝いをしながら、十八歳の少女が、自分の美しい母親が、かつてその夫となる男と如何に深い縁で結ばれて居たかを、祖母の物語で知り、それと同様の強い縁が、如何なる男と自分を結びつけるのであろうと想像するという、情緒的な短篇であって、推薦文の中で漱石は、「明治の才媛がいまだ會つて描き出し得なかつた嬉しい情趣をあらはして居ます。」と評している。第二作「七夕さま」（明40・6）第三作「柿羊羹」（明41・1）いずれも漱石を経由してホトトギスに載った。その作風は「絵の如きもの、肖像の如きもの、美文的のもの」であって、「千鳥」の系に立つ。殊に「七夕さま」は幼馴染の学生に心を寄せつつも、その兄の許に嫁さねばならぬ運命を甘受した姉の哀しげな表情、思い詰めた暗い眼差を、それが何を意味するとも知らずに心に留めるいたいけな少女の筆つきで書かれた、淡い感傷の籠つた水彩画風の作品だが、いわば「セッパ詰つて居らない」叙写の中に、一つの「人生に触れた」味わいを残す。

上記推薦文によれば、漱石は更に「今の小説ずきはこんなものを読んでつまらんといふかも知れません。鰒汁をぐらぐら煮て、それを飽く迄食つて、さうして夜中に腹が痛くなつて煩悶しなければ物足らないといふ連中が多い様である。それでなければ人生に触れた心持ちがしない抔と云つて居ます。ことに女にはそんな毒にあたつて嬉しがる連中が多いと思ひます。大抵の女は信州の山の奥で育つた田舎者です。鮪を食つてピリ、と来て、顔がポーとしなければ魚らしく思はない様ですな。」とも言っている。自然主義に対応する読者の心理を批判し、ホトトギス流の八重子の作品の意義を主張しているのである。ここで言われていることにも関連することだが、漱石は八重子について、人情ものをかく丈の手腕はないが、非人情の作風に適しているとの評をも下している。漱石の八重子推輓はその線に沿ってなされたわけで、八重子自身がそれを如何に感じていたか。とも角、「海神丸」（大11）においてリアリズムを深め、「真知子」（昭3以後）の著者としては所謂同伴者作家的立場に立ち、戦中戦後の時期には「迷路」なる大河的社会小説を物すに至った、この女流作家の幅の大きさは、無論写生文プロパーには居ない。その変貌は漱石の思い及ぶところでもなかった。しかし恐らく処女作以後、例年数作はホトトギスに寄せている弥生子初期の精進ぶりが、その大成に益あること大であったことは疑いがなかろう。

写生文にはじまるホトトギスの小説家たちとしては、漱石を別にしてほぼ以上で尽くされたとしていいだろう。彼等の中で、虚子・碧梧桐・鼠骨・四方太は子規直々の教導に導かれて長年の写生文実作の結果として、写生文の究極の形式として、俳諧趣味に立つ小説、「逼らない小説」に辿りついた。左千夫・節も閲歴の長さはほぼ同様であるが、出自の関係もあり、その開拓した境地は、俳人たちのそれとはやや異なっている。寅彦・三重吉・八重子は、漱石の推輓を得て、写生文が小説に展開の歩みを進めた時期に、初めから小説作者として登場している。この三人はホトトギスの小説家としては二代目的存在とすべきだが、三十七年以前から写生文に筆を染めていた漱石門の野村伝四（「月給日」など）・野間奇瓢（「君塚の一夜」など）に比して抜きん出た佳作を物し得たのは、才能もあろうけれども、写生文の枠に縛られなかった所為でもあろう。

彼等の他にも野上臼川・安部太古生・大谷繞石・森田草平・中勘助・小川未明・加能作次郎らが、主として漱石との関係でホトトギスに執筆しており、ホトトギスがその作家形成に幾許の縁があったことは確かだが、その主要な舞台は他にあって、も早「出身」の呼称には値しない。

最後に、夏目漱石に於て雑誌ホトトギスの意味は奈辺にあったとすべきであろうか。「吾輩は猫である」が彼の小説家誕生の記念碑であり、「幻影の盾」（明38・4）「坊つちやん」（明39・4）

「野分」（明40・1）「文鳥」（明41・10）など初期の代表作はここに生みつけられた。いずれも長大頁を一挙に占めて各号の特別な呼物の扱いを受けている。長年の鬱屈していた創作欲が溢れ出るような時期に当った漱石の格好の活躍の舞台となったわけでもある。これはホトトギスの漱石に於ける大きな意味である。しかし以上は外的な意味にとどまる。ホトトギスの文学的性格が、漱石文学と内面的に交叉していることはなかったのであろうか。ホトトギスが漱石の小説を導き出すには、それだけの内面的つながりが両者の間になかったはずはないのである。それはつまるところ、俳句と写生文との漱石文学に於ける意義如何という問題に集約されるであろう。

俳句については、漱石は明治二十年前後から子規との交友を通じて自己内心の陰微なものの表現形式としてそれを鍛えてゆき、三十六年帰朝後の神経衰弱と家庭不和の時期には、「一時の鬱散」としながらも、その内面的危機の安全弁としてそれを活用していた。ホトトギス誌上での俳句の実作が、漱石の創作欲を一層高揚させ、小説の制作に際しても俳諧の持つ観照性や象徴性が大きく役立っていることは「草枕」などに明瞭である。就中、俳句の系として、明治三十七年八月号以後、ホトトギス誌上で試みられている「俳体詩」（虚子によれば連句を変化させた一新詩体で、名称は漱石に依るといわれる。）を重視したい。それは実際にはさしたる作品に熟するまでには至らなかったけれども、例えば三十七年十月号に紹介されている「なげし浮世に恋あらば／睡中などて詩なからん」に始まる作品の如き、『漾虚集』の短篇を思わせるものである。短小な俳句形式が、漱石の表現欲を満足させることが出来なくなった結果が、三十八年からの小説執筆であったとするならば、「俳体詩」はその、俳句から小説への一つのプロセスを示すものであつたとも言いうるのである。

写生文については、漱石自身は、小説以前の純正写生文に類するものを残していない。「倫敦消息」などはその時期のホトトギスに載ったものだが、「吾輩は猫である」の先蹤をなす一種の戯文体で書かれたもので、写生文体の片鱗すら見られない。ただ書簡集に頻出するように、ホトトギスの写生文についての精細な批評が漱石の詩魂と無縁だったはずはない。自らは物しなかったけれども、写生文小説の秀作が、個々に、自らの作品執筆に示唆を与えたことはあった。「千鳥」が「草枕」の前提となったことは有名だが、「石棺」と「幻影の盾」とのつながりなど考えられてもいいと思う。更に、四十年初頭に書かれた「写生文」なる評論で示された、「大人が子供を視るの態度」が、写生文の作者の心的状態をなすとする議論を骨子とする漱石の写生文観は、すでに「草枕」で定位した非人情なるものが、写生文の本質を漱石流に吸収して出来上った文学的方法であることを意味している。「草枕」は、その材料のえらび方、対象への接近のし方など、写生文の要素を大幅にとり入れて成った作品である。

漱石には、「破戒」(明39・3)の持つ、対人生の真摯な姿勢、社会問題への接近に共鳴して、自らも「野分」を書くような傾きがあって、それは他ならぬ最も漱石的な精神の一つであるが、他面で、自然主義の本能満足的傾向、暴露趣味に反撥して、それとは対照的な厭味のない、平々淡々たる写生文の美風を愛することも強かった。「野菊の墓」「千鳥」「夢の如し」などへの極端な賞賛は、かような境涯への漱石の憧憬（彼自身としては終始憧憬する以上には進み得なかった故に、それは強烈な憧憬だったと思う。）に発するものであった。

師としての漱石——「漱石山脈」に触れつつ

いわゆる漱石門下生の裾の広がり、漱石に直接師事した人々が後代に果した教育者的機能によって形造られた多様な人的系脈に着眼して、本多顕彰氏が「漱石山脈」（『新潮』昭21・5）と呼んで以来、その語は、漱石の存在の大きさを印象づけるものとして通用してきた。そして本多氏がそこで、漱石門下の人々がついにその師の「峰」を凌駕するどころかそれに迫ることすらできなかったことを指摘して、「漱石山脈は結局死火山」と結論したのに対応して、この語には一種否定的なニュアンス・悲哀味がまつわっており、その後同題を冠して書かれた奥野健男氏や畑有三氏[*1]の文章でも総じて言って、「師としての漱石」は「弟子」である人々に、少なくとも文学上有効なはたらきを残し得なかったとする論調が支配的なのである。

奥野氏はたとえば「漱石の呪縛」という語を用いて、鈴木三重吉・森田草平について次のような想像をしてみせている。——「ぼくはこの二人が漱石に近づかなければ、三重吉は浪漫的唯美主義者として、泉鏡花や谷崎潤一郎ぐらいの、草平は実践的自然主義者として、岩野泡鳴や有島武郎のような仕事をしたと思う。彼等は漱石の鋳型にはめられ、その特質をすっかり失ってしまった犠牲者といえる。」――畑氏もまた同種の論理の活用によって、野上弥生子を「漱石を受け継ぐ文学者としては……第一」とする判断の拠り所として「陶酔的であるよりどちらかといえば観照的、内省的な弥生子の資質が、漱石の過度の影響から彼女を保護することに役だっていた」という見解を示している（引用文のうち傍点は引用者。以下も特に断らない限り同前）。いずれも文章の主意は、漱石の人と文学の孤立性とその高さを強調するところにあるのは明瞭なのではあるが、右に引く限りにおいて両者とも、いわば結果論に堕していて、結局のところ小才のきいた弁舌にとどまっているという印象が強いのである。該問題について必要なことは、常識的ではあるけれども、一つの時代の中で一個の人間が特定の他者を師とするという行為の意味についての身銭を切った考察である。そのために臨場的に漱石を中心とした人間関係の各個に立ち入ってそこにはたらく力学を把握することである。ここで私はその試みの一つとして、明治三十八年からの二ヶ年間の時期の、「師としての漱石」とその弟子たちに、従前と幾分ちがった視点に立った考察をしてみるつもりである。

『吾輩は猫である』『倫敦塔』がはじめて発表される明治三十八年一月の時点で、漱石門に参じていた弟子筋の人々は、松根東洋城・寺田寅彦を別格として、野間真綱・皆川正禧・中川芳太郎・野村伝四らである。このうち松根・寺田がそれぞれ松山中学・五高（熊本）での師弟関係が上京後再開されて当時に至っているのに対して、野間以下四名との縁は、東大英文科での教師と教え子の関係である。更にその中、学究肌の皆川・中川に比して、俳句・俳体詩・写生文に意欲を示していた野間・野村に対して漱石が一段のコミットをしているのは、たとえば書簡集明治三十八年の項を見ると分明するのである。岩波版全集によれば、この年、野間宛書簡は二十五通、野村宛のそれは二十七通で、皆川宛七通、中川宛八通（因みに松根宛は一通もなく、寺田宛は五通である）と、数の上でも明瞭な対照をなしているが、記述内容は彼らに対する漱石側の姿勢を反映してより一層のコントラストをなしているのである。

猫伝をほめてくれて有難いほめられると増長して続篇続々篇抔をかくきになる実は作者自身は少々鼻について厭気になつて居る所だ読んでもちつとも面白くない陳腐な恋人の顔を見る如く毫も感じが乗らない。

（一月一日付野間真綱宛）

只今学校の帰りに七人を買つて二階の男をよんだ。サラ〱トよくかいてある。強いて非難をすると一篇の山がない。まとまりがわるい様だ。然し中々名作だ。大にやり玉へ。

（二月十六日付野村伝四宛）

倫敦塔の御批評難有候実は稿を草する折は多少逆上の気味にて自分でも面白いと思候処脱稿の上通読したらいやな処が多く且今一いきと云ふ所で気が抜けて居る様で我ながらいやに成つて居たのです。然る所本日奇瓢先生から半紙をくれて大変ほめてくれたので又少し色気が出た処へ君の端書が来たものだから当人大得意で以前の逆上に戻りさうに成つて来ました。

(一月二十日付皆川正禧宛)

手紙を頂戴難有拝見しました其後君は大分勉強の由結構です何もする事がないとか外に面白い事がないと勉強するものだから学者になるには君の様な境界が第《ママ》番よいと思ふ。交際が多かつたり女に惚れられたりして大学者になつたものはない。

(七月十六日付、在名古屋中川芳太郎宛)

右のうち、野村宛のもののみ、はがきの全文で、他は比較的長文のものの一部を引用してみたのだが、勿論この対比が最も適切とは言い切れないけれども、四者それぞれにあてられた他の書簡の記述内容を代表する特色は出ているはずである。

幾分内気で神経衰弱気味でもあった野間に対しては、彼から寄せられた漱石の小説への誰よりも逸早い反応に存分に応じて自らの内面を思い切り開いてみせる。右の一文の他『倫敦塔』『まぼろしの盾』などについて野間宛に書かれた一月十九日付や二月九日付のものも良くひかれるが、一月十五日付で、「昔し大変な罪悪を冒《ママ》して其後悉皆忘却して居たのを枕元の壁に掲示の様に張りつけられて大閉口をした夢を見た。何でも其罪悪は人殺しか何かした事であつた。」と書きつけるなど(この一節が、後の『夢十夜』第三夜のモチーフに対応するのも興味深いが)、心内の深所をたちわって示すといった、かかわり方で印象づけられるのである。又、すでにホトトギス誌上で幾篇かの写生文を物し、同人誌『七人』に参加していた野村に対しては、彼が恐らく漱石に対して示したであろう濶達・明朗な態度に応じて、忌憚のない意見を述べる体である。右引用に示された「二階の男」（『七人』明38・2）の他、「月給日」（『ホトトギス』明38・4）、「垣隣り」（『ホトトギス』明38・7）、「亀」（『帝国文学』明38・7）、「下駄物語」（『帝国文学』明38・11、12）、「浴場スケッチ」（未発表のまま散佚）などに対する懇切かつ厳格な批評が、以後野村宛書簡に書きとめられてある。六月二十七日付の長文の手紙などにうかがえるのは、野村が自作「垣隣り」をめぐり、『ホトトギス』主宰の高浜虚子の意見に不満を表してきたのに対して、虚子に親炙し畏敬を寄せている立場で、天狗になりかかった野村を警める風のきびしい対応の仕方であるが、それもまた、野間同様、自己の周辺に居て文業に励む弟子へのやはり深甚な関心がなくて叶わない筈である。

　以上二者への対応にくらべると、皆川宛のものは幾分慇懃な口調の分だけ通り一遍だし、中川に対しては「学者」として距離を置いて偶する姿勢が見えている。これは、この期の書簡のあちこちに散見するように、「学校の講義より猫でもかいて居る方がいゝ」（四月七日付大塚保治宛）といった風な心境とパラレルに考えられる現象で、学究生活の憂鬱の中から創作の途に自ら展望を求めつつあった漱石が、その保証を弟子たちとの対話を通して確かめて行くというプロセスが示されているというべきだろう。ややトリビアルな点にわたるが、野間と皆川に、前者は猫連作の理解者として、後者は倫敦塔系統の支持者として役割を振り分けていることも興味をひかれる。そのような半分意図的な対立的構図は、野間と野村との間にも感じられ、恐らく内省的で引込思案の野間の心性に対応させて漱石は自作をめぐる多分に内面的な苦悩を語るのだし、陽性の野村には、他者への攻撃的な批評精神によって対応して見せるのである。これらは常に二つの極性の中に身をおき、それを自ら問いなおしながら姿勢を作り出して行く、という漱石の精神の端的なあらわれであろう。

勿論この「役割」とか「対立的構図」とかいうことは、漱石が関わる青年たちの資質やその志向と無関係に行なわれる筈はなく、相互的な運動の中から、次第に形成されて行ったのである。それにしても川嶋至氏が言うように、これらの相当に立ち入った相互干渉を示す書簡集の中に「漱石の人格や品性を疑わしむるようなものは一通もない」（江藤淳編『朝日小事典　夏目漱石』のうちの項目「書簡」）というのは驚くべきことである。川嶋氏は、そこに漱石による「隠蔽」、弟子たちによる「隠蔽」双方の可能性について推測を留保しているが、私の判断によればそれは杞憂である。ただし漱石は自らがかかわる相手にふさわしい人格になってそこでは多分に演技をしていたであろうが、これを「隠蔽」と呼ばないならば、である。さしずめ漱石と長年にわたり交渉を持った弟子たちは、自分自身を一方の当事者とする関係の劇に漱石とともに振り分けられた配役を引き受けた人々なのであって、それを「漱石の鋳型」（奥野）、「過度の影響」（畑）と感ずるならば人々はそこから立ち去ることもできた筈だし、同時に漱石の側もそこから立ち去っただろう。漱石と弟子たちとの関係は常に双務的なものであった。

漱石の周辺に小宮豊隆・鈴木三重吉・森田草平の名があらわれてくるのは、この三十八年も秋以降のことである。これらの門人たちの登場は前記した野間・野村の場合と異なって、漱石が教師兼業ながら、小説家としてすでに特色ある仕事を数点以上果している時期にあたっており、つまり小説家漱石のイメージが幾分かは彼らをそれぞれに惹きつけたということである。もっとも草平のように、「病葉」なる自作の掲載されている雑誌（『芸苑』明39・1）を持参して批評を乞う、という接近の仕方と、三重吉のように、中川芳太郎を介して漱石賛美の「一大手紙」を呈するというアプローチと、それぞれに意味は異なるだろうし、この二者に比して、従兄で漱石留学生活中の旧知にあたる犬塚武夫の紹介で直接訪問してくるという小宮豊隆の場合は、世間的良識に従った応接というニュアンスが強いだろう。しかしいずれにしてもこの三者がすでに大学の教室において漱石を聴講しつつ、その小説書きとしての出発を目のあたりにして、自らの中にも動いていた詩心に反響するのを覚えて、他の誰よりも急速に漱石に近づいたことは共通しているわけで、このいわば機敏な対応は彼らを、木曜会開設（明39・10・11）以後の、漱石門の主要メンバーたらしめた要因の一つをなしたのである。

この機敏ということについては、漱石を当時置かれていた場所に置き直して考えてみれば分かるように、それは偶然の好機をとらえるカンとか、或種の演技力とか、他とちがって彼らに備わった独特な自己顕示性とか、その種のキャラクターに発したものであることを見落したくない。

野村伝四・中川芳太郎・森田草平らと同様東大英文科の三十九年の卒業クラスであった二宮文

雄は、当時、「ポヘチックなもの」を扱う上田敏講師と「プロゼイック」な材源を好んで講義にとり上げた夏目金之助講師とのコントラストが、学生間に「上田党」と「夏目党」の分極を作り出したということを述べた上で、「勿論夏目党の一人」であった自分が、漱石の門をくぐらずに過した理由を、次のように記しているのである。……「当時の学生気質として、先生に最も接近し得る私宅訪問と云ふ事は、卑怯な手段であるかの如く考へられ、薫陶は学校だけで受ける可きものと思つてたからで、……」（「大学の講師時代」『漱石全集』決定版月報第十六号、昭4・6）。そこでは、漱石家に鮭を一匹持ちこんだために大に「物議を醸した」学生の例などもあげられており、これとの比較で見ると三重吉や草平の振舞は公にされたら一層の「物議」をかもしたことと想像されるわけであるが、いずれの場合もそのこと以上に漱石の側の彼らへの関心が昂まったことが正に幸したということになるのであろう。二宮の言が示しているように、師はまず弟子によって選ばれるのであり、決して師の側が弟子を選ぶのでない。しかし漱石なる師は選ばれた後に自らを選んだ弟子たちにそれぞれの持味に対応した自己の像を作り出して示す。これは前節でも記した通りだが、三重吉・草平の両者に対する漱石の、殊に明治三十九年の対処の仕方の中に、それを見るのである。

三重吉に対してはその「一大手紙」を運んだ中川芳太郎にあてて書いた明治三十八年九月十一日付の有名な書簡に、「元来人から敬慕されるとか親愛されると急に善人になりたくなるものだ。」ということばが書きつけられてあり、また休学して広島に帰省した三重吉からの手紙への最初の返信には、「小生も大学を一年休講して君と一所に島へでも住んで見たい。」（明38・10・12付）とすでに心中に動いていた心境に、三重吉向けの潤色を加えたことばを書き記している。三重吉自身に振り付けた役割が端的に示されるのは十一月十日付のもので「君は島へ渡ったさうですね。何か夫を材料にして写生文でも又は小説の様なものでもかいて御覧なさい。」という率直な形でまず示される。この注文が更なる力入れの加えられた結果、「千鳥」（『ホトトギス』明39・5）となって応じられ、それを「傑作」（明39・4・11付）と評価した漱石の側から、三重吉のもたらした美的観照のモチーフを包みこんだ『草枕』が提示される経緯は有名なので細説に及ばないだろう。[*2]

草平についても、夙に「病葉」読後感として書かれた最初の手紙で、人間の「裏面の消息」に関心を向けるその文学上の発想に注意を払い、「書物の上か又は生活の上で相応の源因を得たのでありませう。」（明38・12・31付）と草平の生活・教養両面の特色に顧慮を与える形で、彼に振るべき役割を暗示しているのである。草平が爾後（多分にその役割を自負しつつ）、漱石の許に自己を囲繞する苦境（その生れ育ちや風土的なもの、田舎の母親や妻及び恋人との確執など）に関する告白を運びこむ一方、大陸文学の新傾向を漱石に注ぎ入れるべく努めるようになることもすでに多くの人々が注意している通りである。[*3]草平に対する漱石の関与のあり方で特徴のあるのは右にふれた最初の手紙で、「美しい愉快な感じがない」と判定した「病葉」に対して、「伊藤左千夫の野菊の墓」を、その感じがある作品として提示していることに端的にあらわれているように、常に草平の持味と対比的なものに注意を向けさせる配慮をしている点で、この配慮を草平自身は後に「先生のいつもの親爺逆《アンチテーゼ》ぶり」(『漱石先生と私』)と呼ぶようになるのだが、つまり漱石は草平の中に自己の内側にもあった発想の一方の極性を読みとっていて、そこに他の極性を介在させることが、その持主を肥えさせることを信じていたのである。

その結果、恐らく三重吉による「千鳥」完成の前後から、漱石の中に、草平と三重吉を互いに対峙させる心理的構図が造られる。それが端的には森田草平宛十月二十二日付、鈴木三重吉宛十月二十六日付(二通)のいずれも長文の手紙となって残されてあるのである。草平にあててはその傾向を「露西亜主義」と呼び、「サボテン趣味」なるものを対置させる(草平の『漱石先生と私』によると、「サボテン趣味」は『草枕』の観海寺の夜の情景描写から「暢気な、いはゞ浮世放れした気分」を坂本四方太がかく名付けたのが先蹤という)。三重吉にあてては「オイラン憂ひ式」なるものをその文学的志向の特色として抽出し、「イブセン流」を対置させる。この後者の方で、「僕は一面に於て俳諧的文学に出入すると同時に一面に於て死ぬか生きるか、命のやりとりをする様な維新の志士の如き烈しい精神で文学をやつて見たい。」と強調し、前者の方で「こゝに於て僕はサボテン党でも露西亜党でもない。猫党にして滑稽的+豆腐屋主義と相成る。サボテンからは芸術的でないと云はれ露西亜党からは深刻でないと云はれて、小便壺のなかでアプアプしてゐる。」と述べているように、この草平対三重吉という心理的構図は、来るべき新しい文学的境涯を模索する漱石自身の内部の運動と重なりあっていたものなのであった。

この三十九年秋は、漱石の中で新しい「文学者像」の獲得を最大のモチーフとする『野分』の構想がすすめられていた時期である。『野分』は、孤高の文学者白井道也の周縁に二つのタイプの文学青年を配置することによってそのプロットが造られている。拘泥派で深刻趣味の青年高柳周作に森田草平の「投影」を見、「美的ナ事許リヲ好ム」審美派の中野輝一の、「一面のモデル」として三重吉を挙げる見解（『日本近代文学大系25　夏目漱石集II』補注二四五）に対してはすでに早く和田謹吾氏の批判を蒙ったことがあるのであるが[*4]、『野分』が、漱石初期における文学的方向を選択するためのはげしい運動の結実として考えられる限りにおいてその運動の一翼を担った、これら弟子たちとの関わりが和田氏があげる大塚楠緒子との「原体験」なるもの以上に、本作の重要な作因となっていることは明らかであろう。

昔しの書生は、笈を負ひて四方に遊歴し、此人ならばと思ふ先生の許に落付く、故に先生を敬ふ事、父兄に過ぎたり、先生も亦弟子に対する事、真の子の如し、是でなくては真の教育といふ事は出来ぬなり、（中略）余は教育者に適せず、教育家の資格を有せざればなり、其不適当なる男が、糊口の口を求めて、一番得易きものは、教師の位地なり、是現今の日本に、真の教育家なきを示すと同時に、……

かつて松山に中学校教師の職を奉じた際、漱石の書いた「愚見数則」冒頭の数節であるが、ここに示されるように、漱石が教師であることの困難さと、自らの教師としての不適格性を自覚していたことは明らかである。しかしこの文章じたいが一つの教育論の形をなし、人間精神の陶冶を教育の最大目標と定める見地で貫かれてあるように、漱石が夙に「真の教育家」＝「人生の教師」として自ら擬するところがあったことも確かである。漱石は、自分自身が抱えこんだ問題を忠実に悩み且つ生きることによって、自ら擬した「真の教育家」のあり方を可能な限り示したのであって、その姿勢は、白井道也像の造出に托された後もたとえば『こゝろ』における「先生」の造型に刻印されてある。問題はかかる「師としての漱石」に拘わった弟子の側の帰趨であるが、本稿ではついにそこまで及ばなかった。しかしここで扱いえた人々に関しては、彼らが漱石との出合いを真摯に生きた限りにおいて結果の本意不本意にかかわらずそれ自体が一つのかけがえのない価値であったと私は思うのだ。

〔注〕

＊1　奥野健男「漱石山脈」（伊藤整編『近代文学鑑賞講座　第五巻夏目漱石』収、昭33・8、角川書店）、畑有三「漱石山脈」（吉田精一編『夏目漱石必携』収、昭42・4、学燈社）。

＊2　安部博雄「『千鳥』と『草枕』」（『国語と国文学』昭23・8）が特に委しく、私も「『草枕』試論」（『古典と現代』22）で若干の分析を行なった。

＊3　小島信夫『私の作家評伝Ⅰ』（新潮選書、昭47・8）など参照。

＊4　和田謹吾「『野分』の構図」（『言語と文芸』75、昭46・3）。和田氏はここで「モデル論」として私の見解を概括し、「ここまで来て『野分』の問題は迷宮に入ってしまうのではあるまいか。」と記している。モデル論が作品分析を「迷宮」に導くという趣旨は全く同感なのだが、和田氏が「原体験」なる新規のモデ

ル論の方に論をすすめたのは如何か、この和田論文が小坂晋氏らの恋人論議の誘い水となったものだけに、未だに割り切れないのである。

書簡の中の漱石

漱石遺墨の集大成をねらいに据えた『漱石遺墨集』の中でも、「書簡篇」は他と大いに異なる特色を持つとせねばならないだろう。「書蹟篇」「絵画篇」は、文人としての漱石の趣味乃至余技であったにもせよ、とにかく不特定多数の鑑賞者を予期して作られた作品の集成であり、その要素をなす一つ一つは鑑賞の対象として長年月の間保持され玩味されてきたものといって良いのである。しかるに「書簡篇」を構成する一つ一つの書簡はその本来の機能として作品ではなく、それぞれ特定の相手に向けて固有の目的をもって書かれたものに他ならず、宛名人の読了によってその機能は終結するし爾後遺却して顧みられないのが常であるところの存在にすぎない。

尤も以上のことは書簡が作品を制作するふうには成立しないというごく基本的な一面を指摘したにとどまるのであって、それが書簡としての本来の機能、即ち実用的機能を了えた後にも作品が我々に働きかけるのと相似た鑑賞的機能を持つことを妨げるものではない。実際、漱石の書簡がまずその宛名人の愛着乃至愛玩の対象となり、やがて宛名人以外の人々ひいては後世の我々の心を惹き心を動かすようになったのは、それ自体が懐抱しているところの鑑賞的機能、つまり魅力に由来するのである。漱石書簡の魅力の第一はそれが毛筆によって書かれてあることつまり墨蹟としての魅力である。書家としての漱石の力量の評価は本集のうち「書蹟篇」に譲るが、各期各宛名人そしてそれぞれの内容に即して綴られる書簡の墨蹟は、筆者漱石の精神の運動それ自体を示すものとして何物にも替え難い魅力を形造っているのである。若年の子規宛はがきに見るやや稚拙ながら躍動味のある書体、殊に図版四と五、実家を出て下宿をする経緯を報ずるはがきの不安と緊張が表にあらわれた筆のはこび、それらはそれなりに味のあるものであるが、これをたとえば野間真綱宛（図版一四）の、原稿用紙にサラサラと書き流された書体に比較してみると、生涯の危機的状況を突き抜けてやや明るい展望が開かれつつあった時期の筆者の心境のひろがりが感得されるはずである。図版三五の藤岡作太郎宛と図版三七の高浜虚子宛の二通の書簡は透かし絵入りの瀟洒な用箋によるものだが、それぞれの枠に合わせた書き流し風ながらやや凝った書体がうかがえるだろう。一般に三十九年以後の書体は暢達でかつ次第に独特な筆の運びを見せはじめる。その際高浜虚子はじめ村上霽月（図版二八）高田蝶衣（図版四一）ら俳人に宛てたものは洒脱に、坪井九馬三（図版二七）ら学者に宛てたものは正確な運筆に意を払う如くに書かれるのは、相手の身になって書くという漱石書簡の定法のあらわれで、この点は門下生に宛てたものが最も自由自在な書き振りで印象づけられるのと軌を一にしている。殊に小宮豊隆宛で幾分の戯筆めいた筆致をきかせている（図版四五や五二）のが両者の関係の一側面として留意されるであろう。

夏目漱石の書簡が宛てられた人の心をうち、我々をも感動させる理由の一つはそれらの多くが書きたくて書いた書簡であって義理で書いた書簡ではないこと、義理に発したものであっても心を打ちこんで書いた書簡であるということだ。たとえばその恩恵を最も多く蒙った人の一人森田草平に宛てた明治三十九年一月八日付の長文の書簡を漱石は次のように書き起こす。

啓、長い手紙を頂戴面白く拝見致しました。御世辞にも小生の書翰が君に多少の影響を与へたとあるのは嬉しい。夫程小生の愚存に重きを置かれるのは難有いと云ふ訳です。小生は人に手紙をかく事と人から手紙をもらふ事が大すきである。そこで又一本進呈します。

前年暮はじめて自宅を訪れた草平への逸早い打ちこみぶりは、その習作「病葉」掲載の『芸苑』一月号を受けとった直後に書いた明治三十八年十二月三十一日付（図版二二）にも窺われるのであるが、その最初に書き送った「小生の書翰」が草平の心にひき起こした反応を率直に喜び、自らの手紙好きを自認してみせた上で書きおこすのである。実際この書簡で伊藤左千夫の近作「野菊の墓」に展望を与え、それとの対比の中で「病葉」への更に深い批評を述べる筆使いは、自ずと思念の儘に動いていき、末段自らの弁に耳傾けている草平に向かって彼の最大の関心事を力を入れて説くという所まで進む。「大すき」で書いているということに微塵のケレン味も残さない。この書簡で云う「大すき」を証し立てるように、二日後の一月十日付でより長文の手紙が草平宛書き送られている。特に新しい話題が加わったわけでもなくただひたすら草平が持ちこんだ問題に対して反応するままに書かれているのであって、これが草平の深い感動を惹起して行く様は、草平が後年に書く『続夏目漱石』に刻まれてある通りだったろう。本巻採録の図版二六、同じく草平宛の二月十三日付書簡がこれに次いだもので、これまた同日付の第二の手紙を伴ってあり、いずれもが漱石自身の問題を吐露しつつ相手に激しく働きかけて行く体の書簡となっている（釈文解説参照）。この「手紙をかく事と人から手紙をもらふ事が大すき」だから書いた書簡、つまり「もらふ事」と「かく事」が相渉り合う書簡は、この作家的出発をとげて転換点を模索しつつあった時期（明治三十八年後半から三十九年にかけての時期）にいちばん多く書かれている。その時期森田草平宛と等しく質量共に優れた書簡が書かれたのは鈴木三重吉宛であって、この方は三十八年秋から休学して郷里に帰った三重吉の状況に適合させた一種慰藉のやさしさをこめた調子が特徴として感じられる。

小生も大学を一年休講して君と一所に島へでも住んで見たい。

（明治三十八年十月十二日付、図版一九）

広島といふ所はどんな所か行つて見たい。広島のものには僕の朋友が少々ある昔は大分つき合つたものだ。

（明治三十九年二月十一日付、図版二五）

総体が活動して居る。僕が島へ遊びに行つて何かかゝうとしても到底こんなには書けまい。三重吉君万歳だ。

（明治三十九年四月十一日付、三重吉の処女作「千鳥」を批評して）

「千鳥」を書くことを慫慂しつづけるとともに「千鳥」の如き幻想と情趣を漂わせる作を書き得る環境に憧れる思いが吐露されるのは、単に病気療養中の三重吉への慰めの技巧ではないだろう。おそらくそれは、「吾輩は猫である」で出発をとげると同時に「倫敦塔」以下幻想的モチーフを持つ作を書き継いできた漱石自身に内在する志向の投影なのである。これは森田草平宛書簡の中で「破戒」評が行なわれたり（四月一日付）「コンフェションの文学」（二月十五日付）が論じられたり、「草枕」の非人情の美学的分析が試みられたり（九月三十日付）するのと同様な意味を持っており、つまりは漱石が自らに内在するものをそれぞれにちがった半面において三重吉と草平の中に見ていたことが、殊にこの両者に対して文勢の熱っぽい書簡を書かせる原因だったのであろう。この点三重吉と草平の二人は漱石門下の中で、漱石の文学的展開を卜するという特別な機能を、少なくとも明治三十九年の書簡の中では持っていたといえそうで、この点は先輩門下生の寺田寅彦・野間真綱・野村伝四らの人々それぞれに同輩の代表格小宮豊隆と彼らとを画する境目だったとまずはいってよろしかろう。後四者に対しても漱石は明らかに「大好き」で書いている。まずは暢達だしお巫山戯を適宜交え、思い切り気さくな書き振りである。

然し僕の猫伝もうまいなあ。天下の一品だ。十銭均一位な所にはあたる。……時に続々篇には寒月君に又大役をたのむ積りだよ

（明治三十八年二月十三日付、寺田寅彦宛）

正は勝たざるべからず、……（中略）試験はしらべざる可からず。人世多事。

（明治三十九年六月二十三日付、野村伝四宛、図版三〇）

一般にこれら作家的出発以前の門下の人々と小宮豊隆宛の場合、軽口頓才の類が頻発される傾向があり又野間真綱宛（図版一四、前引）に見るように筆使いも軽く走りぎみである。これはこれらの人々への漱石の側の気安さ（それは作家として見られている意識の稀薄さに因るであろう）の端的かつ直截のあらわれと見える。しかしそれだけに草平・三重吉に対する時のような、相手の世界に時にのめりこみ、そこに自分自身の文学的課題を投影して未来の選択を自らに迫るといった熱っぽさ、激しさには欠けるのである。

思えば漱石の明治三十九年は生涯でも最も活動的な一年であった。「吾輩は猫である」の『ホトトギス』連載が好評裡に運びやがて大尾を迎える一方『漾虚集』の刊行がすすめられ相前後して「坊つちやん」「草枕」の人気作が発表される。多彩な作家としての名声が喧伝されるにつけて漱石の中では、未来に来るべき文学的コースの選択が緊要な課題として強く意識されるようになった。非人情美学への蠢動（「草枕」）、文明の革命（「二百十日」）を目ざす理想的人物像の形象化、そして人格論（「野分」）の試みと、それらを動かしているのは、漱石内部の課題意識であった。端的に、教師と作家の二本立てで行くか作家専業の道に就くかということについても、思いをこらす機会が多くあった。時あたかも勤務先における英語試験委員辞退問題（図版二七、坪井九馬三宛書簡参照）が起り、狩野亨吉による京都帝国大学文科大学講座担当の慫慂や読売新聞文壇担当の勧誘（図版四〇、滝田樗陰宛書簡参照）があって漱石の心境は揺動し続けたことが察せられる。

この社会的ステイタスをめぐる揺動は、翌四十年三月の朝日新聞入社によって終止符をうつわけであるけれども、それが漱石内部の文学的課題に投影した結果が、主に門弟たちに宛てた書簡の殊に三十九年十月ごろのもの（図版三七、高浜虚子宛、図版三八、野間真綱宛、及び図版三九、森田草平宛にその一部の露頭がある）に見える慷慨的言説となって現われ、ひいては「野分」の制作（それは市井の文学者白井道也像の構築に焦点のある作品である）として結晶するのである。この漱石内部に胚胎しつつあったいわば第二の作家的出発期に当たり、その精神の揺れが前記したように森田草平と鈴木三重吉にあてて放出されてあると言うことができよう。三十九年の漱石が他者に働きかけ、その働きかけの中に自己像を模索したことを端的に示すデータとして既発表（本遺墨集第五巻に初収録の七通を含む）の書簡数を挙げるならば、三十七年六十六通、三十八年百三十五通に対して、この年は二百四十二通に達しているのである。これは翌四十年に、新聞社入社による交際範囲の拡大を背景としてやはり二百四十二通が記録されてあるのと肩を並べる数値である。

前節で述べた、自己の問題を他者の内側に見出して書簡の形で放出するというあり方は、勿論この時期だけのものではなかった。この時期は草平と三重吉という好個の対象を漱石は若き世代の中に見て、そこに心的架橋を試みたのであったが、夙にその青春期に於ける正岡子規との交友は、両者の書簡を通してあかし立てられるかぎりにおいて、類稀な人間劇を、即ち拘り合う二人の相互的な自己発見のドラマを、我々に表現し伝えるものとなっている。

今日は大勢罷出失礼仕候然ば其砌り帰途山崎元修方へ立寄り大兄御病症幷びに療養方等委曲質問仕候処同氏は在宅乍ら取込有之由にて不得面会乍不本意取次を以て相尋ね申候処存外の軽症にて別段入院等にも及ふ間鋪由に御座候得共風邪の為めに百病を引起すと一般にて喀血より肺労又は結核の如き劇症に変ぜずとも申し難く只今は極めて大事の場合故出来る丈の御養生は専一と奉存候（中略）生あれば死あるは古来の定則に候得共喜生悲死も亦自然の情に御座候春夏四時の循環は誰れも知る事ながら夏は熱を感じ冬は寒《原》を覚ゆるも亦人間の免かる丶能はざる処に御座候得ば小にしては御母堂の為め大にしては国家の為め自愛せられん事こそ望ましく存候雨フラザルニ牖戸を綢繆ストハ古今ノ名言に候へば平生の客気を一掃して御分別有之度此段願上候

to live is the sole end of man!

五月十三日　　金之助

帰ろふと泣かずに笑へ時鳥

聞かふとて誰も待たぬに時鳥

正岡大人

梧右

（下略）

これは「漱石書簡集」巻頭の最古の書簡である。明治二十二年五月九日に初めて喀血した正岡子規を、十三日常磐会宿舎に米山保三郎、龍口了信とともに見舞って帰宅した後書いた慰めの手紙であって、末尾書きつけられた二句の俳句は漱石俳句の最古のものとなるのである。この三年程前の明治十九年、共に第一高等中学校予科学生であった子規と、漱石は交友をはじめ、爾後、正岡子規の詩文集『七艸集《ななくさ》』（二十年〜二十二年）を見せられて「七艸集評」として九首の七言絶句を書き送るのが、この二十二年五月も二十六日のことである。この七絶九首に初めて「辱知漱石妄批」と漱石の号を用いていることの他、これが漱石の創作欲を刺戟して九月、この夏の興津旅行を材とした漢詩文集『木屑録』を脱稿、今度は子規の評を得るなど、この第一書簡の前後は、両者の交友とそれぞれの文学的旅立ちにとって誠に記念すべき時と言うべきであった。

爾後、第一高等中学校本科学生、東京帝国大学文科大学学生、そして子規の退学（明25・7）と新聞『日本』への入社、漱石の卒業（明26・6）と大学院入学と双方の人生の閲歴が重ねられる中で、両者の交渉は次第にその深さと重要さを増して行くのである。明治二十六年二月二十日付（全集書簡番号三〇）に至るまで、全集未収録の採録はがき図版四、五を加えれば都合三十二通の子規宛書簡が、漱石書簡集の最初期を完全に独占しているのは、子規が、漱石と同様に「手紙好き」で、それを保管したり又、随筆『筆まかせ』に来信を記録しておいたりした結果であって、これは漱石と子規との密な交友を探るに貴重な意味を持っている。この間たとえば明治二十二年十二月三十一日付に記される文章論は、子規の修辞好みに対して、漱石の「『オリヂナル』

の思想」中心の立場が示され、それを次いで明治二十三年一月付（日時不明）では「別紙文章論」が付載されその立場を分析的に説く『文学論』スタイルで論述される。また明治二十三年七月二十日付や、同年八月九日付、同八月付（日時不明）では連続して、青春期らしい女性への関心や、厭世的気分が訴えかけられる。更に明治二十四年四月二十日付では「狂なるかな狂なるかな僕狂にくみせん」と詩文調で書きおこした上で、「君の詩文を得て此の如く数多の感情のこみ上げたるは今が始めてなり（中略）只此一篇狂気爛熳わが衷情を寸断しわが五尺の身を戦栗《原》せしむ七草集はものかは隠れみのも面白からず只此一篇……」と子規の「一篇」（不明）の評価に託して「狂」（霊感）なる発想の文学的意義を強調する。そしてこの年七月八月にかけての五通の書簡（その中七月二十四日付「御返事咒文」のはがきは本巻採録図版一）の中では、眼医者で遭逢した「可愛らしい女の子」（七月十八日付）への燃え上る恋情を訴えたり、不幸の死を遂げた嫂登世（八月三日付）への悼心を訴えたり、鷗外の初期三部作のうちの「二短篇」への高い評価をめぐって「洋文学の隊長たらん」（同）とした一時期の思い上りへの反省を述べたりして見せる。子規推薦の『明治豪傑譚』付気節論をめぐっては、刻明細緻に此の度びは近代的人間観からする批判を長文にわたって展開した明治二十四年十一月七日付書簡も又、陸羯南の「日本主義」に傾斜しつつある子規と、漱石自身との間に漸く明らかになる相異点の徴表と言って良いだろう。本巻ではこの間のものとしては、明治二十五年のはがき（図版二）と書簡（図版三）を採録するにとどめたのであるが、いずれもが、学業や仕事の面での両者の連続不連続な一面を照らし出すものである。けだし、互いに真剣に向き合いつづける中に相互の個性が深められて行く、というのが両者の交友の意味だったと総括することが出来るだろうが、そのあと、松山に於ける同宿の一時期（明治二十八年の秋、「愚陀仏庵」時代）をはさんで次第に両者は別離への途を辿りはじめるのである。明治二十九年以降の熊本時代、三十三年以降の英国留学時代が、それぞれの形で物理的に両者を隔てるのであるが、この間の両者の書簡は、子規の場合は『ホトトギス』に拠る俳句革新及び「歌よみに与ふる書」（『日本』）による短歌革新の業の困難裡の展開と、確実に近づきつつある病魔への怖れとの切迫したせめぎ合いに耐えつづける過程を、一方漱石の場合には俳句や漢詩への没頭と、それと表裏する英文学研究への不安の念との戦いと、そして西の国イギリスに於ける神経衰弱の中での「自己本位の立場」への模索を、それぞれに特色ある人生の軌跡を刻みつつ持続して行くのである。

倫敦に居る漱石に宛てて発信された子規の書簡の中、現存するのは明治三十四年十一月六日付の一通のみであるが、これは漱石がやがて「吾輩は猫である」によって作家的出発をとげ更に朝日入社によって作家専業の途に就く時、深い感慨をこめて回想される（『吾輩は猫である』中篇自序）ように、短く壮烈な生涯の結末を迎えつつある子規の、遙かに隔った「畏友」漱石への畢生の訴えかけを吐露した「頗る悲酸《原》」なる書簡であった。

僕ハモーダメニナツテシマツタ、毎日訳モナク号泣シテ居ルヤウナ次第ダ、ソレダカラ新聞雑誌ヘモ少シモ書カヌ。手紙ハ一切廃止。ソレダカラ御無沙汰シテスマヌ。今夜ハフト思ヒツイテ特別ニ手帋ヲカク。イツカヨコシテクレタ君の手紙ハ非常ニ面白カツタ。近来僕ヲ喜バセタ者ノ随一ダ。僕ガ昔カラ西洋ヲ見タガツテ居タノハ君モ知ツテルダロー。ソレガ病人ニナツテシマツタノダカラ残念デタマラナイノダガ、君ノ手紙ヲ見テ西洋ヘ往タヤウナ気ニナツテ愉快ダタマラヌ。若シ書ケルナラ僕ノ目ノ明イテル内ニ今一便ヨコシテクレヌカ(無理ナ注文ダガ)

画ハガキモ慥（原）ニ受取タ。倫敦ノ焼芋ノ味ハドンナカ聞キタイ。

不折ハ今巴理ニ居テコーランノ処ヘ通フテ居ルサウヂヤ。君ニ逢フタラ鰹節一本贈ルナド、イフテ居タガモーソンナ者ハ食フテシマツテアルマイ。

虚子ハ男子ヲ挙ゲタ。僕ガ年尾トツケテヤツタ。

錬卿死ニ非風死ニ皆僕ヨリ先ニ死ンデシマツタ。

僕ハ迚モ君ニ再会スルヿハ出来ヌト思フ。万一出来タトシテモ其時ハ話モ出来ナクナツテルデアロー。実ハ僕ハ生キテヰルノガ苦シイノダ。僕ノ日記ニハ「古白曰来」の四字ガ特書シテアル処ガアル。

書キタイヿハ多イガ苦シイカラ許シテクレ玉ヘ。

明治卅四年十一月六日燈下ニ書ス

東京　子規拝

倫敦ニテ

漱石兄

漱石に宛てた子規の最後の手紙となった右への漱石の返事（十二月十八日付）は、『ホトトギス』明治三十五年二月号に掲載されたその一部しか残っていない。右文中「イツカヨコシテクレタ君ノ手紙」にあたるのはこの年四月九日付と四月二十日付及び現存しない四月二十六日付と三通の子規・虚子連名宛名の長文の書簡で、それらは「倫敦消息」と題して『ホトトギス』五、六月号に掲載されたものだが、この、西洋の風物を観察しその風土の中で異和感を抱きつつ生きる自己の存在を諧謔混りに記した消息体の作品が、「吾輩は猫である」の文体の濫觴をなすとする評価は近年殊に目立って提出されているのであるが、「『吾輩は猫である』中篇自序」の痛切極まる回想に照らす時「猫」執筆を底流する文体意識は、子規への往時に果し切れなかった精神的負債をめぐって動いていたのではないかとするのが管見である。そこではたとえば、右子規文にふれて、「書きたいことは多いが苦しいから許してくれ玉へとある文句は露佯りのない所だが忙がしいから許してくれ玉へと云ふ余の返事には少々の遁辞が這入つて居る。憐れなる子規は余が通信を待ち暮らしつゝ、待ち暮らした甲斐もなく呼吸を引き取つたのである。」と記される。右は文字通り、十二月十八日付では『倫敦消息』既成号分に比して幾分の短かさでしか書き得なかった当時の自分への痛恨の情を底流させた一節なのであるが、つづけて「子規が生きて居たら……」と綴るあたり、遅れた文学的出発を遂げた漱石の、近代文学への戦闘的な模索を共にした友人子規への直截な想いを吐露したものとして涙なきを得ない。

前節でふれた「三十九年の漱石」における門弟たちへの激しく充実した対応もまた、今茲に居ない子規への呼びかけの代償行為という一面を持っていたのではなかったろうか。

子規あての「倫敦消息」をはじめとする留学中の漱石書簡は殆んどペン書きである故に、本巻の採録の対象にはなっていないが、留学初期にその生活の基本的形態を「下宿籠城主義とした」旨記した、狩野亨吉・大塚保治・菅虎雄・山川信次郎の、教職にある四人の親友に連名で宛てた長文の書簡（明治三十四年二月九日付）や、岳父中根重一と中根家に仮寓する妻鏡子にあてた二十五通の書簡、それに寺田寅彦宛明治三十四年九月十二日付書簡他一通など、見るべき内容を持つものが多い。

学問をやるならコスモポリタンのものに限り候英文学なんかは椽の下の力持日本へ帰つても英吉利に居つてもあたまの上がる瀬は無之候小生の様な一寸生意気になりたがるもの、見せしめにはよき修業に候君なんかは大に専問《原》の物理学でしつかりやり給へ（中略）つい此間池田菊苗氏（化学者）が帰国した同氏とは暫く倫孰《原》で同居して居つた色々話をしたが頗る立派な学者だ化学者として同氏の造詣は僕には分らないが大なる頭の学者であるといふ事は慥かである　（明治三十四年九月十二日付寺田寅彦宛）

著述の御目的にて材料御蒐集のよし結構に存候私も当地着後（去年八九月頃より）より一著述を思ひ立ち目下日夜読書とノートをとると自己の考を少し宛かくのとを商買《原》に致候同じ

書を著はすなら西洋人の糟粕では詰らない人に見せても一通はづかしからぬ者をと存じ励精致居候然し問題が如何にも大問題故わるくすると流れるかと存候

（明治三十五年三月十五日付中根重一宛）

などはいわゆる自己本位の文学論へのモチーフ形成の一端を示す重要なパラグラフであるのだが、留学中の漱石の孤独の感触を切実に伝えるものとして妻鏡子へ書き送った書簡の数々は逸することが出来ないのである。

当地ニ来テ観レバ男女共色白ク服装モ立派ニテ日本人ハ成程黄色ニ観エ候女抔ハクダラヌ下女ノ如キ者デモ中々別嬪有之候小生如キアバタ面ハ一人モ無之候

（明治三十三年十月二十三日付、巴里より）

当地にては金のないのと病気になるのが一番心細く候病気は帰朝迄は謝絶する積なれど金のなきには閉口致候日本の五十銭は当地にて殆んど十銭か二十銭位の資格に候十円位の金は二三回まばたきをすると烟になり申候

（明治三十三年十二月二十六日付、倫敦より以下同前）

住みなれぬ処は何となくいやなものに候其上金がないときた日にはニツチもサツチも方が就かぬ次第に候下宿に籠城して勉強するより致方なく外へ出ると遂《原》金を使ふ恐有るものに候

（明治三十四年一月二十二日付）

段々日が立つと国の事を色々思ふおれの様に不人情なものでも頻りに御前が恋しい

（明治三十四年二月二十日付）

近来何となく気分鬱陶敷書見も碌々出来ず心外に候生を天地の間に亨《原》けて此一生をなす事もなく送り候様の脳になりはせぬかと自ら疑懼致居候然しわが事は案じるに及ばず御身及び二女を大切に御加養可被成候　（明治三十五年九月十二日付）

これらにまず感じられるのは、妻なる鏡子が漱石の孤独な心情を書き送るに適切な相手であったというごく平凡なことに他ならないが、それが漱石自身の望むように鏡子によって正当に受け容れられたかどうかは自ずから別問題である。それを問題にせざるを得ないのは、鏡子の反応が漱石の留学中の孤独感を一層深めたと推定すべき理由があるからで、たとえば明治三十五年二月二日付には、

其許の手紙にはそれやこれやにて音信を忘たり云々とあれど「それやこれや」とは何の言訳やら頓と合点不参候

以下「二週間に一返位端《原》書にて安否を通信せよと申つかはした」にかかわらず「前後を通じて四月許此方へ一片の音信」もなかったことについてとがめる一節がある。もっとも現存するかぎり「二週間に一返」という頻度数は漱石の側によっても守られていたわけではないのだが、少なくとも漱石の妻への手紙がありきたりの報知文にとどまらず鏡子その人への全人的な欲求に根ざすものであったことに照して見ると、右の頻度への不満は、その欲求が満たされ得ないことについての代償的表現であったと見るのが正しいだろう。してみると明治三十四年一月二十四日付書簡で、久方ぶり到着した鏡子の手紙に狂喜し、その依頼にあった「小児出産後命名の件」をめぐ

り次のようなはしゃぎまわる口調で書きつけるあたり、一人芝居を見る如き遣る瀬なさを禁じ得ないものがある。

今度の小児男児なれば直一とか何とか御つけ可被成候是は家の人が皆直の字がついて居る故なり又代輔でもよろしく是は死んだ兄の幼名なり或は親が留守だから家の留守居をする即ち門を衛ると云ふので衛門抔は少々洒落て居るがどうだね門を衛るでは犬の様で厭なら御止し已と御前の中に出来た子だからどうせ無口な奴に違ひないから夏目黙《モク》抔は乙だらう夫とも子供の名前丈でも金持然としたければ夏目富《トム》がよからう但し親が金之助でも此通り貧乏だからあたらない事は受合だ女の子なら春生れだから御春さんでいゝね待《マツ》レ父《チチ》ヲの上の一字ヅヽを取つてマチ即ち町は如何ですかな已の御袋の名は千枝《チエ》といつたこいつは少々古風で御殿女中然として居るな姉が筆だから妹は墨《スミ》としたら理屈ポイかな二字名がよければ雪江、浪江、花野なんて云ふのがあるよ千鳥鷗とくると鳥に縁が近くなるし八つ橋、夕霧抔となると女郎の名の様だからよしたがよからうまあ〱何でも異議は申し立んから中根のおやぢと御袋に相談してきめるさ

「近頃は神経衰弱にて気分勝れず甚だ困り居候」と鏡子宛書簡に書きつけたのは、明治三十五年九月十二日のことであったが、それから一週間後の九月十九日に正岡子規がついに死去した。その報知は直ちに高浜虚子によってなされた筈であるが、書簡集の中に子規逝去について漱石の感懐が現われるのは、十二月一日付虚子宛書簡（明治三十六年二月号の『ホトトギス』に掲載）におい

てが最初である。留学末期の神経衰弱と、それを癒すために目論まれた十月のスコットランド行、漱石発病の知らせで同じくドイツに留学中の藤代禎輔がロンドンを訪れたことなどにかまけて、子規の生涯とその死につき感懐を表明するいとまがなかったものとも考えられるが、この時期の漱石にとっては子規の終焉はひとしおの悲哀を醸す出来事であったはずである。十二月一日付虚子宛書簡には「倫敦にて子規の訃を聞きて」と前書して

筒袖や秋の柩にしたがはず
手向くべき線香もなくて暮の秋
霧黄なる市に動くや影法師
きり〴〵すの昔を忍び帰るべし
招かざる薄に帰り来る人ぞ

の悼亡の句五句が記されてある。

留学末期の漱石を襲った神経衰弱と子規死去の報知とは、ロンドン生活の悲惨さの象徴となるような事件であった。帰国後の漱石はその二つのもたらした衝撃に耐えつつ自己の再生をめざし苦闘をはじめるのである。

帰国の年明治三十六年は漱石が熊本五高からその籍を抜き、東大と一高に職を奉じた年である。この四月からは滞英中の勉強に根を据えた「英文学概説」の講義(この年四月から六月まで

の分は後に『英文学形式論』として公刊され九月以降三十八年三月までの分が『文学論』として公刊される）も開始されるが、その書簡で見る限り漱石の精神生活を占めるものは暗い不安感である。この時期殊に大学時代の友人菅虎雄に宛てた書簡が多く目につくが、たとえば彼にあてて、五高辞任のために必要な「神経衰弱なる旨の珍《原》断書」を、呉秀三博士に書いて貰うよう依頼（三月九日付）したのをはじめ、

小生は存外閑暇にて学校へ出て駄弁を弄し居候大学の講義わからぬ由にて大分不評判（中略）大学の方は此学期に試験をして見て其模様次第にて考案を立て考案次第にては小生は辞任を申出る覚悟に候　（五月二十一日付）

大学ノ講義モ大得意ダガワカラナイソウダ、アンナ講義ヲツヾケルノハ生徒に気ノ毒ダ、トイツテ生徒ニ得ノ行ク様ナヿハ教エルノガイヤダ　（六月十四日付）

僕大学ヲヤメル積デ学長ノ所へ行ツテ一応卑見ヲ開陳シタガ学長大気燄ヲ以テ僕ヲ萎縮セシメタソコデ僕唯々諾々トシテ退クマコトニ器量ノワルイ話シヂヤナイカ　（七月三日付）

などと不評判な講義生活への厭気を訴えるとともに、

何ノ事ハナイ世の中ト云フ者ハ気狂ノ共進会ト云フ様ナ物サ其中ノ大気狂ヲ称シテ英雄トカ豪傑トカ天才トカスベツタトカ転ンダトカ云フ迄ダラウ御前サンダノ吾輩ノ如キハ小気狂ダカラ駄目サ　（七月三日付）

君の法帖はまだ拝見致さず実は御留守宅へは御無沙汰をして一向参らん其内行かうと思ふ

がまづあてにならない天下にあてになるものは金だけだから金をため給へ（九月十四日付）

などと一種虚無的な心情が吐露されてあるのが注目を惹くのである。菅虎雄が友人の中でも親分気質であったこと、かつこの年五月末以降は日本を離れて南京に勤務することとなったため生じた一種の気安さ（六月十四日付追伸には「君ガ居ナクナツテ悪口ヲ闘ハス相手ガ居ナクナツテ甚ダ無聊ヲ感ズルヨ」とある）が、右のような言辞を吐きかける機縁となっただろうことを考え合わせても良いのだが、この期の漱石の精神を特色づけていたのは留学末期の神経衰弱の余映としての人間嫌いででもあっただろうが、より基本的には自らの意志によって選択しつつある大学教師としての生活への不信感、自己にとって最も本質的なあり方がそこにはないと感ずることからくる不安感であった。同じ菅に宛てて漱石は「発句ナンカ下火極マルマルデ作ル気ニナラン然シ退窟《原》凌ギニ時々ヤル是ハ得意ノ余ニ出ルノデハナイ一時ノ鬱散ト云フ資格サ」（七月三日付）と述べているが、俳句の制作がこの時に「一時ノ鬱散」と語られるのは恐らく誠に正確な自己認識である。神経にただよう暗雲、その結果生じた家庭内の不和、そして公的生活における不如意にとり巻かれて、漱石はとり敢えずの自己浄化（鬱散）の手立てとして俳句という子規との縁につながる表現手段を手繰り寄せる。

愚かければ独りすゞしくおはします
無人島の天子とならば涼しかろ
能もなき教師とならんあら涼し

などがこの期の心境に根ざす句作であるが、やがてこの句作活動によってつながれた俳誌『ホトトギス』の活動の展開——連句・俳体詩への虚子の着眼、そして写生文運動——に伴って漱石内部に創作への蠢動がはじまることとを思えば「一時ノ鬱散」はついに作家漱石その人の本質に彼を導く口火となったものであった。

この時期の漱石自身の生活に取材する所の多い「道草」の中で、主人公の精神生活の核をなすものが「異様な熱塊」と表現されてあるのは周知のことである。その狂気に似た熱塊が表現活動の核を形造り、やがて漱石の小説家としての再生を導き出すのであるが、三十六年の書簡に見るような暗雲をふきはらうために漱石が必要としたのは、同じ「道草」に記されてある「若者たちの醸す明るい空気」であった。明治三十七年の書簡には『ホトトギス』周辺の人々に立ち交って、寺田寅彦・野間真綱・野村伝四・皆川正禧・橋口貢・清の兄弟らが登場し、彼らの表現欲に呼応するように漱石は水彩画・俳句・俳体詩を話題とし、又実際に書いてみせる。彼らとの日常的な交渉がその生活を明るく彩っているのが、書簡集明治三十七年の、殊に前年と対比的な特色であって、本巻では、野間真綱宛の二通（図版一三、一四）しか採録し得なかったけれども、これらによって見るならば、「吾輩は猫である」や「倫敦塔」の創作が単純な密室の行為にとどまらず、多くの人々との精神的な往復運動の結果でもあることに思い至るのである。この漱石における創作活動に底流する一種の相対化の運動法が、明治三十八年後半から三十九年にかけての鈴木三重吉と森田草平あての書簡の中で一層の特色を以て示されることについてはすでにふれた通りである。

明治三十九年十月二十三日付在京都狩野亨吉宛書簡は、他の狩野亨吉宛が狩野という畏敬すべき先輩にふさわしくすべて候文で書かれている中で珍しく言文一致体で書かれている点で特色のあるものである。

狩野さんから手紙が来た。そこで何の用事かと思つて開いて見たら用事ではなくて只の通信であつた。夫で僕は驚ろいた。僕は狩野さんと云ふ人は用事がなければ手紙をかく人ではない。しかも其手紙たるや官庁の通牒的なものに限ると思つて居たのだから驚ろいた。此手紙は僕のかきさうな手紙で毫も用事がないから不思議なものだと思つた。狩野さんが余つ程閑日月が出来たか然らずんば京都の空気を吸つて突然文学的になつたんだと断定した。それはどうなつても構はん。狩野さんが僕の畠の方へ近付いて来たのだから不平はない。のみならず甚だ嬉しいと云ふ感じで読んだ。狩野さんがもしこんな人間なら僕も是からこんな手紙をかいて送らうかと思つた。

右一節で書き起された書簡は相当な長文で、直接には狩野からの京都帝国大学講座担当の慫慂をめぐり、それに従い得ない理由を、この時期漱石を領していた社会への慷慨的気分を交えつつ、自らの故事来歴を展望して述べるといった興味深い内容を持つものであるが、興に乗った漱石は一通を投函したのち更に「入浴後先刻の続キヲも少しかく」と称してもう一通の長文を書きつらねているのである。「只の通信」「毫も用事がない」手紙に、「文学的になつた」狩野亨吉を感じとって思い切り興を尽くして長い手紙を書くという所に、漱石らしい反応のあり方と、相対主義的な精神運動の型が良く見てとれるのであるが、勿論ここでかわされた両者の書簡は実際には「毫も用事がない」遣取りではなくて、この年九月に京都に移った狩野亨吉による京都大学への、漱石にとっても十分に魅力のある勧誘、という用件をめぐって行なわれているのである。だから前記したように漱石の手紙も冗舌を尽くしながら結局「先生としては京都へ行く気はない」旨が説かれて終結するのであるが、漱石書簡から察せられるところでは、狩野の手紙が漱石を喜ばせたのは、その用件を底流させながらも、「夢」語りだの「京都」の話だのをまじえた点、要するに「内面生活の表現」（小宮豊隆「『書簡集』解説」）を含む手紙であったというのが正確な所であろう。そのような、直接の用件を表立てない手紙や純粋に無用の手紙を喜ぶ習癖は、漱石の書簡集を活気づけていて、今まで述べてきたような子規や門下生あての書簡に見るように、漱石の創作生活に直接つながり合って行く運動性を醸しているのであるけれども、漱石の書簡の中にはその実生活社会生活を営むための、「用事」中心のものも又多くあるのは勿論のことである。その場合、「用事」なるものがどのように縷述されるかという所に、漱石書簡のもう一つのスタイルの問題がある筈である。図版二、三のものによってそれを見て置きたいと思う。

教師としての漱石は自分の教え子たちを他人に推薦する手紙を多く書いている。本巻採録の紹介状の中最古のものは図版一一の立花銑三郎宛（熊本五高教師時代）である。これはより厳密には学習院進学を志望する学生を紹介するとともに、試験の委細につき照会する趣旨のものであるが、その際個条書き式に質問を書き連ねるというあたりにこまめさが見えるのである。具体的かつ明晰な指示が必要な学生への処方を率直に求めるというのがこの書簡の基本姿勢で、旧友の立花にあてても引き締った候文で書いているのもそのあらわれというべきであろう。図版四八の渋川柳次郎宛（明治四十年六月十二日付）は高須賀淳平を朝日新聞社社会部長たる渋川玄耳に紹介する趣旨のものだが、この紹介文を特色づけているのも又具体性である。本人の学歴を彩る特殊な事情や経済状態、更にその性質の長所や特技、そして志望の赴くところについて簡潔に述べて推薦の趣旨を明確に示すという書きぶりだが、相手の立場に気を配りつつも「只君の配下に人が入用だと申す事を知り居候故」と一つの見込みの上で紹介するというこちらの立場も見失わない。これは図版五七の池辺三山宛紹介状でも、新聞界に「経験浅」き自分の立場を引き合いに出して「御高説御洩し被下候へば本人の向後処世の方針上利益不浅と存候」と述べるのと同じ姿勢といってていいだろう。要するに紹介状とは自己をツナギにして二人の他者をそれぞれの利益関係において結びつける行為であるわけで、双方の利益の確実な計量を必要とするのである。その点では、翻訳文を満州日々新聞に紹介した結果を本人あて報知する趣旨の図版六六、水上斎宛書簡で、原稿料のとり決めや「掲載後の所有権」の問題など執筆者側の関心事に深く立ち入って書いているあたり漱石の誠意がひとしお感じられるのである。泉鏡花を渋川玄耳に紹介した簡明な紹介文（図版六四）でも、鏡花自身が言い出しにくい点（原稿料先払のこと）を適確に伝えてある。

この紹介状における双方の立場への配慮ということは極く当然のことと言ってしまえばその通りだが、漱石が公的関係において自らを位置づけるについて厳密かつ適確に思索をこらしつづけたことと紹介行為のこまめさとはつながり合っていることが重要である。図版二七の坪井九馬三宛（明治三十九年二月二十三日付）に見られる英語試験委員辞退の件をめぐって示す執拗なばかりの論理的対応、本巻不採録だが千駄木町五十七番地の借家立退をめぐる家主斎藤阿具宛（明治三十九年十二月五日付及び十二月九日付）の綿密極まる折衝などが目につくが、朝日新聞入社交渉に対応する漱石の姿勢はその中でも冠絶するけざやかさを持っているといわねばならない。すでにその前哨ともいうべき読売新聞文壇担当の件が図版四〇の滝田樗陰宛（明治三十九年十一月十六日付）に見えているのであるが、そこでは「当分は見合す」結論に導くために用いられた、教師生活と新聞入社、双方の利不利の考量の論理が、より綿密細緻な形で、朝日入社の交渉役となった坂元（当時白仁）三郎宛書簡（明治四十年三月四日付と三月十一日付）に於いて展開されているのを見ることができる。三月四日付では、手当の事、恩給の有無、新聞社側の要求する仕事の量、版権の帰属先、につき具体的に尋ね、三月十一日付では恐らく社側から坂元三郎を通じて具体的に提示された条件を踏まえながらより明確な形で自らの「申出」を列挙して示している。その委細の紹介はここでは省略に従うが、「小生が新聞に入れば生活が一変する訳なり。失敗するも再び教育界へもどらざる覚悟なればそれ相応なる安全なる見込なければ一寸動きがたき故下品を顧みず金の事を伺ひ候」（三月四日付）「必竟ずるに一度び大学を出で、野の人となる以上は再び教師抔にならぬ考故に色々な面倒な事を申し候。」（三月十一日付）と同趣旨の弁明調にうかがえるような、自己の位置づけについての真摯な関心の持ち方がそこに底流しているのを見逃すことはできない。夙に荒正人が「漱石文学の物質的基礎」（『夏目漱石』所収、五月書房刊）で論じた如く、この漱石の入社折衝の厳密性は文士の社会的地位の向上に大きな役割を果したのであった。入社以後にも、漱石主宰「文芸欄」の社内における待遇に関して屢々発言するところがあり（図版六八、池辺三山宛明治四十三年三月十三日付、参照）それを維持して行くに戦闘的ですらあったことがうかがえるが、同時に「文芸欄」担当の森田草平への処遇に見るように文学者としての自己の側をも厳しく律して行く姿勢がそれを支えていたことを忘れてはならないだろう。

書簡集中異色とすべきなのは図版七〇の中川治作宛書簡（明治四十三年三月二十九日付）の如き存在である。作家として著名になるにつれて送られてくる手紙の類は恐らく激増した筈で、それらに対する返信として書かれたものも書簡集に散見するしそれらの多くは懇切な返答であるが、高価な贈り物を受け取った場合も多かったと思われる。色紙等何らかの還付を求めるケースもあったからこの中川治作の場合如何なる意図なりやに困惑しつつとりあえず丁重に礼の趣意を述べたのだが、なおその何人なるやにつき押して知りたき旨を書き綴っているのである。「御序の節どうして小生を御承知なるや御洩し被下候へば幸に候。夫とも小生記憶あしく御芳名を忘れ候なれば猶以て汗顔の至に候」の字句は如何にも漱石的で、若干の意義付けを加えるならばここでの漱石は、自分に関わってくる人を知悉したい人であった。

狩野亨吉の「文学的」手紙を喜ぶ漱石とは狩野の内面にふれるのを喜ぶ漱石であった。書簡の行為とは漱石にとって自己をその総体において他者に表現し、自他に架橋を試みる行為なのである。他者が少なくとも自分に関わってくる限りにおいてそれは全人的な関わりであることを漱石は切望する人であった。そのためにこそ漱石は自分の方から胸を開いて見せたし、「用事」中心の手紙においてもこまめな対処をして見せたのだった。

漱石の小説には書簡体を用いたものが多いことは周知のことである。その中でも「彼岸過迄」「行人」「心」のいわゆる後期三部作は作品の最後近く主要部分で、作品のプロットに密接して現われる点特に目立つのである。須永市蔵の松本への音信、Hさんの二郎への手紙、そして先生の「私」に宛てた遺書、の三者がいずれも作品の中で謎となっていた人物の真相を語る効能を持つという点を注目して置きたい。Hさんの手紙は一郎の観察者としてのものだが、須永の手紙、先生の遺書は双方とも自ら秘めていたすべてを挙げて相手に関わることを書簡の執筆によって敢為するのである。漱石が手紙を書くという行為の中に見ていたものはそのようなものであった。

本書簡篇のうち〈全集未収録〉のものは七通であって、それらを順にあげれば次の如くである。

四　正岡子規宛はがき　明治二十六年三月三十一日付
五　正岡子規宛はがき　明治二十六年四月二日付
二九　中川芳太郎宛はがき　明治三十九年六月六日付

五三　藤岡作太郎宛書簡（封筒なし）明治四十年（推定）十一月十四日付
五七　池辺三山宛書簡（封筒なし）明治四十一年（推定）七月二日付
六六　水上斎宛書簡（封筒なし）明治四十二年（推定）十一月二十九日付
七一　黒田鵬心宛はがき　明治四十三年五月四日付
これら以外に従来〈うつし〉と付記されて全集に収録されていたものの原物の写真が二通採録されてある。
三一　浜武元次宛はがき　明治三十九年七月二十五日付
四一　高田蝶衣宛書簡　明治三十九年十二月六日付
本文には採録しなかったが藤岡作太郎宛年不詳便箋一葉のものもあり（挿図二一参照）、これらのものの紹介には若干の意を払ったつもりである。なお求龍堂編集部その他の人々の努力によって発見されたこれら〈全集未収録〉の書簡のうち、明治四十四年以降の分については漸次刊行される第六巻に紹介される筈である。
この〈全集未収録〉書簡の紹介ということの意義をめぐって一考を試みて本文を結びたい。たとえば明治四十二年三月二十九日の日記は次の如くである。

三月二十九日　月

曇。昨夜えい子咽喉痛み咳嗽頻也。あい子と一所に寐る。夜中にわが腹を蹴る事幾度なるを知らず。降参。十一時頃より降雨。

〔発信〕野間真綱　副島松一　春陽堂（文学評論の催促）土井林吉（かした本の催促）
〔来信〕橋口貢（転居）

漱石はたとえば鷗外と異なり日記を丹念につけるたちではなく、『漱石全集』「日記及び断片」に見る通り、日記がつけられるのは断続的というか、ごく定った時期に限られている。それだけではなく、この例にも見るように、記述は断片的でいわゆる克明さを持っていない。ただし右の日の記録を含む、この期の日記が興味を惹くのは、これが漱石にしては珍しく「その目的の為に印刷され製本された、当用日記」（小宮豊隆）が用いられていて、そのため〔発信〕〔来信〕の二欄の記入があるという点である。勿論これもすべての来信・発信が記録されてあるとはいえず、多分に漱石の日毎の恣意が働いていると考えねばならないだろうが、とにかく右に引用の三月二十九日付に関しては、来信一通（橋口貢による転居通知状）に対して漱石は四通の手紙を書いたことが伝えられてあるのである。書簡集と照合してみれば、これら当日の発信の中で全集に収録されているのは、野間真綱宛の一通にすぎない。古川久氏が『漱石の書簡』で書き記すように、岩波書店版『漱石全集』「書簡集」「続書簡集」の収載分は、第一次全集においてそれぞれ八六一通と八〇七通であったのに対して、次を重ねるにつれて増補され、第八次（昭和四十年版記念版）に至って、一二〇九通と一〇四三通の数に達している。これに昭和五十年版では、補遺の形で更に双方合せて七三通が加えられているのである。これはつまり書簡はまだまだ出てくる可能性があるということを示した数字でもある。例にひいた日記にある他の三通もまた紹介される日があるやも知れない。その一日も早きを願うものである。

『煤煙』論拾遺

森田草平の『煤煙』（明42・1〜5）はその背景となった事件への興味乃至作品の異風な装おいへの関心などから、今日まで屢々人々が振返り見て来た明治末期の作品の一つである。近年にも草平と郷里を同じくする作家小島信夫[*1]によってこの作品に持ち込まれた岐阜鷺山周辺の重苦しい風土の雰囲気が点検され、また比較文学的視点[*2]から草平における外国文学摂取の徹底とその限界が論証されるなど、注目すべき論策がこの作品を見舞っている。

私がこの作品とその作者に寄せる愛着も深く本誌第十号（昭35・1）に掲載した一文他一二のエッセイでその一端を報告しているわけだが、改めてとり組んで見たいと思うのはこの作者の中にあるアンバランスな精神構造、田舎人まるだしの野暮ったさと西欧文学への同時代的な感覚の鋭敏さとの共在である。それは右研究史[*4]一瞥に見た同郷人小島のぬんめりとした感懐[*3]とも相重なり、近代文学における都会と田舎といったふうに問題を図式化することもできようが、草平の場合都会幻想があるきっかけから無限に増殖して遂に彼をして海彼の文学との一体感を錯覚せしめるに至ったところが面白いし又そこに同時代作家にない難解さがある。

この間の草平内面のドラマを考究して、ついに『輪廻』（大12〜大14）において「私小説的発想の安定」*5に辿りつく彼を評価する立場から、『煤煙』を「近代日本の模倣文化の悲喜劇《トラジコメディ》」*6と名言した大久保典夫の草平論もすでに行なわれているのであるが、ここでは幾分変わった観点の導入を試みつつ本作品の位置づけを考えなおす端緒としたい。

『煤煙』についてのモデル論的詮索は背景となった「事件」との関係から一応興味ある課題であったわけで、それらの成果の殆んどすべては、亡き伊藤整の未完の大作『日本文壇史』の一編「森田草平と平塚明子」（『群像』昭38・5）及び「森田草平が『煤煙』を書く」（『群像』昭39・8）に吸収され、見事な整理が与えられてあって、殆んど付加えるべきものはない。ただ、「事件」の当事者である作者と平塚明子《はるこ》をめぐる人物構図が殆んど作品のそれに移し植えられている中で、一二奇異に感じられる点がないわけではない。

周知のように作者の分身である主人公小島要吉には、作者の郷里に居た淫奔な母親（作中では絹江）と村の「穢多」出身の年増娘（お倉）や内縁の妻（隅江）更には東京での止宿先の出戻り娘（お種）等がその身辺に設定されている他、作者の友人関係としては、生田長江の神戸、小栗風葉の狭山楓葉が特別の役割を振られて作中に登場するのである。これらの人物設定はいずれも事件当時の作者の実生活を如実に反映したものであった。作者にとって事件は彼の青春期の問題とその解決への模索の指標だったわけで、前半の郷里の人々と後半朋子の登場にからんで現われる神戸・楓葉らとは性格を異にするとはいえ、事件への道を彼が辿るについて何らかの働きをしているという意味では、作品での彼らの登場はいずれも必然的であったと認められる。

にもかかわらず奇異と感じられるのは、これら妥当な人物設定の中に、夏目漱石又はその門下生、総じて漱石の影を負った人物が一人として見られないことである。事件以後の森田草平にとっては勿論、事件以前の彼の存在が大きく漱石その人にかかわっていたことはいうまでもない。殊に作品の前半、帰省の部分に定着された作者の出生をめぐる宿命論的な不安感は、その青春の最大の問題だったわけだが、そのことが初めて表白されたのは、明治三十九年秋、漱石に対してであったし、漱石の小説『野分』の成立の一因が、草平の告白による衝撃であることはすでに度々指摘されている。[*7] 漱石とのかかわりは草平の青春にとって重要な事件の一つであった筈だが、にもかかわらずこの「告白」小説から漱石的要素が払拭されているのは如何なる力によってであろうか。

実は、それへの一つの解答を作者自身が書いている。それは、後年「煤煙」事件を回想して書かれた『漱石先生と私、下巻』(昭23・1)の中でだが、それは右設問の見事な解答でありつつまたぞろ私を晦冥な疑惑の細道に誘なう響きを蔵している。それを兎に角引用してみるならば、

①朋子は、(中略)たゞ顔の輪廓の正しく、面長の下膨れで、見るからに悧発らしく、黙って

ゐられると、底の知れないやうな深味があったのは、先生の好きなおえんの型《タイプ》に属するものとも云はれやう。あの型《タイプ》に属する女性としては、おえん、前田つな子、第三にはこの朋子を挙げるべきである。『煤煙』には書くを憚ったけれども、要吉が最初心を惹かれたのは、或ひはそんな所にあったかも知れない。*8（傍点引用者、以下も同じ）

②……あの女も『草枕』は読んでゐるに違ひない。読んでゐたとすれば、あの場合一寸その真似がしたくならないとは誰に云はれよう？　況して生れつき遊戯気分の勝った女が、那美さんと同じやうに、生半可禅学でも噛ってゐたとすれば……「あゝ俺もあの納所坊主と一緒にされたのでは耐らない！」*9

③一口に云へば、彼は相手の裡に漱石先生を発見して、夢中になってその後を追懸けたものである。そして、それは独り要吉だけの心情ではない、相手の女性と雖も同様であった。彼女は未だ直接には先生を知らなかった。けれども、同じやうに先生には魅力を感じてゐたので、もし彼女が少しでも要吉に興味を持ってゐたとすれば、それは要吉自身に対するよりも、要吉が漱石の門弟子であったからだと云はれよう。勿論、彼女はそんな事を苟も口にする女ではなかった。が、それは要吉が全身を以て感じた事実である。（中略）それにも拘らず、私は『煤煙』の中でそれに触れなかったばかりでなく、先生の前に告白することすら敢てしなかった。これを云ふのは、実際今が初めてである。それ程要吉は朋子を那美さんの亜流として、自分が泰安と比較されることに羞恥を感じてゐた。もう一つは、そんな事を書く

のは、何だかわざと先生に因縁を附けるやうな気がして、私には憚られたのである。当時あの位先生には迷惑を掛けてゐたから、そんな遠慮せんでもいいやうなもの、、迷惑を掛けてゐただけに、一層憚られたのでもある。[*10]

この、「煤煙事件の真相」と名付けられた一つながりの回想文は、草平が平塚明子にかけた幻影を、つまり彼自身告げるところの「人工的恋愛」のモチーフの謎を、「理解する最も手近な鍵」[*11]として書かれたものであるが、「先生に迷惑を掛け」るのを憚って作品では「真相」を伏せたというのは余りに都合のいい説明ではある。しかしこの説明から作者の、事件から作品化の過程で味わったであろう緊迫した内面のドラマを想定し抽き出すことは可能だろう。明子に漱石好みの「おえん」型の優美さと「那美さん」に類する神秘的な振舞いを見、総じて漱石その人に作者が抱いていた「不可解な人格」の力を明子の上にダブルイメージしていたとか、明子の側も彼が「漱石の門弟子」であることに魅力を感じていたとかいう右引用文での記述をそのまま信用してのことだが、そのような自認が作品制作時の草平をどのように苛立たせたであろうか。漱石とのかかわりは、彼にとってはその人間的関心のあり方を奥底において動かす底の力をもち、漱石の影は彼が一たびは死を賭けた女性の表情をその隅々にまで侵し、心中行の失敗はついに漱石的世界の理解の不可能を証拠だてることになってしまう。かつ事件による社会的失墜から彼を救い、更生のための小説執筆をすすめ、予め新聞連載の労をとったのが当の漱石先生である。漱石の側からは到底窺見し得べくもなかったそのような底無し沼に落ちこんだ如き心理状態が想定できる。だとすれば、作品の執筆は草平にとっては漱石的世界から自己を引きはなすという契機を必要とした筈である。作品世界から漱石的要素を払拭すること、漱石の理解を絶した新しい作品とすること——そのような気負いを持たずには彼は制作の筆を執り得なかった筈である。

作品での漱石不在の理由はそこから説明できるだろう。従って草平のいう「真相」を「憚った」のは漱石への「迷惑」を恐れたからではない。草平自身の存立のためにそれが必要であったからだ。

が、それにしても右引用文中の「朋子」像と漱石との重なりは奇妙なものである。おえんや那美との類似(①と②)から、特別のことわりもなしに「朋子」は「漱石先生」(③)の化身と化する。このおえん——那美——漱石という三者の連想は、確かに作中人物たる要吉の朋子に対する三種の感情、即ち深味のある優しさ、奇異な振舞への警戒心、それに崇拝的な感情、の三つに対応する。従って全然理由のない強説《こじつけ》とばかりは言えない。にもかかわらずこれらの連想の流れの背後に一種倒錯した意識を措定しないわけには行かないのである。草平は、『『煤煙』の中でそれに触れなかった」けれども、「相手の裡に漱石先生を発見して、夢中になってその後を追懸けた」のだと言う。『煤煙』が、心中未遂という事件の結末を経た草平の、この不可解な事件の顚末記であった以上、これを書き綴る過程は彼にとって事件に至る心理の再体験の過程でもあっただろう。『煤煙』の中で漱石にまつわる「真相」の一切を描出しないという姿勢をとらざるを得ず、またその姿勢を貫き通すという前提に立つことによってかえって草平は陰微に「朋子」と漱石のダブルイメージに耽り淫することが出来たのではないか。そしてその思いを一人胸中にとどめ置くことによって、彼は「朋子」と漱石——現実には「恋愛や異性といふものに対する好奇心」[12]から、草平の一人芝居の舞台に上ったにすぎなかった平塚明子、及び明治三十九年の濃密な交渉の後は草平の告白癖誇張癖にヘキエキしてむしろ彼を遠ざけるようになっており、遂によんどころない当の事件に彼を追い込む原因を作った漱石——に対して逆立した復讐をなし得たのではないか。この種の讐の意識は確かに逆恨みめいており理解しがたいものがあるが、先にあげた『漱石先生と私』における回顧文のスタイル（それに至るまでも草平はくり返しくり返し事件をめぐる漱石及び「朋子」と彼との関係を縷説し、その度毎に新しい観点から彼が被害者に他ならなかった所以を訴えつづけているのである。）から言ってかゝる意識の所在そのものは否定しがたいと思う。言いかえればそれは彼が最も深くスポイルされているに拘わらず、相手によって容認されないという不満足感である。恐らくそれは草平自身にとっては如何ともし難い田舎者のコンプレックスに結び付くもので、そうして見ると、漱石と「朋子」とのダブルイメージという観念と、作品各所の外国文学の連想による飾筆とは同根のものと言えるかも知れない。この辺り、作品から二三の材料を拾って考察を試みたい。

作品の一～六は周知の通り漱石が繰り返し褒めるところのあった[13]、要吉の故郷岐阜鷺山への帰省の場面である。これは冒頭の「日が落ちて、空模様の怪しくなった頃である。」（二）という一文で象徴されるような暗鬱な気分で塗りこめられている。作者は、「聞き慣れた土音」「見慣れた風俗」に「三年振りで」接した要吉に、都会から帰った青年にお定まりの「矢張此処の土と水とで出来た人間だなと云ふ感じ」(一)を味わわせた後、要吉とその身心の組成を同じくする田舎人種の愚かにも貪欲な、かつあてどなく暗い日常に向き合わせる。小島信夫の指摘にもあるように、殆んど動物に類する直截な生命感に溢れたお倉の躍如たる描出(一)が一点の明るさを点ずる他は、老いた母お絹とその情人の痴話喧嘩(五)にしても、実家に戻って要吉の子を生んだ隅江の要吉に向ける只管おびえた表情(四)にしても救いようもなく暗い。これら要吉の家族との出会いの周縁に、作者は殊更に犯罪者や自殺者そして要吉の家にまつわる祟りを表徴する斉藤道三の首塚(二)などとの遭逢を「恰も金を接ぎ合せた様に寸分の隙間なく」[*14]付置するのだ。こゝで頻出するのは、罪・陰・祟り・死・宿命・因果・不倫といった措辞で、それらは要吉の故郷の再会によって確認された故郷像、そして故郷と一体となっている自己の「過去」のイメージを示すわけなのである。『自然は破倫なり』(六)「忘られるものなら忘れたい、生れた家も――生んだ家も、自分が自分だと云ふことも。」(七)と要吉は口ごもりながら郷里を離れる。帰省の場面は、後の激しい朋子への恋着とや、遊戯的な心中行への決定的な動機としての、かゝる要吉の自己離脱の衝動を定着するために設定されたもので、東京での朋子との出会い以後のバタ臭い雰囲気とのコントラストを意図した作者の成心が田舎なりの「強烈な色采」[*15]を敢て施す結果になっているにしても、体験に裏打ちされた実在感は動かし難いものがある。これは煤煙事件のあと

『三四郎』の上京を書いている漱石には特別に感じられたことであったに相違ない。こゝでは草平の側でも『三四郎』を明らかに意識している。三四郎が脳裏に浮かべる母や三輪田のお光さんにあたるお絹と隅江の描出にそれが見えることは云うまでもないが、上京の場面（七）で故郷を離れる青年の心理を都会幻想で一面化せず、「何しに又東京へ……西へ指してこそ行くべきではないか」と要吉につぶやかせたり、更に念入りに、箱根を越す頃に「十四の春始めて首都へ出た時」の記憶を更めさせて、「関東者の調子の高い話声に挟まれながら、泣出し相にしてゐた」（七）と書くあたり、対抗意識は歴然たるものがある。この対抗意識も漱石その人によってしか理解され得ぬ底のもの、と草平が考えていたのが草平の草平らしいところで、彼にとっては秘密の匂いのまつわるものこそが真実に最も近いのである。確かに漱石も頭を下げたように、作品冒頭の故郷を持つ者のアンビバレントな心理の濃密な実在感、そこを離れて都会に赴く陰影ある意識のゆれ、に作者はより正当な自己観察を注いで然るべきなのだが、自己観察よりも漱石へのこだわりが先行している結果、故郷における自己の確認という本来的なモチーフが十分に熟さないうちに、自己嫌悪、自己超出の衝動の定着に作者は性急につきすゝんでしまう。「新しい境涯に入るには、心を鬼にして、古い殻を脱いで棄てなければならぬ。」（七）という帰京直後の要吉の呟きは作者にある固定観念の直截な投影である。故郷とそれにつながる自分は「古い殻」であり、そこから脱け出さない限りは「新しい境涯」に入ることができない、と要吉と共に作者は考える。何故新しい境涯に魅力があるのか、それは一体何であるのかは示されない、常に彼の「過去」との相対的構図の中で漠然とイメージされているに過ぎないのだ。行先のあてはない、しかしとにかく今の自分のまゝでは居たくないといった気分。（要吉は「これから何処へ行かうか」（九）とくり返し戸惑うのである。）このあてどない気分が不思議に一向きである。その一向きは古さから新しさへという単一な線上にあり、一方には田舎という場所、過去という時間、それらの中で生きていた「自然は破倫」であるところの自己とその系累が並び、他方には、都会生活と未知な未来、そして朋子という不可解な女性（むしろ女性のもつ不可解さという観念）と彼女によって「新しく生きる道」（十六）が与えられる筈の自己が幻想されているというのが『煤煙』の基底をなす作者の精神の構造の図式である。そのような作者の心情に、漱石に対する一種の気張りが加わる。周知のように『三四郎』の美禰子は、煤煙事件と「新しい女」に対する漱石の関心を背景にして造型された女性像である[16]。それだけではない、『野分』において白井道也先生の周縁に現代の青年の二つのタイプを配置し、爾後『虞美人草』『坑夫』『三四郎』と漱石の現代青年像描出の嗜欲は深く広くなりまさっていた。『野分』の高柳周作という深刻派の青年が、その出自、環境を森田草平のそれに模して作られたことは周知だったし[17]、それに『三四郎』の主人公の設定を加えれば、「現代」小説制作に尽瘁する漱石の像は草平を人一倍刺戟するものがあったに相違ない。草平の気張りの内容をなすのは、一つには漱石のテーマの先取りということであり、一つにはその先取りを可能ならしめるかに思われた当代青年としての「経験[18]」を所有するという自負であったと推察される。

その結果が「十」以降、真鍋朋子の描出に注がれた異様なエネルギーである。因みに「六」までの部分に共感の旨を草平に書き送っている漱石は[*19]、三月六日の日記には「要吉朋子九段の上での会合の場／煤烟は劇烈なり。然し尤もと思ふ所なし。」と記している。

朋子及び朋子への情念を描出するために草平が差当り活用するのは、海彼の新文学の知識の乱用による飾筆であり、特にその中ドストエフスキイの手法である。

明らかに指摘しうる部分だけを拾ってみても、朋子の容貌や挙措を描くに、サッフォー伝説(十四、十五)、朋子に対する執着の異常な予感を示すにワイルドの『サロメ』(十二)、朋子と要吉の関係の進展を美化するにダヌンチオ(十二、十六、十七、三十三、三十四他)及び印度古劇(十七)トルストイ(二十一)ツルゲーネフの『ルディン』(二十五)、要吉の求愛の訴えは『ウエルテル』調(十六)、その恋のドラマに「イプセンの戯曲」(十九)を思い合せ、朋子との葛藤的なからみ合いを分析するにドストエフスキイ(二十、二十四、二十七など)を援用する、といった具合である。この他にも、ド・キンゼイが引合いに出されるとか聖書の文句が引用されるとかするが、それぞれの意味を検討する手間を省いて共通に言えることは、これら海彼の文学作品と作家たちの言行がとり上げられるのは、この作品のいずれも決定的なポイントに於てである、ということである。つまりこれらに関する限り、作者は新しい女性の自我意識の認識と表現、近代的恋愛の心理描写という肝心な点において西欧近代文学にその核心を預けたといわざるを得ない。これらの中ダヌンチオの『死の勝利』とドストエフスキイの諸作が最も目立つ。『死の勝利』の頻用は熱情的耽美的恋愛というプロットの符合もあるが多くはダヌンチオという作家が同時代の尖端を行くという作者の判断によっているのに対し、ドストエフスキイの意味はこの作品と作者にとって幾分内面的必然性が強いと言えるかも知れない。[*20]

　ドストエフスキイの名が作品中で思い合せられるのは、ただ三ケ所であるが、この中「二十」で朋子から冷やかな手紙を受けとったあと一種自虐的な快感にひたり、「女の掌の中に翻弄される——先方の奴隷になって、相手を支配する——そこに一種の頽廃した快感がないではない。」と述懐するあたりは、要吉の女への執着力の一面をついていてドストエフスキイ（ここは『賭博者』『地下室生活者の手記』が思い合せられている）の引用は無理がない。他の二つは、朋子の異常な体験に、「癲癇の発作前」（二十四）のムイシキンやキリーロフを思い合せたり、末巻近く女への殺意を「罪人心理《クリミナルサイコロジイ》」（二十七）と表現したりする部分に見られるものでこれらには「禅学令嬢」と通称された朋子のモデル（平塚明子）への他の視点からする解釈を試みたものとして或種の必然性はあるのである。——もっともこれら三例は作品の部分に関するものに過ぎないが、ドストエフスキイの投影がより明らかなのは作品全体の手法にある。主人公男女のエキセントリックな言動、殊に女について相矛盾した言行を敢えてさせる手法、「十二」の入院病室に朋子が見舞って去ったあと、入れ違いに郷里の妻隅江が訪うという場面に見られる人物の集中・対立の技法、「三十一」以後ちょっとした行き掛りから、末尾の心中行に盛りあげて行く筋立ての進め方、等々ドストエフスキイから作者の学んだものが効果的に用いられた例といえるだろう。殊に、むしろ失敗例ではあるが、朋子の内面に「火かさらずば氷」(十八)という相反する二種の両立を見るという人間認識の型は、草平のドストエフスキイ理解なくして生まれ得なかったものである。

後に書かれた草平による自己注釈によれば、「『経験も天才の一部である!』といふやうな、神秘めいた格言を私が信ずるやうになった」[*21]のはドストエフスキイに学んだ最たるものとのことだが、「異常な経験」に出発点をもつ『煤煙』の制作はドストエフスキイによってその存在理由を保証されているように草平は考えていたらしい。更に同じ回想文で彼は漱石文学とドストエフスキイとの質の「一致」についても触れており、先に指摘した「漱石への気張り」からいっても『煤煙』におけるドストエフスキイ摂取は動機付けられていたことになるだろう。『煤煙』完成後、明治四十二年七月以降の漱石との談義の中に草平が好んでドストエフスキイを持ち込み、それが漱石とドストエフスキイとの出合いの契機となったといういきさつ[*22]も同じ理由で説明しうるだろう。

しかしかようにドストエフスキイに於て究極する『煤煙』の外国文学の取りこみは作品を成功に導いたろうか。私の判断は定説通り否である。上述してきたように、「一」~「六」の帰郷の部分に見られる自己確認から自己離脱の衝動の重い実在感を踏まえ、一方作品外からのモチーフとして漱石の現代青年小説への挑戦意識の所在を頭に置く限り、外国文学の旺盛な活用による幻想の増殖という作品の方向は必然的ではある。が、幻想によってすべてを塗りつぶす膂力に作者は恵まれてはいなかった。実在するモデルへの意識から自由ではないという一般の日本の小説家の通弊を超える膂力を彼は持たなかった。彼は「解釈だけは自分の思ふまゝに施したが、相手の言葉なり行動なりは真実あったこと以外一歩も出ないやうに、細心の注意を払って置いた。」などと書いて、「心を安んじてゐる次第である。[23]」いやすでに幻想化のモチーフを一切捨象したスタイルの続編『自叙伝』[24]では事件後及び『煤煙』執筆中の平塚家との世俗的なやりとりのいきさつをごく世俗的な自己弁護の叙法でだらだらと書きつづけている。

『煤煙』にとられた朋子の三通の手紙（十八、二十二、三十一の各章）と遺書二通（三十二）はつまり『煤煙』執筆中に底流していた作者の世間に対する配慮からとり上げられた動かぬ「真実」の証拠という意味をもっていたわけで、これらは自ずから作者の意図を内部崩壊に導くのである。事実、右三通の手紙に盛られた女の思想と、それへの作者の意義付けは各所で食い違っている。たとえば先にもあげた「十八」の手紙の一節、「私は中庸といふことは出来ないのですから、火かさらずば氷、而して火は駄目だと確かめたのです。氷です、雪です、雪国へ突進します。」は、朋子のやゝ女学生的な昂った自我意識を表白し知識ある男性に面した時の幾分不安定な自矜の響きを持つことばである。手紙を受けとる前日、「十七、十八」連続の最初の密会を閲し、女の狂態を見た要吉が、この手紙の威丈高なスタイルに幻惑されうろたえるのは尤もだが、この女の修辞から結局作者が落着するのが、「あの天上の炎の様に見える浄い情火の下には、汚い肉慾が隠れてゐないとは何うして云はれよう。」という思念であるということになるとそれが爾後の要吉の緊迫した情念の動きに作用するだけに食い違いは滑稽を伴なって致命的である。一般に女の奇体な言動、辻褄の合わぬ急激な変化に眩暈され、その背後にある女の謎多き運命に思いを馳せてあれこれと思い迷うまでの要吉の心の動きはリアルでそれを修飾するバタ臭い修辞も落着いている。ところが、その謎に要吉と作者が一定の解釈を加えて高を括る時、作品は不協和に滑稽な響きを発しはじめるのである。

右の手紙のあと「十九」で「私は女ぢゃない。」と朋子が口走ったあと、

> 要吉は真蒼になった。ぎらりと電光を頭の中へ送られたやうな心持がした。少時は立上る力もない。（中略）冷刻な手紙の謎も好く解った。炎々と燃上っては、空をも焦すやうに見えながら、どこか油がなくて燃える火の様に思はれた、あの劇しい情熱の秘密も解った。

と作者は書く。そして要吉は自分も又「呪はれた身」であること（つまり「一」～「六」で書かれた出生にまつわる秘密）を告白し、秘密を共有する連帯めいた感情に心を沈め安らぐ。ここから要吉（及び作者）の、秘密や運命への偏奇という古く陰湿な体質が、実は『煤煙』の幻想がそれからの離脱衝動を発条台としていた筈であるにも拘らず、一定の機能をともなって露呈しはじめるのである。女の振舞をその性的異常性の面から解釈しようとして、不感症（十九）とエロトマニヤ（三十一）という両極端の間で推察を馳せるまでは幻想的世界と軌を一にするが、性に関する偏向を女の秘密の核として多寡をくくる作者の姿勢は明らかにモデルの存在を意識した或種

の企図に依るものである。「三十二」以降心中行の二夜を叙する際に「袴を解かなかった」ことを細心に注するのとそれは全く表裏一体である。この、性交の有無を以て自己の行為の純不純が判断されるとの前提に立った飾筆自体、人間認識及び性意識の陰湿な古さを逆説的に露呈している。朋子像の構築は、古い「過去の女」であるところの、隅江（及びお種）との対位法によって取り組まれたのだが、朋子に掛けた幻想は要吉の深部の意識の変幻にまでは及ぶことができなかった。無惨なことに要吉に残ったのは、たゞ隅江・お種と違って朋子だけは性的に所有し得なかった「未練」[*25]だけだったようだ。

別の意味でだが森田草平は『煤煙』の幻想から自ら逸早く醒めてしまう。

> 「煤煙」を貫く傾向は人工的と云ふことである。（中略）併し此小説から作者の受けた教訓は、只管に個性を求めて走ったやうな、人工的な思想や感情の終に無意義だと云ふことである。（中略）今後の生活の上では、世間が容れて呉れる限り、世間と合して、世間並みに世を送りたいと思ふ。[*26]

この殊勝な発言の背景には、漱石の批評やその意を体した小宮豊隆の評論[*27]があったに相違ないが、私の文脈から言っても『煤煙』を閲したあと作者には自己の体質の再確認があって当然だとは思う。しかしその時草平は『煤煙』十二の隅江像――「田舎者が田舎者らしくしてりゃ未だ見られる。田舎者の盛装した位見苦しいものはない。」などが自己の作品評価にはねかえってくるのをどう受けとめただろうか。その種の作品評価は漱石・豊隆よりもっと徹底した冷笑的響きを伴って鷗外[28]によって示される。それを草平は単行本『煤煙』に序文として冠する。この経緯は奇妙でもあり無惨でもある。とにかく草平はこれらの経緯を通して漱石への甘ったれた交渉権を回復したが、たとえば二葉亭四迷の事件直後の発言「暗中模索の片影[29]」に代表されるような彼に架けられた新しい時代像と文学像への期待感を見事に裏切ったのは確かである。

朋子と漱石とのダブル・イメージという当初の問題提起は十分に解き得なかったかも知れない。それは草平の脳裡で作品制作の緊張感を支えていた半面で、幻想からの覚醒を急がせるモメントとして働いたということになるだろう。

〔注〕

＊1　小島信夫「永遠の弟子——草平と漱石についてのノート——」（『季刊芸術』2、昭42・7）

＊2　清水孝純「草平・漱石におけるドストエフスキーの受容」（成瀬正勝編『大正文学の比較文学的研究』収、昭43・3、明治書院刊）、剣持武彦「明治文学とイタリア」（日本比較文学会例会での口頭発表、昭46・1）等。

＊3　＊1に記した小島の一文。たとえば「横道へそれるが私は草平が漱石に告白したり、外国文学の話をしかけたりしているとき、草平は意識せずとも、岐阜ナマリであったにちがいなく、この師匠は、ふしぎな気持を抱いてきいただろうと思う。第一、外国文学というものは、東京弁で話されるにふさわしいものだからだ。（中略）岐阜弁というやつは、その言葉の奥に、何か恥かしさが瀰漫していて、下手にふれると、切りかえしてくるところがある。」といった肯くべき感想を含んでいる。小島の文で他に、「草平庵を訪ねて」（『日本近代文学館図書資料委員会ニュース』14号別冊、昭45・11）が管見に入った。

＊4　この問題への一つのアプローチとして私は、「『三四郎』論――上京する青年――」（『言語と文芸』75、昭46・3）を書いた。
＊5　大久保典夫「森田草平論――その私小説的発想の構造美学」（『文学』昭40・3）
＊6　同筆者「森田草平と『煤煙』事件」（『国文学』昭39・10）
＊7　代表的なものに、玉井敬之「『野分』成立の側面」（『日本文学』昭40・11）がある。
＊8　『漱石先生と私、下巻』（昭23・1、東西出版社）一九ページ。
＊9　同右、二七ページ。
＊10　同右、三一～三二ページ。なおこゝで「要吉」というのは、作品の主人公の名に仮託して作者が事件における「私」の心境を述べようとしたもの。
＊11　同右、三一ページ。
＊12　神崎清編『現代日本婦人伝』（昭17・4、三学書房）のうち、平塚らいてうの自伝による。平塚の『元始女性は太陽であった』上（昭46・8、大月書店）でも事件観は右と同一で終始淡々としたものである。
＊13　漱石の『煤煙』評の中、明治42・2・7付森田草平宛書簡『煤煙』第一巻序（明43・2、金葉堂）等でふれてある。
＊14　同右のうち、『煤煙』第一巻序での漱石の評語。
＊15　同右。
＊16　談話筆記「文学雑話」（『早稲田文学』、明41・10）に「宅に居た森田白楊が今頻りに小説を書いてゐるので、そんなら僕は例の「無意識の偽善者」を書いて見ようと、串談半分に云ふと、森田が書いて御覧なさいと云ふので、森田に対しては、さう云ふ女を書いて見る義務があるのですが……」とあることから私はそう推断する。これには三好行雄の異論もあるが漱石論が主眼ではないから触れない。
＊17　明39・12・10付森田草平宛書簡「今度の小説中には平生僕が君に話す様な議論をする男や、夫から経歴

が（人間は知らず）君に似てゐる男が出て来る。」とあり、「今度の小説」（つまり『野分』）の中で草平の経歴に符合する点については、『日本近代文学大系25　夏目漱石集II』の補注で委しく触れた。これにも和田謹吾の批判がある（「『野分』の構図」『言語と文芸75』収）。

＊18　森田草平「漱石とドストエーフスキ」（『夏目漱石』収、昭17・12、甲鳥書林）

＊19　＊13に記した書簡。

＊20　＊2に記した清水孝純の論文では「死による生の検証」というドストエフスキイの課題に近接したものを草平の『煤煙』に認め、更に作者が朋子にかけた「幻影」は「せんじつめれば、実はドストエフスキーの世界だ」と述べている。私は「幻影」の出立点――古き自己との袂別の方を重く見るから清水の論には尚同じがたい。

＊21　＊18の草平の一文、同書五七ページ。

＊22　＊8の『漱石先生と私、下巻』の中、「先生のドストエーフスキ論」一二二ページ以下。

＊23　森田草平「『煤煙』とその前後」（『夏目漱石』収、昭17・12、甲鳥書林）九三ページ。

＊24　明44・4～7、『朝日新聞』に連載、中途掲載中止となった。同年10月『新小説』の「未練」が中止後を承けた作で、単行（大4・7、植竹書院）以後、「未練」は『自叙伝』の「十」「大団円」の末尾二章として吸収される。

＊25　＊24の小説「未練」に、「自分の描いた女では、自分を満足させることは出来ない。縦令何んな女でも――どんな背景のない女であったにしても、矢張あの女の側に居たい。」（傍点引用者）とある。

＊26　森田草平「落果　『煤煙』について」（『新小説』明42・9）

＊27　「ダヌンチオの『死の勝利』と森田草平の『煤煙』」（『ホトトギス』明42・7）

＊28　「影と形一幕二場――煤煙の序に代ふる対話」（『煤煙』第一巻、明43・2、金葉堂）、この戯曲体の一文ははじめ「影」の題で『スバル』明42・12に載った。

＊29 『女学世界』明41・5。四迷はこゝで事件を「不可解」と見つゝ考察をすゝめ、個人主義の伸長と旧態依然たる社会との衝突という時代に生きる青年の自己破壊衝動の現われとして森田と明子の「暗中模索」を評価する。文中「森田の友人」に事件を小説化するを勧めたという一節がある。

夢の方法家としての内田百閒——漱石との関連の中で

近年活躍中の（正に形容句なしで活躍めざましい先輩研究者としか言えないところの）谷沢永一氏の、もう古いものに属するだろう仕事の一つに、『シンポジウム日本文学⑰ 大正文学』（昭51・10、学生社）があり、特に本書所載「文学史における大正五年（一九一六）の意味」と題する問題提起があり、それを私は繰り返し読んできたものである。この、漱石は最終作『明暗』を書き、鷗外は史伝世界に乗り出すきっかけとして『渋江抽斎』との邂逅を自らは勿論、多くの文人も又「追蹤」すべきとの確信に立って完成させた年、が明治作家の結節点であるとともに「世代交錯の相様」を呈した年でもあったことについて私も人並には関心をそそられてきた。その故に「例によって勝手な暴論」と前置きしつつ、周到な用意をめぐらせて谷沢氏が展開する論理は、私には余りにも華麗かつけざやかに感じられ、ウンウンと頷くことが多かったし、今も又多いのである。

しかし今、漱石の死の前後において、漱石的文学精神、漱石的作品、が如何に継承されたかされなかったかを、関心の対象として右文章を読む時、谷沢文のうち次の個所の如きは、も一つ腑に落ちないものを私の心中に残してしまうのである。(以下同書一一二ページから引用)

夏目家の木曜会に集まった秀才諸公、この連中の中から漱石の文学的血脈を百分の一程度さえ受けた者が遂に一人も出現せず、そこには文壇と学界と出版界とにわたる政治的処世しかなかったことは、これは改めていうまでもありません。

氏はつづけて「岩波文化人」なるものの存在についてふれて「漱石系すなわち岩波書店系のいかにも大正期独特の微温湯的な教養主義・文化主義のエリート教団」の「長い治世」と論難的に叙べるのであって、ことが大正的教養主義とそれに関わる漱石門下生の役割への評価にある限りにおいてすでに唐木順三の『現代史への試み』以来の定説から一歩も出ないものと言わざるを得ない。そして論をそこに導いて行く前提として「漱石の文学的血脈」を前段の如く裁断して済ますことも又かかる定説的論断に収斂させる手続きであったと思えば思えるものの、谷沢氏に似つかわしからぬ平凡な図式との思いを禁じ得ないものである。この点は谷沢氏の問題設定を受けたシンポジウム参加者のうち、助川徳是・紅野敏郎両氏が、内田百閒や豊島与志雄をあげて谷沢図式の補正を試みる発言をしているのだけれどもこれも、谷沢氏の「百閒の作品は文学批判的文学なのですね。その意味でそこが漱石とちょっと違う。」というやや意味不明な応答で幕、となり、結局は西垣勤氏の「ただやはり、漱石の『明暗』というのは、あの秀才諸公たちは理解できなかったんじゃないですか。」式の見込み的発言で論点がしぼんでしまった形である。

漱石の「文学的血脈」の受け継ぎ手の最たるものの一人として私は内田百閒の存在を考えてきた。しかもそれは、谷沢氏のいう「文壇と学界と出版界とにわたる政治的処世」とは全く無縁なというか、それとむしろ背を向けたところで「受け継ぎ」が行われてきたことを論証してきたつもりである。[*1]百閒が漱石への傾倒を示した最も古い資料は「『漾虚集』を読む」（『山陽新報』明39・6・11、内田雪隠署名）である。後にこの文章につき百閒は「新聞がまたそれを採用して、詞藻欄に載せたものだから、急に鼻が高くなつて、一人前の漱石崇拝者を以て任じた。」（漱石先生臨終記）と回憶を更めつづけるのだが、いわゆる漱石門下生の形成が、五高・東大における夏目金之助教官の教室において行われていることに比するならば、百閒の漱石接近が純粋にその文学を通してはじまったという特質をそこに見出すのは間違っていないだろう。尤もこの十八歳時に書かれた漱石評は、より以前に少年百閒の心を惹きつけていた『吾輩は猫である』における「漱石式の滑稽」なる観点から行われた作品印象の羅列で終始していて、お義理にも『漾虚集』批評史に位置づけうるものではないし、漱石のこの集に潜流していた「血脈」の理解が探れるものでもない。ただ、「漱石式の滑稽」という語によって百閒内部で、俳諧風の諷刺的骨法が手探りされていたことも見落とせないことで、それは、『中学世界』明治三十九年六月号に投書掲載された小品文「雌神雄神」が、若い男女の知合いになる数瞬間を揶揄まじりに書いている（選者大町桂月の評は「皮肉の筆をもて、痛切にエギザゼレートせし技倆は侮るべからず。」であった）あたりに窺えることだし『百鬼園日記帖』に至れば「自分に対する憫笑と人にかくれてするたちの悪い嘲笑」と定式化されるのである。『吾輩は猫である』評価史の初期には「冷峭なる諷刺」（田岡嶺雲）や「スケプテイツクの笑ひ」（二葉亭四迷）などの雋語があるが、百閒が「漱石式の滑稽」の語でとらえていたものもこの卓越した二者の理解に近いものであったのは確かである。

　この初期漱石の世界への接近が百閒に何をもたらしたかは軽々に評することができない。ただ、『吾輩は猫である』対『漾虚集』という漱石の二極的志向と相似たものが、『百鬼園随筆』（昭8）以後百閒の文学活動にあらわれるのを見るのみだが、このことの意味の検討は後のこととしよう。明治三十九年からの数年間（それはなお百閒の上京以前の時間だが）は『文章世界』での写生文制作の時期である。同誌四十年三月号に、為藤五郎筆「本誌投書家の文章」なる時評があり、そこで有数の存在としてとり上げられた彼（当時は筆名を流石、まれに盧橘子を用いる）は「内田氏は『ホトトギス』派の写生文学を標榜して顕れたるもの。従つて其の文純客観的に、純自然的に、純写生的に描写せる所（中略）かの『乞食』『按摩』『靴直し』の三篇は写生文中の粋也。」と評されている。同誌叙事文欄で「乞食」（明39・10）が優等に入賞し田山花袋の激賞を受けて以来、右三篇の他、五篇が同誌に入選・発表されてある。これらは概ね見聞した自然や人事を独特な観察で書き綴ったもので、上記三篇や「大晦日の床屋」如き、標題に見るように、市井に埋もれてはかなくも逞しい生業《なりわい》を営む人々の陰影をとらえる点に特色が示されてある。平板な写生に終始せず、いわば筆使いによって作り出される日常的印象には独特の切れあじと、深い奥行きが感じられるのである。

大きな蜘蛛が一匹、がさがさと這ひ出して、祖母の膝の前に止まる。祖母が煙管を以て、畳を敲きながら、

「一昨日《おととひ》来い、一昨日来い」と追ふと、蜘蛛は、忽ち横にそれて、壁に立ててある琴を上り、つうんと空音を起てる。

「御嬢様が御座りますか」と按摩が尋ねる。（「按摩」）

この例など、漱石も又そこに属した『ホトトギス』の写生文の相当に高い理解の上に成った文章であるのは確かだ。明治四十三年上京して東京帝大独文科学生となった百閒が初めて漱石に会ったのは翌四十四年二月二十二日内幸町の長与胃腸病院に見舞ってである。前引「漱石先生臨終記」は、病室でズボン下の裾口を膝下にたくしこんで「その上に跪坐して」いたため足をしびらせ、挨拶して立ったあと次の間に出て前のめりにうずくまった百閒に、後からついて来て「痺れたかね」と声をかける漱石の姿を点出している。修善寺における大吐血の重患から立ち直って、恢復期の療養を当病院ですすめていた時期に当たっているのはいうまでもない。これ以前百閒は写生文小説「老猫」を漱石に送り、その評を記した漱石の手紙を得たりしているが、爾後の漱石書簡集に見られる交流は、主として漱石の著作本の「校正」をめぐってなされている。この校正の仕事は、漱石から文体を吸収する確実なパイプとなった。

百閒自身は漱石への畏敬の念を度々文章に書きとめ、漱石の黒檀の机を秘かに計って全く同じ

ものを作らせたり、その（鼻毛の植えられた）書き損じ原稿を収集して保存したり、その他多岐にわたるエピソードを通して漱石への傾倒的心情を表現しているけれども、漱石文学の何をどう評価し、何を自らに役立て得たかにつき自注したことは殆んどない。しかしこの明治四十三（一九一〇）年から、大正十（一九二一）年の『冥途』諸編の発表開始にいたるまで、つまり百閒における文学的主体の形成期において漱石文学の存在は殆んど決定的で、百閒はこの間、漱石とともに独特かつ濃密な時間を経験していることは、その日記、ことに漱石の死を直接的契機として書きおこされた『百鬼園日記帖』『続百鬼園日記帖』において明らかである。この日記帖正続二編に記される時間は、ちょうど漱石全集編纂の進行の時期とも重なっており、百閒の内部で漱石の存在がその肉体の存否とも関わりなく大きかったことを証拠立てている如きものであって、幽明の境を超えた二者の交渉史として特に注目されるべきものである。

文体の吸収ということを先程記した。これはやや不用意な着想であったかも知らない。しかし漱石書簡集によって見れば、百閒の校正への姿勢は、漱石自身の筆癖・用字法・発想法の源に溯及してそれを理解してかかる体の徹底したものであったことが推測され、質問に応答する漱石の方がヘキエキする程のものだった。その種の漱石内部に立ち入らんばかりの校正法が、後の全集編纂時の「漱石校正文法」作成の挿話を生み出す基をなすのであろうが、この校正の仕事による漱石文学とのつき合いは百閒の文学のなり立ち、その間の漱石の影響に微妙な因子を残している筈である。これはしかし実証困難な着眼ではある。だが、上京以後ほとんど筆を断つと同然の無活動期に入ったにおぼしい百閒が書き残した「鶏蘇仏」（明43？）「破軍星」（明45？）「雀の塒」（同上？）「駒込曙町」（大4）の四編（いずれも当時発表されず、前三編は『続百鬼園随筆』（昭9）に「筐底稡稿」として収録、「駒込曙町」のみ『東炎』（昭9・9）に掲載ののち『無絃琴』（昭10）に収録）において、幾許の影を見ることはできるのである。このうち前の二編はいずれも標題とされている三字の号を名乗った幼い文友たちの死を悼んで書かれた交友録で、後の名編『実説艸平記』（昭25）をはじめとする人物記の濫觴をなすものといってよいが「鶏蘇仏」では冒頭で「趣味の遺伝」の戦場描出をとりこみ、それを活用して戦争に浮かれて嬉々蝟集する群集の姿を描いているのが注目を惹く。又、「破軍星」の末尾では、友人の死後の魂魄の行方に思いを遣り、「今夜は日暮れから雨が降つて居る。寝静まつた町の屋根を濡らして、友達の死なぬ人人の夢をしめらして居る。簷から落ちる雨垂れが、ぢよび、ぢよびと友雫を呼んで居る音の中に、もう春が来た。ぢきに花が咲いて、雲雀が啼いて、柴田さんのお墓のそばに、花が咲き出す。柴田さんは、その下におとなしく眠つてしまふ。月あかりがして、薄白い雨空が、今夜は私を星から遮る。あの薄明りの雨雲のも一つ上に、沢山な星がきらきら光つて居る。その中で破軍星と云ふ星も、大分きらきら光つて居るんだらう。」と叙すあたり、傍点部のイメージの扱いや、死者の近傍から発想をおこす呼吸において、『夢十夜』第一夜の匂いが感じられる。死にかけた雀の丹念な観察と感触、そこでの心のゆらぎを書いた「雀の塒」も『文鳥』の手触りを伝えるものであって、これらは勿論『文章世界』入選文時代の百閒の写生文体を基調とする点で百閒固有の文章にはちがいないが、そこに漱石の小品的作品への愛着が流れて一つの味を添えているのも確かなのである。「駒込曙町」では大学卒業後の無為無策な日常の気分を百閒は書いている。就職・大学院での研究・家族たちとの交渉など当時彼を囲繞していた生活上の問題がここに触れられてはあるが、漱石同門の作家たちの活動への羨望といったものはあらわれて来ない。ただ末段において自己の天性への次のようなナイーブな確認が行われているのみである。「私はそこに寝ころんで、全体私の為すべきことを考へ始めた。すると私の心の中で、自信と自嘲が小ぜり合ひを始めた。私のなすべきことは、もう昔からきまりきつてゐる様な気がする。きまつては居るが、若しかすると、それは外に何もする能力のないと云ふ事の結着なのではないかと云ふ様なことが考へられる。それは問題ではない。兎も角もやらう、と私は思ふ。そこで私は瑣雑な刺戟を離れて、いよいよ創作を始めると云ふ気になつた。」

ここでいう百閒の「創作」がはじめて発表されるのは、大正十年一月の『新小説』で、その体裁は「冥途」と総題して、「一、冥途　二、山東京伝　三、花火　四、件　五、土手　六、豹」の六編である。「駒込曙町」から六年近い年月の後、ということになるのだが、平山三郎（『内田百閒全集』第一巻解題）の伝える「著者の覚え書」ではこれらをふくめた諸編はちょうど大正三、四年に稿了されたと記されているという。『日記帖』には各編の成立推敲関係の記述も多くあり「大正三四年に稿了」とするのは問題が残るが、『旅順入城式』（昭9）「序」中「余ハ前著『冥途』ヲ得ルニ十年ノ年月ヲ要シ……」の述懐とも照らしてこれらの幾編かが「駒込曙町」の時期にすでに着稿されていたことは確かだと推定できるのである。にも拘らず百閒がその「創作」の発表を自ら数年の後まで延引させたということの中に、その文人としての固有な自己意識があるようである。それは要するに漱石先生への意識ということになるだろうが、たとえば大正三、四年ごろの、芥川・久米らの漱石との華々しい交渉と対比してみれば分かるように、百閒のその意識は多分に漱石に気押されて自己内部に潜りこむ体に働いているのである。『日記帖』大正六年十月二十日の項に百閒は書く。「今私の書きたいと思つてゐるのは、一、私の心の中の神秘をかく。（中略）二、私の人間性の記録、『久吉に与ふ』など。三、社会生活の記録、いつか書きためて止めたエクツエーマの様なもの及び特に士官学校の私。これは『坊つちやん』の様になる怖れがある。恐らくどんなに努力してもさうならずにはすむまい、又私の書くものとしてはさうなるのが私の自然である。」「私の自然」と書くことで耐えようとしている漱石の重みを、これは素朴に確認している記述であるが、この記述の一方には、「一、私の心の中の神秘をかく」という『冥途』系のモチーフについての自負も窺えなくはない。実際『日記帖』において、「夢」の神秘力との付き合いの記述は想像を絶するものがあり、それは『冥途』系諸作の発表に彼を押しすすめて行くように働くのである。大正八年一月一日の項には夏目家での正月の門下生が作り出す雰囲気への嫌悪感が綴られてある。「夏目の空気は実に不愉快である。軽薄で下卑で堕落してゐる。河原が最も阿諛を逞しうしてゐる。先生の本当の気持を少しも解する事が出来なかつた男だ。（中略）むにやのむにやむにやなる瀬見、下手な太鼓持猿丸みんなして先生が死後に残した書斎の清気を濁してしまつた。まあ勝手にするがいい。（中略）昨夜など先生の幽霊が出ればいいと思つた。」この中で人名はすべて仮称だし日記が記されたのが二日午後なので「昨夜」という記述が入っているのだが「先生の幽霊が出ればいい。」という子供染みた反応にも百閒内部の独特な葛藤が仄見えるのである。「先生の幽霊」に強く支配されてあるのは彼自身なのだし、この期の百閒が若し「先生の幽霊」に殉ずるならば、全集校正の業に尽瘁して黙する道に就くこともできた。これは実にこの時期の百閒自身の選択可能な道の一つでもあったのである。しかし百閒が結局えらびとったのは「先生の幽霊」の支配力を逆手にとってこれを文学制作の力と化することであった。

『旅順入城式』所収の一編として「先行者」（初出不明）という夢の短章があり、この決定的な時期における百閒の内部世界を語っているかと思われる。「町裏の淋しい通にあるミルクホールに私と先生と二人、腰をかけてゐた。」人通りのない道に時々梟の鳴く声が聞こえる度に先生は「目を上げて、私の方を見た。さうして何だかうれしさうな顔をして笑つた。」——「先生」が漱石門下生に共通の、漱石その人をあらわす固有名詞であることを注する必要はないだろう。作品は文字通り「先生の幽霊」とのさし向かいの気分で幕を開くのである。麦酒と鯣《するめ》の貧しい卓子《テーブル》を囲んで私はそれでも満足している所へ、同客が入ってくる。一人の脊の高い目くらなのだが、見ると「顔がおそろしく長くて、色は真青だつた。さうして両眼とも飛び出した白い目玉を剝いて、向うを向いた儘ぢつとしてゐた。」以下、先生と私の注視の中で目くらの奇異なふるまいがつづけられる。次第に先生と私を脅えさせるのは目くらが確実に「見える」かのように振舞うからである。やがて目くらが出て行ったあと、先生と私もミルクホールを出る。四辻から淋しい崖道にかかると、分かれた道は逆に下りになるので二つの道の間にある谷はしだいに深くなっていく。

「さつきは怖かつた」と先生が云つた。

「あの目くらは何でせう」と私が云つた。

「僕はあの通りの目くらを夢に見た事があるんだよ。矢つ張りあんな青い顔をしてゐた」

小さな祠の拝殿の前で腰かけた時、先生が急に立ち上がる。先生の腰を下ろしかけた辺りの縁板は「人の肌の様に温かつた。」「さつきの目くらだよ」と先生が云った。やがて又街中に出て道の曲り角に車屋の涼み台があったのでそこに腰を下ろしたら、——「ああ」と先生が云った。「ここにも掛けてゐる」先生の声はかすれていた。立ち上って黙したまゝ、先生の家に向かって歩く。——「私は先生を送つて行つて、一人帰る時の事を考へてゐた。何だか無気味で、一度通つた道はもう通りたくない様な気がした。」先生の家の近くで二人は決定的なものを見ることになる。先生の家の潜り戸をあけたてする音、ベルの音、玄関の硝子戸のごろごろと開く音、「お帰んなさい」と云う先生の奥さんの声、——「私は垣根の隙間から、さつきの目くらが玄関の中に這入る姿を見たと思つた。先生はそこの塀に倒れかかる様に凭れたまま、身動きもしなくなつてしまつた。顔は土の様に青かつた。」

この作品で、まず明瞭なのは『夢十夜』第三夜における漱石の存在感覚との連続性である。青い目くら、見ている存在、分かれ道、鳥居のある小さい祠、大きな守宮、そして何よりも目くらと先生自身との混同という設定、これらは百閒の意識に映ずる漱石の存在感覚の所在を端的に、ということは第三夜の明確な理解の上に立って見事に定着したものと言えるだろう。次により大きな要素は「先行者」としての先生に付き添いながら、私が味わう愛着と恐怖という、百閒の側に属する存在感覚である。二人で居る、当初の安息感、そして目くらの闖入による急激な転調、先生の行方につきしたがって崖道を歩きつづけながら、一人帰る時の事を考えないわけには行かず、無気味な感覚に襲われる。これは百閒の漱石へのナイーブな意識のあらわれと読み得るのである。彼は先生の内部の恐怖をも見る。先生にあっても目くらであるところの「先行者」によって支配されているのである。この作品を百閒の「夢」として見るならば、それは漱石との間で彼が持った濃密な時間の顕現であるとともに、「先生の幽霊」の支配力との葛藤から脱け出るべき未来を啓示する夢でもあっただろう。つまりここで百閒は次のような解釈を試みることが出来た筈である。

　目くらという他者と見替えられて「奥さん」に戸口でシャットアウトされた先生は、青い顔になって身動きもしない、つまり死んでいるのである。漱石はここに居ないのである。一度通った道はもう通りたくない、と私は思うのだが、百閒はそこを居ない筈の漱石と通ったにすぎないのであるから、実は一人で通ったと考える自由がある、と。事は勿論あの「創作を始める」という願望に関わってくるのである。

百閒は実際、『新小説』大正十年一月号以降、陸続と自作の発表をつづけることになるが、「夢」の方法化というコースを独歩しつづけたといって良いだろう。『夢十夜』における漱石を先行者とする自覚は、「先行者」に見る如く「自信と自嘲の小ぜり合ひ」を繰り返し彼の心中に醸したに違いないが、『冥途』一八編、『旅順入城式』二九編、その周辺で捨てられた数多くの夢の短章の実作は、漱石の文学的血脈を更に太らせたものとなし得るだろう。この点を検討する前に、しかし『夢十夜』以後の漱石に於ける夢叙述の帰趨につき瞥見を試みて置くこととしたい。

先にふれた百閒の漱石初対面の明治四十四年は『思ひ出す事など』の年である。修善寺における「三十分の死」の感触をてことして漱石はここで死生の境というモチーフを執拗に手まさぐり、自らが尚営みつづけるべき文学制作の深化を目ざしていた。このエッセイではウイリアム・ジェームズの心理学書やドストエフスキイの体験への関心が示されてある他に、アンドリュー・ラング、フランマリオン、オリヴー・ロッヂらの、いわゆる「スピリチズム」の学説への接近が報告されてあることも見落とせない。これは漱石の説明によるならば、「不可思議な現象」(「妖怪」や「幽霊」)の実在についての興味に発するものであると同時に、「自分より大きな意識と冥合」することへの果されえぬ願望に発するものであった。しかるに、これらの学説閲読の結果残ったのは、「仮定は人々の随意であり、又時にとつて研究上必要の活力でもある。然したゞ仮定だけでは、如何に臆病の結果幽霊を見やうとする、又迷信の極不可思議を夢みんとする余も、信力を以て彼等の説を奉ずる事は出来ない。」とする結論であった。『夢十夜』や『永日小品』に見る如く、漱石の内部に潜流する「不可思議の現象」「大きな意識」への執着は根強いものがある。だが右に見るように、論証又は経験を経由しない限りその存在を信じられないとする漱石の理智も又持続するのである。漱石の長編小説の中で行われる夢叙述はそれほど数多くはないが、それらの中でも論証不可能な神秘体験の類は殆んど見られなくなる。現実的な体験に還元することが可能ないわゆる「還元的作用の夢」は、『それから』の代助の体験として、『行人』の二郎の体験として、書かれている。願望夢とか予知夢あるいは、ユングが自己実現のための補償夢と名付けたような種類の夢は、登場しなくなる。夢叙述においては、ここまでの漱石は科学主義者としてのフロイド的段階に留まっていたという比喩がなり立つだろう。

『思ひ出す事など』が一方で示すように、漱石は「不可思議」志向の人間でもある。だから筆の赴くところに従って、神秘的な心的境涯を描く可能性を常に秘めている。その曙光を恐らく示しているのが、絶作『明暗』だったのではないだろうか。多くの人々の指摘にあるように、雨中の温泉行を敢為する津田を追う「百六十七章」以後の文章は、一種の活気と気韻を加えてうねり上るような展開を見せる。津田の内的モノローグに語り手の気魄がのりうつり、語り手の、それまで一貫して客観的であった語り口に、危機到来の予感におののく津田の心音に似た響きがからみついて行く。

靄とも夜の色とも片付かないもの丶中にぼんやり描き出された町の様は丸で寂寞たる夢で

あつた。自分の四辺にちらちらする弱い電灯の光と、その光の届かない先に横はる大きな闇の姿を見較べた時の津田には慥かに夢といふ感じが起つた。「おれは今のこの夢見たやうなもの、続きを辿らうとしてゐる……」（百七十一）

引用を省略するが、ここで津田の思念を動かしているのは、圧倒的な「夢」――「大きな意識」への予感であって、右引用部分にひきつづくモノローグの中には、畳句風に「夢」の語が重なってあらわれている。

一方には空を凌ぐほどの高い樹が聳えてゐた。星月夜の光に映る物凄い影から判断すると古松らしい其木と、突然一方に聞こえ出した奔湍の音とが、久しく都会の中を出なかつた津田の心に不時の一転化を与へた。彼は忘れた記憶を思ひ出した時のやうな気分になつた。

「あゝ世の中には斯んなものが存在してゐたのだつけ、何うして今迄それを忘れてゐたのだらう」（百七十二）

高い樹と奔湍の音が呼び起こす、「不時の一転化」とは、深い補償夢への誘いでもあろう。事実彼は、「忘れた記憶」つまり今まで非在であった「存在」に向き合わされることによって、自我の剝離感を味わうのである。以降、「鏡」を通して向き合う「自分の幽霊」（百七十五）や、思い掛けぬ場所での清子との邂逅で見る「一種の絵」（百七十六）などのイメージの連鎖は、この一連の津田の経験が、「夢」と等価の次元にあることを示すだろう。だから後段で語り手は「夢中歩行者《ソムナンビュリスト》」（百七十七）と主人公に自識させるし、翌朝の彼を「昨夜来の魔境から今漸く覚醒した人のやうな」（百七十八）と形容するのである。ここでいったん「覚醒」させられた津田が、清子との平静で日常的な朝の会話を果たすまでしか作品は書かれていないのだが、今辿ったような作品の生理から言って、津田が二度と神秘的体験に入らないという展開は考えられず、『明暗』はむしろ恐らく一層の「迷宮《メーズ》」（百七十三）に作中人物と読者を巻き込む必然性を持っていた筈である。（津田と交互に作品の視点人物の役をふられてきたお延を襲う「夢」の設定を想い描くことも可能であるが、だがしかし、漱石はこの作品においても、論証又は経験という理智的欲求に立ち戻って、語り手による事実の闡明を果たさせることになっただろう。いずれにせよ、それは無責任な想像に属することではあるが。）

この『明暗』の未完に至る漱石の歩みに照してみると、百閒の夢叙述の方向性はやはり独特なものと言うべきであろう。その端的な対比を示す一例は「山高帽子」（『中央公論』昭9・6、『旅順入城式』所収）である。この芥川龍之介の晩年を作者との交渉関係において描いたと見られる一編（なお作中の青地を作者、野口を芥川と読むことについては、作者の反論がある）は、芥川との交友記にも採られている相互の狂気又は佯狂染みた振舞いのエピソードを用いて、両者を浸潤していた一つの時代の雰囲気をとらえた傑作であるが、ここでは細部の事実や、状況の現実性と対応する事柄が作品の基調をなす夢想的なもの、神秘的なものに溶解されてしまっている。言いかえればここでは現実的なものは夢や神秘という作者の主情的モチーフに従属しているのである。「広田先生の夢」を、その（三四郎や読者にとって）不可解な生意識のインデックスとして書く漱石との距離はここに至って甚だしいと言うべきだろう。

〔注〕

＊1　漱石から百閒へ、というモチーフに従って私が従来書きとめたものは、次の二、三の文章にすぎない。

① 夏目漱石と内田百閒『国語と国文学』第四九六号（昭40・7、至文堂）

② 「夏目漱石と内田百閒」補論『古典と現代』第二三号（昭40・9、古典と現代の会）

③ 内田百閒論――『冥途』の周辺――『山梨大学教育学部研究報告』第二二号（昭47・2、山梨大学教育学部）

以上の他に、『内田百閒全集』月報2、3に継続収載した「百閒のなかの漱石」は、幾分エッセイ風に当該主題に関する私見を纏めて見たものだが、後に平山三郎編『回想　内田百閒』（昭50・8、津軽書房）に再録されるところとなった。

今ここで問題としているのは、『冥途』（大11・2、稲門堂書店）によって遅い作家的出発をとげる内田百閒における夢の方法の検討にあたって、漱石におけるそれとの対比によって解明することなのであるが、これを説きすすめる前提として、右のうち②の文章の趣旨の一部をここで縷述しておくことをお許しいただきたい。これは他のものと異なり刊行部数の少ない同人誌所載のものである故に、この種の行いも幾分大目に見ていただけることと思うのである。

初出一覧

I

倫敦漱石猟色考　漱石研究第3号　1994〔NO.3〕一九九四年一一月

『文学論』とそのノート　古典と現代60号　一九九一年九月、同61号一九九二年九月

ヤフーの系譜――猫・河童・家畜人　古典と現代52号　一九八四年一〇月

日本のハムレット　古典と現代65号　一九九七年九月

『それから』の書き手としての漱石　国文学　解釈と鑑賞　第52巻4号　一九八七年四月

『明暗』以後――続・漱石におけるドストエフスキイ　古典と現代66号　一九九八年一〇月

満韓旅行の漱石　古典と現代67号　一九九九年一〇月

II

漱石文学の対話的性格　国文学　解釈と鑑賞　第53巻8号　一九八八年八月

『明暗』その他　漱石研究創刊号　1993〔NO.1〕一九九三年一〇月

III

ホトトギス出身の小説家たち　俳句　第15巻第4号　一九六六年四月

師としての漱石　国文学　解釈と教材の研究　第23巻第6号　一九八三年五月

書簡の中の漱石　夏目漱石遺墨集第五巻　一九七九年九月　求龍堂

『煤煙』論拾遺　古典と現代35号　一九七一年一〇月

夢の方法家としての内田百閒　文学・一九一〇年代（川副国基編）一九七九年三月　明治書院

あとがき

翰林書房の今井肇さんから漱石論を出して上げる、とのお話をいただいてから何年になることだろうか。ワープロフロッピを点検すると一九九七年十月二十七日付の書簡で
『発展的漱石論』原稿を別紙の目次（案）通りお届けしますので、どうか御検討願います。三つのグループに分けて構成するのが妥当、と考えています。第一が、所謂外国作家作品との交渉関係を取り上げたもの、第二が「作家的出発」その他漱右論の今後をめぐるやや論争的文章、第三が漱石的系譜へのアプローチ、となっています。
題名は、①リゾームの中の漱石、②発展する漱石、③漱石とその周辺、④漱石的系譜、⑤漱石の出発、⑥漱石・人と文学、⑦発展的漱石論、⑧漱石における小説建設、⑨漱石・その文学的対話、⑩漱石の「文学研究」などなど、色々考えられます。（下略）
などと書いてある。翌一九九八年十二月十五日付では、
『漱石を語る』1、2有り難く拝承いたしました。装丁については石原　亮氏の方が！と思いますが。でも、とても良い本が出来ました。（中略）なるべくコンパクトで、退屈しない本を、今井さんのお導きで作りたい、と思います。
『漱石の挑み』『文学史の中の漱石』『漱石文学の対話的構造』などが題名候補。目次は、「語

る」を踏襲して、＊で三つくらいに分ける方式。

ともあって、相当に煮詰まっていたのだが、私の怠惰にて今に至った。前著（内田百閒――『冥途』の周辺）の場合と同様いやそれ以上に今井さん御夫妻にはとんでもないご迷惑をおかけした。校正刷りが出て来てからでも一年半である。

中身については上記引用文につけ加えるべきことはない。題名に冠した「対話」とは、漱石の『文学論』の語彙・「問答」と関連し、M・バフチンのドストエフスキイ論に学んだ概念であるが、その成立ち・作品構造・門下生や訳者への関わり方の三点からして、漱石文学に相応しいものと考えるのである。

文章の用語や表記は初出を大きく変えることはしていない。初出一覧によってご覧の通り、拙文の過半は塚本康彦主宰の同人誌『古典と現代』（二〇〇二年一〇月、七〇号で終刊）掲載のものである。ここに旧同人への感謝の念を記させていただく所以である。

二〇〇四年九月四日

内田　道雄

【著者略歴】

内田道雄（うちだ　みちお）

1934年７月、長岡市生まれ。1957年、東京大学卒業。

1964年、東京大学大学院（博）単位取得退学。

山梨大学助教授を経て、東京学芸大学教授。1998年、同大学教授を定年退職。同年、同大学名誉教授。1999年、鶴見大学教授。

著書に、内田百閒――『冥途』の周辺（1997年10月、翰林書房、第６回やまなし文学賞〔研究評論部門〕受賞）、夏目漱石――『明暗』まで（1998年２月、おうふう）等がある。

現住所　〒192-0024　八王子市宇津木町940-14

対話する漱石

発行日	2004年 11月 5日　初版第一刷
著　者	内田道雄
発行人	今井 肇
発行所	翰林書房
	〒101-0051 東京都千代田区神田神保町1-14
	電　話 (03) 3294-0588
	FAX (03) 3294-0278
	http://www.kanrin.co.jp/
	Eメール● Kanrin@mb.infoweb.ne.jp
印刷・製本	シ ナ ノ

落丁・乱丁本はお取替えいたします

ISBN4-87737-197-4